不管过了多久，我们的天空，始终是相连的吧？

因为那是我们手牵手，一起爱过的证明……

koizora

# 恋空

上

美 嘉

上海译文出版社

恋情的发展永远不如我们所预期……


不过……
所以……
一起去追寻吧!


发生在身边的那些
各式各样的关卡,
如果是你,
能够克服到什么程度呢?


在这里等着你的,是最具冲击性的结束。
虽然难过,虽然痛苦,
但是,心却感受到莫名的温暖……

# 目　录

# 序 曲

如果那天,我没有遇见你
我想,我就不会感到
如此痛苦
如此悲伤
如此难过
如此令人悲从中来了

但是,如果我没有遇见你
我也不会知道
那么欢愉
那么温柔
那么相爱
那么温暖
那么幸福的心情了

噙着泪水的我
今天,依旧仰望着天空

仰望着天空

第一章　恋来

## 从欺瞒开始

"哇！肚子超饿的啦！"

期待已久的午休时间终于到了。

美嘉一如往常地打开桌上的便当。

来上学真的是麻烦事一大堆,只有和班上的好朋友亚矢、由果一起吃午餐的时候,才是校园生活中唯一的快乐时光。

**田原美嘉。**

今年四月刚进入高中就读的高一新鲜人。

虽然开学还不到三个月,她就已经交到志同道合的好朋友了。大家感情好得不得了,每天都过得很充实。

因为她不仅身材娇小,连脸蛋都长得稚气十足,所以,目前最大的烦恼就是:自己看起来比实际年龄还小。

头脑不特别聪明,长相也不特别可爱;没有特殊的才艺,也没有什么将来的梦想。

不但顶着一头初中刚毕业,就迫不及待跑去漂染的淡褐色直发,而且,直到现在,还不太习惯脸上淡得要命的妆。

她从初中开始,就一直过着平凡得不可思议的生活。

很平凡地有几个好朋友;也和男生交往过,谈了很平凡的恋爱。不过,唯一的共通点是——每一段恋爱都在短时间之内告吹。

真正的恋爱是? 鬼才知道那是什么!

我知道的,只有很快就结束的短暂恋情——而且还是唯一的一次。

明明一直认为不谈恋爱也没什么的我,在这个时候……

遇见了你。

美嘉原本应该就这么平凡结束的人生,因为遇见你而改变了……

美嘉和亚矢、由果就像平常一样,浑然忘我、狼吞虎咽地吃着各自的便当。

为什么吃饭的时候,大家都会陷入沉默呢?

这个时候,教室的门嘎啦嘎啦地应声打开。一个双手插在裤袋里的男生大摇大摆地走进教室,朝她们靠近。

那个男生在三个人面前站定之后,用轻佻的语气说:

"哟呼! 我叫望,是隔壁班的啦! 你们知道吗?"

三个人在瞬间相互交换了目光。不过,她们还是装作若无其事的样子,继续吃便当。

从一进高中开始,望的恶行恶状,就有很多传闻。

女朋友一大堆,下手快,是个彻底的花花公子。

事实上,望好像也是每天都和不同的女生走在校园里,所以会传出什么不好的谣言,也是没办法的事。

"小心望那个人!"

"被望相中的女生,绝对逃不出他的手掌心!"

进了高中,美嘉就听了不少这类的忠告。

个子高,长得又眉清目秀,掺着些许挑染的头发,用发蜡抓得随性自然;还有一双仿佛可以看穿一切的直率眼眸。

美嘉承认他确实拥有几项受人欢迎的主要条件。

问题是他的个性,那种轻浮的调调就不能改一改吗?

嗯……不过,这可能也算是受人欢迎的条件之一吧。

听过这么多他的负面传闻之后,美嘉当然没打算跟他扯上关系。

三个人假装没注意到望的存在,继续沉默地吃着便当。

"哎哟,怎么假装没看见?跟我做朋友吧。我们来交换电话号码好不好?"

明明已经刻意忽视他了,他却一点都没有要放弃的意思。

实在是太烦了。为了抑制自己的烦躁,美嘉伸手拿起放在旁边的麦茶,咕噜喝了一口。

"嗯,我想想……好吧!我们来交换电话号码吧。"

在一片沉默之中,突然开口说话的是……亚矢?!

美嘉和由果睁圆了双眼,彼此对望。

亚矢笑容灿烂地和望交换电话,真叫人难以置信。

在确定望已经心满意足地离开教室之后,美嘉用严肃的口吻质问亚矢:

"你干吗把号码告诉那种随便的男生啊?会很惨喔!"

亚矢完全无视于美嘉的关心,一派轻松地回答:

"因为人家最喜欢帅哥了嘛!嘻嘻。"

亚矢是一个长相不符合实际年龄、成熟又漂亮的女孩。姣好的身材,一头浅褐色的微卷长发,是她的特征。

只不过,她的男人运似乎很差,交往过的对象全是些感觉轻浮的男生。所以,就算交了男朋友,也总是陷入交往没一阵子就分手的恶性循环当中。

"亚矢,你不可以跟那种男生认真啦!"

面对由果一脸严肃的担心,亚矢打着马虎眼回答:

"就说不用担心啦!"


那天放学后,美嘉窝在房间里看电视打发时间。

这时候……

铃铃铃——

来电铃声大作。

屏幕上显示的并不是电话簿里的号码,而美嘉自己对这个号码也没有印象。

谁呀? 还真难得会接到我不认识的号码打来的电话呢。

脸上挂着不安的表情,她试探性地接起电话。

"喂。"

"……"

对方没有说话。

"喂。"

美嘉加重语气又问了一声。

咔嚓! 嘟——嘟——嘟——

对方很用力地切断了电话。

恶作剧电话吗? 应该是打错了吧。

铃铃铃——

来电铃声再度响起。还是刚刚的那个号码。

搞不好对方又会不说话了,美嘉这么认为。所以,她也用随便的态度接起电话。

"喂,喂,喂。"

"……欸?喂。"

电话另一头传来的是美嘉没听过的男生声音。

"咦?你是谁?"

然后,电话另一头的声音,几乎可以震破耳膜:

"美嘉!不好意思这里信号很烂!我望啦!你知道吗?就是今天午休的时候跑去跟你们说话的那个家伙!"

呃!望?

是那个女朋友一卡车的望吗?

今天和亚矢交换电话号码的……那个望?

美嘉的脑袋陷入了莫名的紧张状态之中。在这种状态下,自然是不可能找到什么话来回答对方的。

对了,一不做二不休,干脆直接把电话挂掉好了。

当她打算这么做,而将手指挪到切断通话的按键附近时,望又开始说话了:

"突然打过来吓了你一跳吧,不好意思,是亚矢告诉我你的电话号码的。跟我做朋友吧!"

喔,原来如此。原来是亚矢自作主张告诉他的啊。

就这么接受可不行!!

她一面决定明天要稍微报复一下亚矢,一面故作镇定地回答:

"那,有什么事吗?"

"就——是——呢——请跟我做朋友啦!呐,求求你啦!"

轻佻……真是轻佻得过分。老实说,美嘉没想到他竟然随便到这种地步。

"好啦。拜拜。"

心不甘情不愿地答应望和他做朋友,美嘉先挂上了电话。

因为她有一种讨厌的预感,如果不这么做的话,他可能永远都不会让美嘉挂电话。

望的电话号码……还是先储存起来吧。


铃铃铃——

在扰人清梦的闹钟声下,美嘉睁开了眼睛。今天还是跟平常一样,得去学校。

在穿堂换室内鞋的时候,美嘉发现了亚矢的身影,于是情绪激动地朝亚矢快步跑去。

"啊,美嘉,早啊!"

"早什么早!亚矢你这个笨蛋!不可以随便把我的电话告诉别人吧?!昨天望打来给我了啦!!"

"对不起啦,因为望一直缠着说要美嘉的电话啊。我请你吃东西好不好?原谅我啦。"

盯着一脸好像什么事都没发生、置身事外般的亚矢的侧脸,美嘉深深地叹了口气。

从那次之后,望几乎每天都会打电话或是发短信来。

美嘉就读的那所高中里,当时还没什么人拿"手机",大家几乎都是用"PHS"。

"PHS"拥有 P 短信和 P 短信 DX 两种功能。

P 短信,就是可以利用十五个左右的日文片假名来传送信息的一种功能;而 P 短信 DX 的功能则和现在的手机一样,可以传送内容比较长的短信。

只要不是很重要的内容,大家就不会使用 P 短信 DX,多半都用 P 短信功能。

望发来的短信内容,几乎可以说每次都一样。

【你好吗?】

【你在干吗?】

绝对不外乎这两句话。

一开始,美嘉还会认真地回复一些短短的短信,但是后来渐渐觉得很麻烦,所以不只是电话,就连短信她都不回了。

因为望是隔壁班的学生,所以两个人还是会在走廊上偶然撞见……不过,美嘉总是躲开他。

其实她并不讨厌望。

只不过,望每天按时发来的问候,对很怕麻烦的美嘉来说很有负担,这算是原因之一。

而对望的联系采取不理策略的最大原因,其实是美嘉听到了这样的谣言——原本把望当作下手目标的亚矢,在背地里说美嘉是一个"笑着抢走好朋友男人的女生"。


这种痛苦的日子持续了好几天之后,高中生涯的第一个暑假终于来临了。

某个湿热难耐、外头蝉鸣齐奏的早上……

初中时代的好朋友真奈美到美嘉家里来玩。

一进入暑假,这两个人就天天耗在一起玩乐。

真奈美对美嘉来说,是一个非常重要的朋友,不管什么事情都可以找她商量。在初中时代,她们两个人还常常一起做坏事呢……

所以,其实也算是"坏朋友"。

这天,两个人一边漫无边际地闲聊,一边嬉闹着……

铃铃铃——

房间里响起的来电铃声打断了两个人的交谈。

"真奈美,不好意思!我可以先接一下电话吗?"

"可以啊!"

来电显示一个陌生的号码。

而且还不是PHS,是家用电话。

"你不接吗?"

真奈美露出不可思议的表情看着PHS的屏幕。

"……算了。反正我很讨厌接不认识的人打来的电话!"

美嘉这么说完,正打算按掉电话的时候,真奈美突然从她手中一把抢下PHS,硬是接听了电话。

"喂,我是美嘉的朋友。啊,美嘉吗?我拿给她听!"

"人家说是你的高中朋友,不是什么怪人啦!"

真奈美一边压住话筒,不让对方听到她说的话,一边小声低语,将PHS递给美嘉。

没办法,搞成这样也只能接电话了。

"……喂。"

"哟,呵,是我!望先生哟!美嘉怎么在躲我咧,真过分耶!我会哭的喔。"

呃！这个情绪兴奋得令人火大的人是……望。

"干吗？"

美嘉冷酷、毫不拖泥带水地说道。

"又来了又来了，美嘉好冷淡喔！我做错什么事吗？没有吧！呀哈哈哈哈！"

大概是喝醉了吧，望说个没完。

"我的PHS被停话了，真是麻烦！现在，在弘树这家伙的家里打电话呢！很聪明吧？我叫他听一下！"

"咦……等一……"

美嘉的话还没说完，电话另一头的人就换了。

"喂。"

"咦……喂。"

一个不注意，她就反射性地回答了。

"我是望的朋友樱井弘树。那家伙现在好像醉得很厉害，对不起了。"

跟望恰恰相反，低沉冷静的声音。

"没什么……你叫弘树吗？让他用你家电话打过来没关系吗？你家里的人不会生气吗？"

对于这个问题，他轻笑出声，透过电话回答：

"叫我弘就好了！可以告诉我你的PHS号码吗？我重新打给你。"

然后两个人交换了电话号码。

这就是美嘉和弘的相遇。

樱井弘树。

自从和弘交换电话号码之后，他们整个暑假几乎每天都会联络。

一直没有和弘见过面，美嘉不知道他长什么样子。不过，两个人的兴趣相同，喜欢的音乐也很类似，于是很快就熟了起来。

通过这样子的相互联络，美嘉知道了几件事情：

第一，美嘉和弘的班级虽然距离很远，但两个人上的是同一所高中。

还有，因为望常常提起，所以弘似乎本来就知道美嘉这么个人的存在。

只要一有空，他们就会和对方联络，彼此之间的感情，越来越深厚了。


漫长的暑假还是在转瞬间画下了句点。美嘉一边揉着惺忪的睡眼，一边朝学校走去。

美嘉踏进教室，一眼瞧见自己桌上摆着一封信。

——DEAR 美嘉★FROM 亚矢

是亚矢给我的信！

自从和望有电话和短信往来开始，亚矢就一直刻意避开美嘉，所以就连书信也好久都没收到了。

美嘉环顾教室，不过并没有看到亚矢的身影。

她带着不安的心情打开那封信。

【我有话跟你说，见信之后，就来四楼的音乐教室吧！】

握着捏皱了的信纸，美嘉连忙飞快跑出教室，三步并作两步地爬上楼梯。

到了音乐教室门口……她做了好几次深呼吸。

亚矢一定在生气吧。美嘉满脑子都是不好的念头。

她轻轻推开门。原本坐在椅子上的亚矢注意到开门声，慢慢地回过头来。

"美嘉，早啊。"

亚矢依旧用美嘉最熟悉的笑脸，面对心中带着些许困惑的她。

"早。"

"对不起喔！把你叫出来。"

"嗯。"

"美嘉现在……在谈恋爱吗？"

一瞬间，真的只有一瞬间，美嘉心中浮现了弘的名字。

"没有吧……"

亚矢没等美嘉回答完，就迅速说道：

"我现在可是在热恋中喔！"

对象一定是那个人。只有那个人。

"望吗？"

"嗯！我是认真的。美嘉对望有什么感觉？"

面对一脸担忧的亚矢，美嘉用毫无矫饰的诚实口气说道：

"就只是普通朋友吧，而且我对他一点恋爱的感觉都没有！"

亚矢脸上的表情缓和下来。她突然站起身，背对着美嘉说：

"我之前好嫉妒美嘉。因为望原本的目标好像是美嘉。我就在想，美嘉该不会也喜欢望吧。对不起啦，怀疑你。我跟由果说了之后她超生气的！"

"是喔……"

"对不起喔美嘉。你会原谅我吧?"

在静谧的气氛下,亚矢转过身来低下头。

答案只有一个。

"那当然! 我们和好吧!!"

接着,美嘉和亚矢聊起了两个人冷战时发生的种种事情,包括暑假认识了弘,还有两个人每天都会彼此联络的事。

亚矢听了,高兴地将自己的手臂勾在美嘉的手臂上。

"美嘉,我们都要努力谈恋爱哟!"


当——当——当——当——

铃声响起,两人相偕回到教室。

那天的第一堂课要换教室。

在告诉由果两个人和好的事情之后,久违的三人行终于复活,她们一起走出了教室。

走廊上,一帮全校引人注目的阿飞、太妹,出现在三个人的正前方……

望也在其中。

的确,望就是这种人。

"望——"

亚矢边跑边跳,朝着望的方向飞奔而去。

被抛弃的美嘉和由果,则是留在走廊的角落等亚矢回来。这个时候,那帮人当中的一个,朝着美嘉她们走过来。

他肤色黝黑,头发是漂得浅浅的咖啡色,眉形工整,裤子穿得很低,衬衫领口的扣子也全没扣。个子很高,大概有一米八吧。耳朵上戴着许许多多银色耳环。

在这个团体当中，很明显是领袖般的存在。

那男生带着锐利的目光，缓缓靠近。

美嘉和由果避开视线，做好万一发生了什么事，就立刻逃脱的准备。

那男生在两人面前站定，慢慢地开了口：

"你是……美嘉吧？我是弘树。"

弘树？弘？

咦！！

整个暑假一直跟我保持联络的弘？

低沉稳重的嗓音。

在美嘉的想像中，那个名叫弘的男生应该是个爽朗的好青年。

"请多指教喔！"

弘露出了从他外表看起来绝对无法想像、如同孩子般天真无邪的笑容，接着伸出右手。

美嘉后退了一步，脸上硬是挤出一个假笑，也伸出被汗水濡湿的右手，轻轻握住弘的手。

旁边那个十六年来还没有任何恋爱史的纯情由果，用橡皮筋束在后脑的黑色马尾颤抖着，已是全然失神的状态。

连美嘉自己也觉得很恐怖。不过对于由果来说，可能真的太刺激了……


当——当——当——当——

幸好，宣告开始上课的铃声适时响起，美嘉才抽回了手，带着进入"放空"状态的由果,硬是把和望聊得很开心的亚矢拉上,急急忙忙朝着教室的方向走。

弘,跟想像中完全不一样啊。

我还没办法接受这个事实。

美嘉心不在焉地坐了下来,陷入沉思之中。隔壁的亚矢趁着老师不注意的时候,在美嘉耳边低声说道:

"刚刚跟你握手的人该不会就是弘吧?!超帅的嘛!美嘉真LUCKY!不过我的目标是望,所以你尽管放心啦!"

啊?很帅吗?都没敢看对方的脸。

美嘉什么也没说,直接低下了头。亚矢继续接着说:

"我们都要加油喔!高中生涯不谈个帅哥怎么行呢?"

"今天才刚见面啊。"

"之后会怎么样,谁知道呢?"

美嘉装作没听到亚矢的话,一遍又一遍地思索着。

弘跟自己的确很合,可现阶段根本还谈不上什么喜欢不喜欢的。美嘉这个时候,完全没有想过要跟弘谈恋爱……


铃铃铃——

晚上。

在房间里打着瞌睡的美嘉,被PHS的来电铃声吵醒了。

是望。

美嘉睡眼惺忪,伸手探向PHS接起电话:

"喂。"

"你知道我是谁吗?"

"有来电显示啦!"

"也对,换个话题。听说你跟那家伙搭上了?"

"那家伙是指弘吗? 是啊,怎样?"

"那家伙已经在别的学校有女人了,我不推荐喔。"

望的口气听起来似乎带着点歉意。不过却也十分强硬。
于是美嘉故作开朗地回答他:

"是吗。OK,OK,谢啦! 还特地打电话来告诉我。我会小心的!"

挂上电话,美嘉回想望的话。

原来弘有女朋友啊,我完全不知情。

不过现在我们只是普通朋友,要说什么恋爱的感觉也完全没有,所以就算他有女朋友也没什么大不了的嘛。

……可是,真希望弘能亲口告诉我。

美嘉这么想着,有人发了短信过来。

是弘。

【明天放学之后我们聊聊吧。】

美嘉没有回复。不知道为什么,她就是没那个心情回。


隔天放学后,美嘉正准备和亚矢、由果一起回家。

亚矢指着教室门口叫道:

"咦,那不是弘树吗?!"

弘的身影果然出现在亚矢手指的方向。

美嘉下意识地抓起手机,面无表情地打算走出教室。

"美嘉,我们聊聊吧。"

弘伸出手,转身变成了不让美嘉离开教室的门卫。

"请便请便。"

毫不知情的亚矢,边说边推着美嘉的背。

"不好意思,那就先跟你们借一下美嘉啰!"

弘对亚矢和由果说完,就直接抓起美嘉的手,将她带到一间没人的空教室,完全没问美嘉的意见。

"我昨天发的短信,你是故意不回的吧?"

安静的教室里响起弘带着怒意的低沉嗓音。

"我睡着了。"

其实根本就还醒着……

美嘉当然没胆子说自己是装作没看见,所以只好撒了谎。

"这样啊,那就算了。不过话说回来,这好像是我们两个人第一次单独见面聊天吧?"

因为安心而露出微笑的弘,似乎很不好意思地挠了挠头。

"你女朋友不会生气吧。"

美嘉话中有话,用有点刁难的口气说道。

弘脸上的笑容消失了。他用力眯起眼睛看着美嘉。

"我又没有女朋友。"

"昨天望跟我说了喔,你也没必要撒谎吧!"

对于美嘉严苛的质问,弘看来有点疑惑。

"噢,那个家伙说的呀。哎呀,也算是有啦,不过我已经打算跟她分手了。"

"是啊。"

美嘉装作不在意地随口应了一声,望着窗外陷入沉思。

分手,听起来真像是个弥天大谎呢。

要是有女朋友的话,在一开始的时候承认就好啦。

难不成他从头到尾都没打算告诉我吗?

美嘉觉得自己越来越不懂弘了。

在尴尬的气氛中，他们随便聊了些没意义的话就散了。


不过，自从那天开始，不知道为什么，弘反而更频繁地和美嘉联络，两个人在放学后单独见面的次数也增加了。

而原本不再相信弘的美嘉，也在与弘一次次的交谈中，又渐渐开始对他萌生信任。

不久之后，美嘉的态度就变成只对弘敞开心胸，甚至连烦恼的事情都会找他商量了。两个人的感情日益深厚。

外表看起来很吓人的弘，不但会很认真地听美嘉诉说烦恼，还时常给美嘉强而有力的建议和鼓励。

看起来好像总是在威吓旁人的锐利目光，只要一笑就会立刻瓦解，变得稚气而温柔。

第一次看见弘时留下的坏印象消除了，而且，就算美嘉已经知道弘有女朋友，还是无可自拔地被他深深吸引。

注意到自己的情感，却不知道该怎么办才好的美嘉，去找亚矢和由果商量。

亚矢和由果两个人作出了一个结论：

"问弘是不是真心要和他现任女朋友分手，如果不是的话，就放弃他。"

在两个人的鼓励之下，美嘉鼓起勇气发了短信。

【你决定跟女朋友分手吗？】

【如果不，我就不会再和你见面。】

铃铃铃——

短信才发过去不到一分钟，弘马上就回复了。

而且内容只有一句话。

【我已经分手了。】

"美嘉,太棒了!好机会耶!"

亚矢看到弘的回信,又蹦又跳,就像是自己的事情般高兴。

"真是太好了呢!"

由果也突然绽放笑颜,对美嘉做了一个胜利的手势。

"谢谢!"

自己喜欢的人跟现任女朋友分手了,正常人都应该感到高兴才是吧?

但是,怎么回事?美嘉高兴不起来,心底毫无笑意。

因为,她还是感觉弘撒了谎。

在美嘉心底某处,依旧残留着不安。

百分之百……还是有不信任的感觉。

弘在一开始说的谎话,现在微妙地牵动着美嘉的内心。

要问望,才能知道最新的第一手消息。

但是,对于真相感到害怕的美嘉,终究还是没去问望。

弘说他已经分手了。

现在也只有相信弘了呀。


铃铃铃——

那天早上,美嘉跟往常一样在公车站等车,短信铃声突然响起。她按了收件箱按键。

发信人:弘

【我们今天跷课吧!】

跷课? 为什么?

一时没看懂短信,美嘉拨了电话给弘。

想早点知道的话,打电话会比较快。

"哈啰!"

从接电话的声音,就可以知道弘的心情非常好。

"喂,什么跷课呀?"

"今天别去上课了啦! 来我家玩吧!"

原来是这么一回事呀。

不过,就这么接受好像不行哎。

公车就快来了,没时间犹豫了。

"OK!!"

比起去学校上课,当然任谁都想和喜欢的人一起去玩吧。

美嘉随口答应下来,又向弘打听离他家最近的公车站,然后找到一辆到站公车,在弘说的那个美嘉不怎么熟的地方下了车。

弘骑着黑色自行车的身影出现在公车站前面。

他用大拇指比了比后座。

"上来吧! 我骑得很快,你可要抓好哟。"

美嘉轻轻坐上后座,弘立刻踩动出发了。

紧紧挨着弘后背的美嘉,直接感受到他的体温。

第一次感觉到的弘的体温,像是能被融化般温暖,美嘉的胸口扑通扑通地快速鼓动着,连她自己都吓了一跳。


骑了一会儿之后,弘家到了。

"打扰了……"

美嘉试着小声地低语,不过却没有人回答她。

"没人在啦!"

什么?! 没人在? 也就是说两个人独处?

虽然美嘉之前曾经和几个人交往过,可是在房间里和男生独处,还是头一回。

散落在地板上的衣服、课本、饰品,再次对美嘉强调这是男生的房间。

美嘉因为紧张而有点心神不宁,无法冷静下来。但是,她又不想让弘知道自己很紧张,所以只好佯装镇定。

"你别紧张了啦。"

弘一边这么说着,一边摸着美嘉的头。

……什么嘛,原来人家早就知道我在紧张了呀。

在这个人面前,就算完全不伪装自己也没关系。

两个人开心地聊起学校的事情……这个老师怎么样,那个学生怎么样的,想到什么就聊什么。

美嘉原本微妙的暧昧情绪,转变成深信不疑。同时,她的心中也产生了非常大的不安。

——美嘉喜欢弘。弘又是怎么想的呢? ——


时间是十二点。

在两个人前往便利商店买午餐的路上,弘向美嘉伸出了一只手。

美嘉不太明白这个动作的用意,疑惑地歪歪头。然后,弘带着害羞的表情抓抓头,硬是握住了美嘉的手。

"那个……路上很危险的,所以你要抓紧我的手喔!"

那只大手紧紧包覆住了美嘉的小手。

他们牵着彼此的手回家。吃完午餐,悠闲地打发时间。弘开始在包包里翻寻,像是在找什么东西。

他拿出来一台即可拍相机。

"我们来拍照吧!"

弘用熟练的手法,自然地将手臂搭在美嘉肩上。

刺眼的闪光灯在那一瞬间照亮了两个人。

正当拍完照,美嘉打算从弘身边离开的时候……

啾!

柔软的触感。弘的嘴唇轻轻触碰着美嘉的脸颊。

……?!

不知道发生了什么事的美嘉,急忙从弘身边躲开,和他保持着距离,然后伸手抚摸还残留着嘴唇触感的脸颊。

"你不喜欢? 对不起。"

弘悲伤的表情,让美嘉对于自己从他身边逃开的举动后悔不已。

"不是不喜欢……是吓了一跳!"

"也是喔,对不起。我……好像喜欢上美嘉了。"

"……咦?"

"我可以亲你吗?"

接吻? 还没交往就要接吻吗?

……他的目的该不会是我的身体吧?

可是这个时候,对美嘉来说,比起担心这个,更害怕因拒绝接吻而被弘讨厌。所以……

"可……以。"

弘轻轻地抱住美嘉的肩膀,再一次在她的脸庞印上亲吻。

嘴唇慢慢地移动……两个人的双唇紧紧地密合了。

这是美嘉和弘的初吻。

这样的吻重复了好多次之后……弘温柔地将热热的舌头伸了进来。

不久后,弘像是抱着公主一般,用双手将美嘉抱到床上。

让美嘉在床上躺好后,弘的嘴唇覆上了她的脖子。

"讨厌,好痒喔!哈哈!"

不安,恐惧。

看见美嘉为了消除紧张而故意笑闹,弘亲吻了她的手背一下,一脸担心地说:

"美嘉……你在发抖吗?这该不会是你的第一次吧?"

不管怎么装傻,身体都是最老实的。

美嘉的身体不知道从什么时候开始微微发颤。

如果弘知道我没有经验的话,搞不好就会讨厌我了。

美嘉之前曾经看过某本杂志上面写着:

"对男人来说,没有经验的女人真是既麻烦又讨厌。"

弘一定也这么觉得吧?

弘不顾美嘉的不安,带着一脸天真无邪,突然开始用双手在美嘉的腰间挠痒痒。

"好痒喔,快点住手啦!"

弘一把抱起了一直用手抵抗的美嘉,用力地抱住她。

"……我可以吗?"

因为刚才笑了的关系,美嘉心底的不安稍微消减了一些。其实应该说是弘替美嘉赶走了不安。

美嘉安静地点点头。

如果对象是弘的话……我愿意。

"放心,一点都不可怕。我会很绅士的……"

弘一边说着,再度温柔地亲吻美嘉。

弘一定会对没有经验的美嘉很温柔的吧!

那简直就像错觉,让美嘉觉得两个人心有灵犀似的……

当两人结为一体的时候,你也会一直紧紧握着疼痛而恐惧、甚至变得有点想哭的美嘉的手吧!

"没什么好怕的……如果不要的话要说喔,我一定会好好地停下来的。"

弘的声音和深情的眼睛,让美嘉安心。

"我喜欢你。"

虽然可能只是美嘉会错意,不过她觉得自己好像听到弘对她这么说。

我们两个人的距离,又靠近一点了吧?


枕着自己喜欢的人的手臂睡觉……真是甜蜜又幸福的时刻。

美嘉回想起刚才那段如梦似幻的时分。

第一次触摸到的男生身体大而温暖,而且感觉很舒服。

能和弘结合,美嘉非常非常地高兴。

完全没有后悔。

可是……可是……

当两人结为一体的时候,弘的嘴里喊着的,是另外一个女生的名字。

应该是我太多心了吧？是我听错了吧？

铃铃铃——

安静的房间里响起了弘 PHS 的来电铃声。

"我可以接一下吗？"

"……嗯。"

弘抽出美嘉枕着的手臂，披上从床上掉落的 Y 领衫。

"喂，是早纪吗？"

……早纪。

和美嘉结为一体时，弘嘴里所喊的名字。

这个人确实存在。美嘉的胸口急剧地涌起一阵不安。

原来听见弘喊着别的女生的名字，不是我的错觉啊。

"我？没有。哦，那早纪呢？是吗，那就先这样吧。"

这个早纪该不会就是弘的女朋友吧？还没分手吗？

疑问一个接着一个浮现。

美嘉很想相信弘，但是……

她鼓起勇气，在弘结束电话之后开口问道：

"弘，你还没跟你女朋友分手……对吧？"

"你怎么突然问这个啊？"

不知道是不是因为美嘉太多心的关系，她觉得弘的样子看起来有点动摇。

"因为你刚才叫我早纪喔！早纪就是刚才打电话来的那个人吧？"

弘没有回答。

"喂，你说实话吧。"

伴随着一声叹息，弘低下了头。

美嘉怕听到从弘口中说出的话。

"……我们还没分手。对不起啊,骗了你。"

弘果然还有女朋友。

没有分手,说了谎。

那为什么还要亲美嘉?为什么还要跟美嘉发生关系?

这么一来,美嘉不就只是个发泄的对象而已吗?

泪水从美嘉的眼眶中汩汩流出。悲伤、不甘、愤怒……各式各样的情感交织成复杂的眼泪。

弘什么也没说,只是用手指抹去美嘉的泪水。

美嘉根本无法正视眼前的弘的脸。

"……我回去了。"

迅速地穿上制服之后,美嘉飞也似的逃出弘的家。

真的很高兴弘能约我出来喔。

坐在脚踏车的后座、牵手、接吻、结合……真的很幸福。

但是,带有喜欢这份心情的人……原来只是美嘉一个人啊。


自从那次之后,美嘉有好一阵子不和弘见面,甚至刻意和弘切断联络。

美嘉当然没有那个勇气,把弘从他女朋友身边夺过来,所以她只好拼命在彼此之间设下距离,让自己忘记弘。

不过,时间真的是个不可思议的东西。随着时光流逝,美嘉渐渐觉得"其实当朋友也可以啦",原本一直没有回复的短信,也渐渐可以若无其事地回了。

某天放学后,美嘉和亚矢一起去逛街。

"好久没跟美嘉逛街了!"

"没错没错。"

两个人边走边笑的时候……

"咦?那不是望跟弘吗!"

亚矢才说完,人已经朝那两个男生飞奔而去了。

三个人气氛融洽地聊着天。

美嘉则和那三个人保持着微妙的距离,站在亚矢身后玩着 PHS,没有加入他们的对话。

"那就先这样吧,我们要先到那边去了喔?"

"咦?!等一下啦!"

亚矢和望居然就这么甜甜蜜蜜地消失了。

究竟是没发现,还是成心给美嘉和弘留出独处的时间?

被留在原地的美嘉和弘,就在尴尬万分的情况下,朝着附近的大公园走去。

"最近怎么样啊?"

"咦?什么怎么样?"

弘突如其来的问题,让美嘉不由得大声地反问。

"有交男朋友吗?"

"交……过,不过现在应该没有吧!"

"对方是怎么样的人啊?"

"很烂……不过也算是个好男人吧?对我而言!"

"真羡慕被美嘉喜欢的男生呢。"

什么意思?难道弘没注意到我意有所指吗?

"弘你有女朋友吧!我现在可是一个人单身喔,啊,好寂寞喔!"

"我已经分手了。"

说什么已经分手了……反正一定又是骗人的啦!

这么想着的美嘉,故意装作没听见。

我已经不想再怀抱着满心期待,然后又一次遭受背叛了。

在略微寒冷的晚风中,两个人的身体都微微地发着颤。

"过来我这边。"

面对招着手的弘,美嘉无计可施,只好一步步向弘靠近。

弘绕到美嘉身后,用制服外套包裹住美嘉的身体,然后顺势紧紧地抱住她。

"好温暖喔!真想一直这样下去呢。"

"嗯……很温暖。"

想挣脱,又不想挣脱,美嘉的心情很复杂。

明明已经觉得和弘当朋友就好了呀!为什么现在心里会这么难过呢?

那个时候,美嘉就已经下定决心,不要再跟弘联络呀。

好不容易才放弃弘,现在喜欢上他,只会再次受到伤害。

美嘉不想这样。


从那天之后,美嘉不再回复弘的短信,也不接他的电话。

弘还是会直接来教室找她,不过美嘉都态度明显地避开他。

但即便如此,来自弘的电话和短信,还是没有中断过。


"美嘉觉得弘怎么样啊?"

在美嘉单方面和弘断绝关系不久之后,某个早上,亚矢脸上漾着她那无敌的微笑,把美嘉叫到教室的角落。

"什么怎么样? 反正他有女朋友啊!"

美嘉已经听够弘和他对女朋友的说辞了。

"可是望跟我说好像分手了喔?"

"……咦?"

"弘说他遇到真正喜欢的人了,所以要跟前女友分手。他好像真的很喜欢那个人! 知道是谁吗? 就是你啦,美嘉!"

美嘉原本已经死了的心,居然因亚矢的一番话,动摇了。

真是没用的决心啊!

亚矢继续说道:"弘说他想好好跟美嘉谈谈,所以今天放学后会在图书室等你!"

"我知道了。"


当——当——当——当——

宣告今天最后一堂课结束的铃声,在教室里响起。

把课本收到书包里之后,突然有人从美嘉身后拍她的肩膀,她回头一看。

"美——嘉——"

是亚矢。

"加油喔! 我今天也要去跟望告白。我一定会成功和他交往给你看的! 晚上要打电话给我喔!"

亚矢像机关枪似的迅速说完之后,对美嘉眨了眨眼睛,也没等美嘉回话就直接走掉了。

亚矢要对望告白。

啊,怎么连我都替她紧张起来了。

美嘉的手心冒着汗,走向图书室。到了,她紧咬着下唇拉开门。嘎啦嘎啦。

弘好像很疲惫似的坐在地上。

"哈啰。"

"……嗨。"

"好久不见了呢,短信什么的你又都不回。"

"……对不起。"

漫长的沉默持续着。

然后,弘像是要扫除这股尴尬气氛似的,开口说话:

"之前……对不起。"

从他口中突然说出的话,让美嘉完全摸不着头绪。

"什么?"

"你来我家玩的时候,我那么快就对你出手……很讨厌吧?对不起,我真是太恶劣了。"

"其实我那时候也很喜欢弘。只是,你有女朋友的事情太让我震惊了。不是讨厌你喔!"

"现在呢?讨厌我了吗?"

"现在……有点没办法相信你。"

"我真的分手了。为了让美嘉相信,我会努力的。我喜欢美嘉。希望你能跟我交往。"

答案已经出来了。

不用思考,美嘉早就已经决定了。

"嗯。"

就这么一次。美嘉只会再相信弘这么一次。

她决定接受弘的心意。

或许，在美嘉内心深处，一直在期待着这句话吧。

"以后要回我短信喔！"

弘笑眯眯的，用力地摸着美嘉的头。

在美嘉第一次跟弘见面的时候，完全没有想过自己会跟他交往呢。

从这一天的这一刻，美嘉的人生一定会有所改变吧。

原本等着美嘉去度过的平凡人生，就此落幕了。


回到家之后，美嘉马上打了电话跟亚矢报告情况。

亚矢似也正如她自己的宣言所说，对望告白成功，成为他的女朋友了。

在同一天交到男朋友的这两个人，兴奋地聊到早上，觉也不睡了。


**从这天起，两个人开始交往了。**


弘和美嘉虽然不同班，但是每天只要一到下课时间，就会约在走廊碰面。

两个人还因为热恋得太过招摇了，被老师责骂过。

偶尔还和亚矢、望那对情侣一起进行四人约会。美嘉每天的日子都超级新鲜，让她开心得不得了。


可是……

一件让美嘉意想不到的事情发生了。

# 抚平伤痕的眼泪

星期天黄昏。

美嘉和弘约好要一起出去玩。

由于约会前的准备比想像中结束得早,美嘉决定搭乘早一班的公车前往弘家。

到了弘家附近的公车站之后,一如美嘉预料,弘的身影还没出现。

那就早点去吓吓弘吧!

美嘉这么想着,走上了那条往来行人较少、不过却是直接通往弘家的阴暗捷径。

这个时候……

美嘉听到身后传来了汽车开门的声音,同时,某个人快跑的脚步声也传到她耳里。

咚!

美嘉听到一声闷响,头部也在同一刻感到剧烈的疼痛。眼前的景色在一瞬间开始摇晃,美嘉眼前一阵发白。

美嘉下意识地抵抗,立即被人抓住了手腕,拖进一辆烟雾腾腾的白色厢型车里。

头好晕。

痛死我了……这是什么呀？

某种腥湿的黑红色液体，缓缓地从美嘉的额头上流下来。

在弥漫着烟味的车子里，美嘉的四肢被用力压住。四个陌生的男生粗鲁地扯开她身上的衣服。

强暴。

一定是强暴。

在不断逼近的恐惧中……

美嘉唯一能够确定的，就是自己遭遇强暴了。

"……呀啊啊……"

她不禁发出了高八度的尖叫。

不知道是不是因为美嘉突然发出的声音而乱了方寸，其中一个男生用手大力地捂住了美嘉的嘴巴：

"你这家伙，再不安静就别想活着回去！"

那个男生露出了恐怖的微笑。

可是，那双空洞的眼睛里，却毫无笑意。

他一边笑着，一边不断殴打着美嘉的脸颊和腹部。

救救我、救救我、救救我！

铃铃铃——

美嘉口袋中 PHS 发出的来电铃声在车子里回荡。

这个来电铃声是……弘。

一定是美嘉到这个时候还没出现，弘才担心地打她电话。

要是能接到电话，弘一定会赶来救我吧。

有那么一瞬间，美嘉的脑海中浮现了一丝希望。可是她的四肢被两个男生抓住，身体根本动弹不得。

弘的来电铃声悲情地响着,然后,连同美嘉那一丝渺茫的希望,骤然终止了。

如果再反抗的话,会被殴打得更严重,不,搞不好会被杀掉。

在无法预测事态发展的恐惧和悲伤中,美嘉光是咬着嘴唇忍耐,就花掉了大半的气力。

第一次和弘合而为一的那天,弘是那么地温柔。

为什么在这种时候,美嘉会回想起那一天呢?

懊悔的泪水止不住地滴滴滑落。

突然,"啪"的一声,一道足以让人睁不开眼睛的刺眼亮光闪了一下。

莫非是有人来救我了吗?

可是,连这么微小的期待,也在刹那间化为乌有。

男生在美嘉的耳边一面贼笑着,一面低声说道:

"你这家伙要是把事情说出去的话,应该知道后果会怎么样吧? 刚才拍的照片就会被公之于世啰!"

美嘉的身体开始不停地发抖。刚才的亮光不是有人来救她。那是照相机的闪光灯。

"这样就可以了吧。"

男生们一边笑着,一边说出了这句意味深长的话。然后,车子也随之开始移动了。


车子开了大约十分钟之后,男生们在一个陌生的地方把美嘉丢下车。

在路上,不知道该怎么办的美嘉,却莫名地冷静。她用颤抖的手指,将离她越来越远的车牌号码用 PHS 记了下来。

昏暗的地方好吓人,我想去明亮一点的地方。

美嘉一心想去明亮的场所,她朝着附近的便利商店走去。然而,在半路上,她停下了脚步。

被扯得破破烂烂的衣服,被打肿的脸,以及因为时间的关系,已然凝结的血块。

这可不是开玩笑的。现在这副样子,根本见不了人。

可是,美嘉实在是太畏惧黑暗的地方了,只好走到屋檐下勉强有点朦胧灯光的长椅上,躺了下来。

来电铃声一直不停地响起来。

弘……美嘉现在只想赶快听到他的声音。

"喂。"

"美嘉,怎么了? 你在哪里啊?"

"……我不知道。"

"不知道是什么意思啊! 你在哭吗? 现在人在哪里? 快告诉我!"

"在一间便利商店后面的椅子上。"

"附近有什么东西?"

"有一家很大的弹珠房。"

"我现在马上过去,你先待在那里不要走。"

弘挂上了电话。

躺在长椅上,美嘉看见的星星都沾上了泪水。

她闭上眼睛,拼了命地想回忆起弘的温度,可是脑海里浮现的,全是刚才那个事件鲜明的影子。

一会儿之后……

吱——

美嘉听到熟悉的脚踏车刹车声,到了跟前。

坐起身,她看到了因为自己的模样而藏不住满脸惊讶的弘。

弘一把丢开脚踏车,朝着美嘉飞奔过来,紧紧抱住她。

是因为弘的到来感到安心? 还是罪恶感呢……

美嘉像个孩子一样号啕大哭。

"对不起,没办法保护你……"

弘的愤怒和悲伤强烈地传到美嘉的心中。

弘没有错吧? 错的是让人有机可乘的美嘉。

弘,美嘉被人玷污了。

被不是弘的男生……被很多男生……

"平静下来了吗?"

美嘉靠在弘的胸口哭了将近一个小时,稍微平静下来之后,弘温柔地问道。

"嗯,好点了。"

美嘉抬起脸来,看到的是直盯着前方的弘。那个表情带着悔恨。

"到我家去吧,你这个样子没办法回家。"

"嗯。可是,你怎么会知道美嘉在哪里呢?"

"因为爱的力量啊!"

呵呵笑着的弘,笑容里藏着一眼就能看懂的悲伤。

我知道,弘……在逞强吧。

弘没有再问任何问题。

可是,他一定知道发生了什么事。


脚踏车踩到弘的家。

"你先到我房间里等我一下。"

"打扰了……"

美嘉小声地喃喃自语完,走进弘的房间,轻轻地在他床上坐下。

整理着身上被撕破的衣衫,脑子里乱糟糟一片混乱。

"美嘉!"

从背后传来的声音让美嘉全身僵直,她害怕地回过头。

"……美奈子。"

美奈子是弘树姐姐的名字。她比美嘉大四岁,外头有关她是女暴走族老大的传言漫天飞。

第一次见面的时候,美嘉的确觉得她很恐怖。可是,因为美嘉到弘家玩的缘故,和美奈子的感情变得不错。

现在,她们两个人要好到会互发短信、互通电话。美奈子会倾听美嘉的烦恼,所以对美嘉来说,就像是大姐姐一样。

"吓到你了吗? 对不起。弘树跟我说了。很不好受吧? 其实我也有过类似的经历,而且女孩子之间会好谈些吧?"

美嘉不知该如何回话,只点了点头。

"啊,你也不用勉强自己说出来,没关系的。能说的时候再说就好了。那些家伙的特征啊,开什么车子等等,我以前也是靠这些线索抓到犯人的。伤害美嘉的坏蛋,我和弘树绝对会把他们找出来的!"

美嘉相信美奈子的话,用力闭上眼睛,伸手去拿 PHS。

她一边回想刚才发生的事,一边详细地描述那些人的特征。

"车子是白色厢型车,窗户上贴有反光纸,车牌号码是……四个男生的年纪大约是十几岁到二十几岁之间……其中一个人没有门牙……"

在美嘉全部说明完之后,美奈子只说了一句:"其他的就交给我。"借了一套衣服给美嘉,还替她处理了幸好不太严重的伤口。

在回家的路上……

坐在脚踏车后座的美嘉,紧紧地挨着弘的后背。

两个人之间弥漫着沉重的空气,没有人开口说话。

美嘉的心中,满是对弘的感谢。

他不但在一个连自己也讲不清楚的陌生地方找到了美嘉,还丢下脚踏车,直接冲过来抱住她。

那个时候的弘,真的让美嘉好安心。

扑通扑通的心跳声,从弘的后背传来,这声音听在美嘉耳里,真是温柔极了。

仔细地倾听着这声音,美嘉再次彻底地感到,对美嘉来说,弘是无法失去的存在。

到了美嘉的家门口,美嘉扶着弘的手从脚踏车上下来。

"谢谢。那就明天见了。"

正当美嘉低着头,准备转身离开的时候……

"等一下!"

弘用力地抓住美嘉的手腕。

这种感觉……像是两个人的关系就要在此刻结束。

弘已经撑不下去了吗？我们之间要结束了吗？

"对不起。"

美嘉脱口而出。

弘听到之后，紧紧地用双手搂住美嘉的肩膀。

"道什么歉啊你，我又没有要跟美嘉分手。虽然发生了这种事……不好意思，用这种方式说，不过我喜欢美嘉的心情并没有因此改变。从今以后，我一定会守护美嘉，让你忘记今天这些烂事。把人找出来之后，我一定会狠狠揍他们一顿！"

弘毫无矫饰的率真眼神，让美嘉的眼泪一颗颗坠落。

跟刚才的眼泪不同，这次是喜悦的眼泪。

弘，真的，真的谢谢你。

美嘉连"我回来了"也没说一声，就直接回到房间，迅速钻进棉被里。

不过，她怎么可能睡得着呢？只要一闭上眼睛，那景象便不受控制地不断浮现。

恐惧数度向她袭去，她的身体不停地颤抖。结果就这样没阖眼直到天亮。


"我出门了。"

美嘉对家里的人撒了谎，说自己不小心跌伤了。为了隐藏疼痛的伤口，她在眼睛和嘴巴的旁边都贴上了 OK 绷。

她走出玄关，看见弘就站在门口。

"咦……怎么了？还这么早……"

"我来接你的呀!"

"咦……为什么?"

"别说那么多了,快上车吧!"

弘在美嘉的额头上轻轻地印上一个吻,然后扶着美嘉坐上脚踏车后座。

"抓好,不要摔下去了喔!"

从弘家到美嘉家,骑脚踏车要花上一个钟头以上的时间。不仅如此,去上学的话,一定得很早起床准备才行……

弘是几点起床的啊?

一定是担心昨天的事情会重演吧,真是体贴。


一到学校,看见美嘉脸上伤痕的亚矢和由果,便劈里啪啦地问个没完。

"怎么了? 还好吧你?!"

"没什么好担心的啦! 只是摔倒而已。"

为了不让异口同声关心着自己的两个人担心,美嘉特地故作开朗地撒了谎。

从那天之后,弘每天都会去接美嘉上学,放学后也会送她回家。

一点一点地,真的只有一点点,但美嘉渐渐感受到心里的伤口在开始愈合……

自从那次令人颤栗的事件发生之后,弘对美嘉的肢体互动也只剩下亲吻而已。

弘一定注意到了吧。

的确,现在美嘉的心里,还是存在着恐惧。但是弘的心意,也真的让美嘉感到很欣慰。

可是,美嘉仍旧会觉得不安。

"美嘉的身体不干净了。"弘会不会这么想呢？这就是美嘉的不安。

如果没有让美嘉踏出那一步,弘可能就得为了她忍耐一辈子也说不定。而且,美嘉也对自己以后可能再也无法亲身感受弘的温度这件事,感到害怕。

我的身体没被弄脏……美嘉想对弘证明,自己的身体是专属于弘一个人的。

在某次去弘家玩的时候,她鼓起勇气,开口问弘:

"呐——弘都不会想做吗？"

真是个冒昧又大胆的问题。

"做什么？"

"……做爱啦！！"

弘刚灌到嘴里的茶,夸张地喷了出来。

"干吗啊,这么突然。"

"我是跟你说认真的！"

"嗯,想是想啦,不过我会等到美嘉也想做的那天的。"

"说实话,我一直觉得很不安,担心弘会觉得美嘉的身体已经不干净了,所以……"

弘没把美嘉的话听完,伸手将美嘉的头按进自己的胸膛。

"笨——蛋！你觉得我是那种男人吗？"

他把美嘉抱到床上,让她躺下来。

"害怕的话要说喔！不要勉强自己。我会让美嘉忘记所有讨厌的事,也会抚平美嘉的伤口的,放心吧。"

嘴唇渐渐靠近,那一瞬间,美嘉好像被电了一下。

好怕……我好怕喔。

自从那件事以后,无论是昏暗的夜路、白色厢型车、香烟的味道,或是身体的接触,甚至连男人,都让美嘉感到畏惧。

但是,弘除外。

再深的伤口,弘都能温柔地替我包扎。

所以……美嘉决定将自己交给弘。

"不要勉强喔。"

面对嘴上这么说,身体行动也放弃了好几次的弘,美嘉摇摇头。

她不紧张,也没有勉强自己。她想要试着去相信黑暗中的一丝亮光,试着去相信自己最喜欢的人。有时候,突破恐惧的勇气也是很重要的。

两个人享受着时间,慢慢地结合了。

比第一次的时候还要温柔,还要沉稳。

"我会一辈子守护美嘉的。"

两人的指尖交缠着。

这句话对现在的美嘉来说,就是最有效的灵丹妙药了。

弘额头上的汗水,滴落在美嘉的脸颊上,像是颗泪珠。

那天受的伤,一生都无法痊愈,伤口也不可能治好。

但是,弘的话语慢慢填补了伤口的裂痕,将它消毒……


美嘉和弘分别后回到家,躺在床上小憩。

铃铃铃——

来电:弘

美嘉被弘打来的电话铃声给吵醒了。

"唔喂。"

美嘉在半梦半醒之间拿起电话。

"找到人了。"

"咦……人?"

"我们找到强暴你的人了!"

弘一反常态的兴奋声音和令人惊讶的内容,让躺在床上的美嘉忽地坐了起来,紧紧抓着身边的兔子布偶。

"咦……真的假的?"

"嗯,真的。我跟她的朋友们协力找到了。美嘉那时候看到的车牌号码,才是最决定性的证据喔!"

"真……的吗?"

找到人了。

我该为这个事实感到高兴吗?

对了,我被对方拍了照片。

"弘……我被他们拍了照! 他们说,如果我说出去的话,就要把照片流出去!"

情绪兴奋的弘因为美嘉的这席话而冷静了下来,然后,他用比以往低沉的声音答道:

"什么? 真的假的,真是些该死的家伙。没关系,我会把照片抢回来的。明天我们可以见面吧?"

"嗯。"

"那我明天早上去找你。"

两个人就这样结束了通话。

知道是谁了。

美嘉握着电话,不住地颤抖着。

因为过度的紧张和不安,美嘉整夜都没阖眼,就这么迎接早晨的来临。

美嘉和请假来家里接她的弘一起去往弘家。

"打扰了。"

"美嘉,欢迎!"

是美奈子。

"找到人了喔!我现在就把他们叫到这里来……没关系吧?因为他们做的事情真的太低级了,又让美嘉受了这么严重的伤害,所以非给他们点教训不可。"

美嘉什么也没说,只是深深地点了头。

接下来……就要见面了。

再度见到,其实美嘉有点害怕。但是她希望对方能好好反省,同时也不希望同样的事情再发生第二次了。

美嘉和弘牵着手,静静地在房间里等着。

"有我在,没关系,你不用担心的。"

为了让美嘉安心,弘用温柔的声音不停和美嘉说话。

就在这个时候……她听到了玄关门猛然打开的声音,以及美奈子和她的朋友们像是在喊叫般的声音。

"少在那边给我嘀嘀咕咕的!快道歉,你们这些烂人!"

朝着这个方向前进的脚步声慢慢接近。

来了。

美嘉用力地握着弘的手,仿佛要把它们折断一般。

吱——

房间的门打开，人陆陆续续走了进来。

美嘉的身体在瞬间变得僵硬……同时起了鸡皮疙瘩。

无论是在梦里出现过无数次的脸孔，或是难闻的烟味，都在在证明，就是眼前的这四个人。

那天的记忆重现，让美嘉陷入了失神的状态。然而这个时候，弘用力地握紧了美嘉的手，让她重新回过神来。

"就是这些家伙吧？"

对于美奈子的问题，美嘉不停地点头。

就在这一瞬间，弘猛然站起身，剑拔弩张地瞪着最靠近的男生，顺势一把攥住他的胸口咆哮道：

"是你啊！你是知道她是我的女人才这么做的吧？"

咦……什么？弘在说什么？

"什么？是弘树的朋友？听不懂，解释一下？"

深深皱着眉头的美奈子质问弘。

"这个家伙是我的朋友。"

弘狠狠地瞪着被自己抓住胸口的男生。

"弘的朋友怎么会强暴美嘉啊？"

"我哪知道啊！你这家伙，给我把话说清楚！"

衣领被揪住的男生带着胆怯的表情开口说道：

"是早纪拜托我们的啦……"

早纪拜托的？

"早纪是弘树的前女友吧？"

美奈子用一种简直可说是恐吓的口气，这么对弘探询道。

"嗯。你说早纪怎么了？你给我说仔细一点！"

因为弘的怒吼而再度陷入恐惧的男生，胆怯地说道：

"早纪对我们说：'有一个很讨厌的女人，你们去强暴她，然后拍照存证的话，我就给你们钱。'……所以，我们才会对那个女的下手。"

那个男生边说边伸手指向美嘉的一刹那，弘的拳头直直地打到他的脸上。鲜血从那个男生的口中流了出来，男生也随之瘫倒在地。

另外三个并排站着的男生，在看到这个情形后，拼了命地道歉：

"对不起，请原谅我。"

"什么？我听不见。"

三个人接连被弘压到墙壁上打了一顿，然后，弘让他们全都面对着美嘉下跪，用脚踩着他们的头。

那四个男生都被打倒在地之后，美奈子又把他们给拖出了家门口。

"弘树，把事情详细地告诉我跟美嘉。"

美奈子回到房间，一面嘎啦嘎啦地掰着手指，一面瞪着弘。

"可是……弘，你已经跟前女友断干净了吧？"

美嘉一边苦笑，一边直愣愣地看着弘的脸。弘别开了目光开始说道：

"我说我要分手了，可是那个家伙说她不要。"

这个时候，美嘉的脑海中浮出了一个疑问。

"我应该没有跟弘的前女友见过面吧？为什么她知道我的长相呢？"

弘抬起头。这次，他看着美嘉的眼睛回答：

"其实我在刚开始跟美嘉交往的时候，跟早纪见过一次面。应该说是她自己出现在我家门口。那时候,她说如果可以给她一张我跟美嘉的大头贴,她就不会再纠缠我了。所以我就给她一张了……对不起。"

"你啊,这不是道歉就能解决的事情吧!"

美奈子愤怒地靠着墙壁。

就在这时,美嘉突然发现自己忘记了一件非常重要的事。她用力地抓住弘的袖子:

"对了,照片……我被拍的照片没有拿回来!"

看到美嘉慌乱的样子,美奈子冷静地回答:

"不要紧的。我问过了,他们说那个时候没装底片,所以你放心吧!比起这件事情,弘树,她叫早纪吧?你给我跟那个家伙断绝关系!"

在美奈子的怒视之下,弘对着美嘉低下头:

"美嘉,真的对不起,都是我的错。"

"嗯……没关系。"


在美嘉回到家之后,弘又发了好几次短信给她。

【美嘉,对不起!】

强暴美嘉的人是弘的朋友。

强暴美嘉、拍照存证,就可以拿到钱……美嘉的身体有悬赏奖金,而且提案的人还是弘的前女友。

我好不甘心喔。

好苦、好痛、好难过。

为什么为了这种原因,我就得带着这道伤痕一生一世呢?

这是不对的。

现在知道是谁,也得到了对方的道歉。

可是,却无法消除我疑惑的心情。

照片呢?

相机里面真的没有装底片吗?

可是闪光灯闪了喔!

为什么弘的前女友会讨厌美嘉呢?

唉,事情真的解决了吗?

事情会就这么结束了吗?

明明同样是人、同样是女人,美嘉却对那个可以毫不在意伤害他人的弘的前女友感到恐惧,也恨她入骨。

好不容易开始愈合的伤口,再度刻骨铭心地痛了起来。

就算痊愈了,恐怕还是会留下一辈子的伤痕吧。


不管心情再怎么低落,美嘉还是得去学校。

"美嘉早!"

"美嘉早!"

亚矢和由果分别从美嘉的左右两侧抱住她。

"啊!……早?"

美嘉硬是挤出一个微笑,回到座位上,身后突然传来一个不怎么熟悉的声音:

"哈啰! 你好吗?"

美嘉回过头,发现发出声音的人是同班的达也。

说起来,达也算是个认真爽朗的运动型男生。美嘉和他的交情不算深,最多也只是互相打招呼的朋友。

"呃……好啊!"

"精神好最重要了呢!"

达也说完这句话之后,对美嘉露出一个微笑,接着便回到自己的座位上去了。

弘和美嘉正在交往这件事,在学校里是非常有名的。

因为弘在同年级的学生当中,算是个相当显眼的人;不过,他们两个人常常在走廊上卿卿我我也是原因之一。

弘是个醋劲十足的人,只要美嘉跟别的男生说话,他就会嫉妒心大起。因为害怕被弘"另眼相待",跑去找美嘉聊天的男生渐渐减少了,所以美嘉的男性朋友可以说是非常稀有。

也因此,美嘉对于达也向自己搭话,感到十分惊讶。

那天课堂上,坐在美嘉前面的亚矢突然回过头,传了一张纸条给她。

"这是什么?"

"好像是从前面传来的喔,不知道是谁写的,不过署名是给美嘉!"

纸条? 会是谁写的?

美嘉一边注意着上课的老师,一边在桌子下方打开纸条。

【给美嘉:我是达也啦! 如果可以的话,方便给我你的 E-MAIL 或是手机号码吗? 我的是 070517153＊＊!】

纸条上写着 PHS 的号码。

美嘉抬起脸,正好和达也四目相对,他吐出舌头对美嘉笑了一下。

如果被弘知道,他一定会生气的吧。

但只是朋友的话,应该没关系吧?

本来是应该直接拒绝对方的。

不过,如果只是给个联络方式的话……

昨天知道了弘还曾和前女友见面的美嘉,便带着轻微的报复心态和轻佻的心情,告诉了达也自己的联络方法。

她和弘之间的恋情,依旧进行得很顺利。

虽然他们在平常下课时间已经不再见面了,但是只要有空,两个人一定会相约出游,弘也还是一如往常地接送美嘉。

然而,在美嘉一天到晚和朋友出去玩,想要借此忘掉那件事情的某天早上……

铃铃铃——

PHS的来电铃声比闹钟还要早响起,把美嘉给叫醒了。

一个未知来电。

谁啊? 不管了,先接再说吧。

"喂。"

"丑女!"

咔嚓! 嘟——嘟——嘟——

对方挂掉了电话。

话筒中传来的是一个没听过的女人声音。是谁呀?

铃铃铃——

又是未知来电。

"喂。"

"小人!"

咔嚓! 嘟——嘟——嘟——

又挂掉了。是恶作剧电话吗?

今天大概是我的倒霉日吧。

正当美嘉这么想,打算关掉 PHS 的电源时……

铃铃铃——

这次是短信。

美嘉带着不好的预感打开收件箱。

【去死去死去死去死!】

是美嘉没看过的号码发来的。

到底是谁? 搞什么啊?

于是美嘉直接回发短信给那个自己不知道的号码。

【你是谁?】

可是对方却好像完全没有要回信的意思。

结果那一整天,对方都没有再回信了。

说不定是搞错号码了吧。

美嘉开始这么觉得。

隔天,那个未知号码又发了短信过来。

【快点分手!】

分手……快点分手?

分手是指跟弘分手吧?

会说这种话的人,不就只有弘的前女友吗?

但是弘的前女友应该不会知道美嘉的电话号码才对啊。

【你到底是谁?】

美嘉紧紧抓住 PHS,冷淡地回复对方。没想到对方很快就回复了。

【弘的前女友。】

果然。

【你怎么知道我的号码?】

【跟弘见面的时候查的。】

跟弘见面的时候查的?怎么会?

弘未免也太不小心了吧。

从那天开始,弘的前女友早纪每天都发一些讨厌的短信,或是打电话骚扰美嘉。

讨厌的短信内容不外乎……

【给我分手!】【丑女!】【去死!】【你好恶心!】【给我消失!】

每天发来的内容,就是不停地重复这些字眼。

偶尔在美嘉不得不接她打来的电话时,她就会滔滔不绝地说她和弘的过往。

例如说"第一次和弘做爱的时候"。

或者是"去哪里约会的时候"。

不管美嘉挂了她几次电话,她都还会再打来。

要是美嘉不接电话,或是直接切掉电源,她好像就会把美嘉的电话号码公布在某个不知名的地方,然后恶作剧电话就会不断地打到美嘉的PHS来。

美嘉却无法将这些每天从早到晚的骚扰行为告诉弘。

一是不想让弘担心,二是美嘉自己也不希望弘再跟他的前女友有任何接触了。

只要我忍耐的话,总有一天这些事都会平息的……

美嘉这么认为。


可是,像"丑女"、"去死"那些中伤美嘉的话,或是美嘉一点也不想听的"弘和早纪爱的回忆",这些讨厌的事情却毫无终止的意思。

失去自信的美嘉,最后终于因为精神伤害而住院了。

胃疼得痛彻心扉,美嘉不断地呕吐。

可能是因为压力让美嘉的胃出问题了吧。

自己住院的事情,美嘉除了告诉初中时代的超级好朋友真奈美之外,就没再对任何人提起。

对弘和学校的朋友,美嘉则谎称自己感冒,要请假一阵子。

当然住院的时候,早纪还是没有停止短信和电话骚扰。

就算关掉电源,美嘉还是会觉得自己听到了来电铃声。

从早纪那里听来的和弘的爱情往事,在美嘉的脑海中真实上演,也让她几乎要因为嫉妒而疯狂了。

在这种情况下,她的胃病当然不可能痊愈,待在医院的住院时间,也比想像中要来得长了。

美嘉真的很痛苦,完全不知道自己该怎么办。

她只希望能什么都不用想,快点解脱。

如何才能解脱呢?

在确认父母亲已经离开病房之后,她伸手拿起放在身边的水果刀。

我想解脱。我想解脱啊。

现在马上就想解脱啊。

美嘉将刀子架在手腕上,开始慢慢划下……

"你在干什么!"

恰好来探望美嘉的真奈美冲向病床,将美嘉手上的水果刀一把抢下来,用力丢在地上。

"如果美嘉死掉的话,会有很多人伤心的! 我也是,如果美嘉不在的话,我一定会伤心得活不下去的……"

真奈美紧紧抱住美嘉的身体,和她一起痛哭失声。

从手腕滴下来的深红色血液,再度让美嘉回想起自己被强暴的惨淡的那天⋯⋯

弘对自己说的那句:"我会一辈子守护美嘉的。"

再怎么辛酸,再怎么痛苦,美嘉的身边都有陪着她一起哭泣的真奈美,和守护着她的弘。只要这些人还在,美嘉就应该努力活下去才对。

其实⋯⋯说不定我根本不想死,只是想让别人知道我的痛苦有多严重而已吧。

伤口比想像中要来的浅,真奈美用从便利商店买回来的消毒水和绷带,替美嘉包扎了伤口。

"用这个把伤口藏起来吧。不准再这么做了喔!"

真奈美一边说,一边拿出一个白色护腕递给美嘉。

幸好我的身边有真奈美在,谢谢你救了我。


几天后,美嘉平安地出院了。

虽然从早纪那里传来的讨厌短信和电话骚扰依旧,但奇妙的是,美嘉竟然习惯了。只不过,她现在戴着那个白色护腕。

久违的学校朋友和弘,都非常担心美嘉。

下课时间,美嘉一个人呆呆地望着窗外。

"你现在方便吗?"

达也从旁边对美嘉说。

之前两个人曾经交换了 E-MAIL 和电话号码,可是已经很久没有直接面对面说话了。

要是被弘看到我跟别的男生说话,他一定会生气的。美

嘉一边这么想,一边左顾右盼。达也注意到美嘉的行为后,小声地说道:

"我们去音乐教室说吧?这样子才不会被看见。"

确定达也已经走出教室后,美嘉才一面小心地不要被弘看见,一面朝着音乐教室走去。

达也已经在音乐教室里了。

虽然美嘉还是对弘以外的男生余悸犹存,不过不晓得为什么,达也却是能带给美嘉安全感的男生。

"怎么了?这么突然。"

"美嘉是不是瘦了?"

"是吗?谢谢。"

看着刻意开朗回答的美嘉,达也的脸上露出了很明显的担心。

"那个啊,你是不是笑得很勉强啊?"

"……我才没有勉强咧!"

其实真的笑得很勉强。

但是美嘉并不想要让别人知道。

达也看穿了美嘉无法隐藏的不安,丢了一个尖锐的问题:

"你真的是因为感冒才请假的吗?"

"嗯!是感冒啊!"

"那你的手腕是怎么回事?"

美嘉脸上的笑容消失了,同时也说不出话来。

为什么?

我明明已经戴了护腕,应该不会被别人发现才对啊。

"我发现了喔。你的左手手腕……发生了什么事?我不会告诉别人的,你要说吗?"

其实,美嘉一直好想找个人依靠、找个人听她说话。

于是,强暴,弘前女友的骚扰,以及她的胃因此出了问题而住院的事情;割腕自杀,然后被好朋友救了一命的事情,美嘉全都告诉达也了。

"你一定很痛苦吧。"

听完美嘉的话之后,达也一边这么说,一边朝着窗户走去。透过窗户的反射,美嘉看到达也伸手揩掉脸上的泪水。

他为我哭了吗? 应该是我的错觉吧。


经过这次之后,美嘉和达也的感情突然变得很好。在达也的提议下,美嘉换了一支新机种的PHS。

拜换了新的PHS之赐,美嘉再也没有收到早纪的骚扰了。每到下课时间,达也就会对着没有精神的美嘉微笑,借此鼓励她,仿佛完全不怕被弘发现似的。

对美嘉来说,达也算是唯一可以交心的男性朋友。


某天下课时间,当美嘉和达也在教室开心地聊天时,突然感受到了某个人的视线,于是她慢慢抬起脸来。

看着美嘉的人是同班的和哉。

和哉好像很享受似的,一直用监视般的视线盯着他们看。

他是和弘同属一个小团体的人,和弘感情很好,两个人常常一起行动。

和哉的脸上浮起一抹微笑,站起来不知道去哪里了。

虽然美嘉的心里有种不好的预感,不过她还是继续和达也谈笑。

就在这个时候……

有一个人眼中散发着吓人的目光，朝着教室走过来……
是弘。

和哉一定是特地跑去跟弘打小报告，说美嘉和达也之间
的感情变得很好的吧。

弘用力地拉开教室的门，靠近美嘉他们。

美嘉叫达也等一下，像要保护达也般的站到弘面前。

两个人在教室的正中间怒目相视。

个子很高的弘相当有压迫感。

为了不输给弘，达也同样瞪着他。

全班的人都在瞬间安静了下来，教室中的气氛也变得十
分紧张。

"搞什么，你想对别人的女人出手啊？"

打破沉重的空气，率先开口说话的是弘。

"只是说说话就算是出手了吗？"

"谁准你跟别人的女人讲话了？"

"你没资格说这种话吧？"

对于口气强硬的达也，弘脸上写满了藏不住的惊讶。

"啊？"

"是你让美嘉烦恼的吧？"

"啊？你到底在说什么！"

无法忍受眼前这个状况的美嘉，忍不住插嘴道：

"达也并没有做错事！错的是美嘉……"

没办法接受美嘉袒护达也的弘，脸上的表情瞬间变了。

"少在那边唧唧歪歪的!"

砰。

一声闷响,弘的拳头直直地打在达也的脸上。

达也只是稍微晃了一下便重新站好,同样朝着弘的脸颊揍了一拳,并大喊道:

"美嘉因为被你的前女友骚扰而受伤了,还苦恼到想要自杀! 难道不是因为你不好好跟对方分手的关系吗?!"

当——当——当——当——

上课铃声正好在这个节骨眼响了起来。

弘朝地上吐了口口水,高高在上地瞪了达也一眼,随即走出教室。

确认弘已经离开了之后,美嘉朝着达也跑去:

"达也,你还好吧?! 对不起,都是美嘉不好……"

达也压着被打肿的脸粲然一笑:

"这种程度不算什么啦!"


在之后的课堂中,弘发了短信给美嘉。

【他刚才说的是真的吗?】

美嘉只回了一个字。

【嗯。】

弘又继续发短信过来。

【你被她骚扰了吗?】

美嘉的脑子里乱成一团,因此没有回信息给弘。

到了课堂结束的时候,她一看PHS,发现自己明明没有回短信给弘,弘却又发了短信过来。

【回家的时候我们谈谈。】

然而,这天回家的时候,美嘉却没办法和弘说什么。

因为今天他们两个人打架的事情被老师知道了,所以两个人都遭到了停学一个礼拜的处分。

达也能和自己说话、倾听自己的烦恼,真的让美嘉感到很开心。

由于美嘉没有什么男性的朋友,所以达也对她来说,就成了一个异常珍贵的存在。

明知弘很爱吃醋,可美嘉还是想依赖达也的温柔……

结果却让达也和弘两个人拳脚相向,还害他们两个人都受到了糟透了的停学处分。

在停学期间,达也还因为担心美嘉和弘之间的关系,跟美嘉联络了好几次。

当美嘉对达也说"对不起喔"的时候,达也总是会笑着说"别在意啦",然后原谅美嘉。

当美嘉老实地将弘前女友的骚扰行为对弘全盘托出时,弘也对美嘉说"对不起,我没有注意到",不断地向美嘉道歉。

要是我能靠自己解决的话,就不会把达也扯进来了吧。


从两个人打架的那一天到现在,已经过了一个礼拜了。

结束停学处分的弘开始出现在学校里,可是达也却不知道为什么,一直没来。

据说达也的鼻梁骨折了,所以目前好像还没办法来上学。

这个时候,美嘉的学校很稀奇地举行了一次全校集会。

集会的内容好像是要"找出大约一个礼拜前打破学校玻

璃的人。校方绝对不会动怒,希望大家能老实说出是谁"。

在气冲冲的老师们面前,当然不可能出现什么老实指出是谁的人,所以大家又鱼贯回到了教室。

老师发给每人一张白纸,然后满脸严肃地开始说道:

"在我们班上,可能有打破玻璃不愿意承认的人,也可能有知道是谁但说不出口的人。所以,老师希望大家能在这张纸上写下你们知道的事情。如果打破玻璃的人在班上的话,不具名也没关系。老师希望大家能写出那个人的名字。"

会有人写吗?

完全不知情的美嘉,直接将白纸交了回去。


那天回家的时候,好久没有一起到弘家玩的美嘉、亚矢和望,决定和弘四个人到弘家去玩。

"今天的全校集会真够无聊的!"

"嗯啊,完全不知道他们要干吗! 老师们都超拼命的啦!"

懒洋洋的望和亚矢喊着。

"不知道到底是谁呢?"

望看着兴致高昂的美嘉,露出了一个自大的笑容。

"我们知道是谁吧,弘!"

"喔,知道啊知道啊。"

"咦! 是谁?!"

亚矢伸长了身体问道。

"就是我跟弘、鹰还有圣啊!"

"望,你真够多嘴。"

"弘,是你们? 骗人的吧!"

对于半信半疑的美嘉,弘爽快地回答:

"嗯,就是我们。"

"真的假的? 要是被发现的话,会被停学欸!"

亚矢的脸上写满了担心。

"没关系啦。我们已经有对策了嘛!"

这么说着的弘和望彼此对看了一眼之后,微微一笑。

至于弘说出这句意有所指的话的原因,美嘉则是到了后来才知道原委……

自从那天之后,美嘉还是一如往常地去上学,可是达也却仍旧没有出现。

他还在跑医院做治疗吗?

今天老师依然发给全班每人一张白纸。

据老师自己的说法,这种发白纸的行为似乎会持续到找出是谁为止。

怎么可能找得到? 是弘他们耶。

美嘉还是依照惯例,将什么也没写的白纸交回去。

要我出卖最爱的弘……做不到。之后,我还是一定会继续交白纸的。

那天晚上,美嘉家里的电话响了。

铃铃铃——

"喂。啊,老师!"

打电话来的是美嘉的级任老师。

"喔,是美嘉吗?"

"是的！老师,有什么事情吗?"

"老师有点事情想要问美嘉,你可以诚实回答老师吗?"

"……嗯?"

"是关于那个砸玻璃的事情。老师今天发了白纸给大家吧? 你在白纸上写过什么吗?"

"我什么都没写。"

"你交回来的白纸上,写着'我知道是谁,可是不能说'。写这句话的人不是美嘉自己吗?"

听完老师的话之后,美嘉知道了一件事。

写下这句话的人,一定就是亚矢。因为知道是谁的,只有亚矢和美嘉。

亚矢已经是个大人了吧? 写了这种东西,别人搞不好就会知道是望他们呀!

亚矢幼稚的行为,连美嘉都替她觉得莫名的丢脸。

但是要美嘉背叛弘……绝对不可能。

"我不知道。"

罪恶感作祟的美嘉,用反抗的声音回答。

"这样吗,那真是不好意思了。不过,因为已经有好几个人把名字写在白纸上了,所以现在那个人,正要和监护人一起来学校。那么,我们明天见啰!"

老师自顾自地说完,就挂上了电话。

有人把名字写在白纸上?

被叫到学校去的人,是弘跟望吗?

美嘉挂上家里电话的同时,PHS也响了起来。

铃铃铃——

来电:亚矢

打来的是亚矢。

老师一定也打电话给她了吧。

"喂!"

"啊,美嘉,刚刚老师有没有打给你?"

"有啊!老师也打给过亚矢吗?望跟弘没问题吧?"

"刚才我打给望了。可是,望跟弘好像都没被叫到学校去的样子!结果我一问,才知道被叫到学校去的好像是达也……"

"咦?怎么会?!为什么是达也?"

美嘉掩不住心中的慌乱。

为什么是达也?

亚矢冷静地对美嘉说出了真相。

"好像啊,我是从望那边听来的啦。达也啊,不是跟美嘉很要好吗?因为这样弘就很火大。之前他们两个不是打架了吗?后来弘好像因为太生气,就把窗户给打破了。他会生气也是因为达也的关系,所以弘那票人,就全部都在不记名的纸上写了达也的名字,要嫁祸给达也……"

美嘉还没等到亚矢把话说完,就挂上电话,往学校打去。

铃铃铃——

"喂。"

"老师。"

"是美嘉吗?怎么了?"

"达也真的被叫去学校了吗?"

"嗯。他现在要跟监护人一起来学校喔。怎么了?"

"那个,我没办法说得很清楚,但不是达也做的。请老师不要怀疑达也!"

老师只沉默了片刻,就接着说道:

"老师同样觉得达也不是会做那种事情的人。不过他的名字被写在白纸上也是事实……如果他本人否认的话,就不会有什么事情的。"

"老师! 是……其实是……"

美嘉闭上了嘴巴。

达也不是啦。

虽然很想这么说,可是这么一来,我就背叛弘了。

我……真是个软弱没志气又卑鄙的人啊。

挂掉电话之后,美嘉全速朝学校跑去。

到学校的时候,天已经全暗下来了,学校里面静悄悄的,达也好像也已经回去了的样子。

美嘉无精打采地走在一个人也没有的走廊上。

然后,正好走到了音乐教室的前面……

她回想起那个时候和达也说出自己的烦恼的事。

达也不是,这点老师自己也知道啊。

所以他还会回到学校来吧? 我还可以再跟他说到话吧?

老师打电话来给我的时候,我连弘他们就是打破玻璃的人都不敢讲,怕说了之后,弘搞不好就会讨厌我了。

到头来,我还是只想着自己,觉得自己最重要啊。

但是到了学校,来到音乐教室之后,美嘉决定要保护鼓励自己、倾听自己烦恼的珍贵朋友,男朋友当然也很重要,可是朋友……

最重要的,是要保护正确的那一边。美嘉这么想到。

如果达也来学校了，那个时候，我就要把所有的事情照实告诉老师。

其实是弘他们，我一定会说的。


可是隔天，再下一天，达也都没有来学校。

他最近也都没有和美嘉联络。

可能是他骨折的鼻子还没有好吧。

然后，从某一天开始，老师就再也没有发白纸给大家，也没有再提及打破窗户这件事情了。


当美嘉手腕的伤口痊愈，打算将白色护腕拿掉的那一天，老师在一大早的朝会时间对大家说：

"达也不会再来学校了。"

全班哗然，每个人都在说：

"咦，怎么会？"

"为什么？"

"因为个人因素。"

老师冷静地回答。

个人因素？什么嘛！

这种答案我才没办法接受咧。


朝会时间结束之后，美嘉和亚矢为了问出达也休学的真相而跑到教职员办公室。

"老师！"

美嘉和亚矢带着忿忿不平的心情朝着级任老师跑去。

"什么,怎么了?"

"请告诉我们达也休学的真正原因!!"

两个人异口同声地对老师丢出问题。老师叹了一口气之后,回答道:

"他承认了。说自己就是打破玻璃的人。"

美嘉和亚矢面面相觑,然后拼了命地开始对老师解释:

"不可能啊! 因为……"

"我们知道是谁! 对吧,美嘉!"

亚矢征求着美嘉的同意,美嘉也用力地点头。

老师有点疑惑地搔搔头,然后像是要抚平眼前两个学生激动的情绪般,缓缓地开口:

"他说是自己做的,这也是他的决定。"

老师的话带着奇妙的说服力,以至于美嘉和亚矢两个人完全不知道如何反驳。她们只好拖着脚步走回教室。

达也……为什么要牺牲自己呢? 为什么?

在教室的角落,和美嘉同班的春奈正在嚎啕大哭。

看来春奈好像很喜欢达也。

大家都隐约知道达也不是打破玻璃的人,而是为了袒护别人才休学的。同时,真正做错事的其实是弘他们这件事情,大家也多少察觉到了。

美嘉装作没看见狠狠瞪着自己的春奈,朝弘的教室走去。

弘和望在教室里大声笑闹,好像很开心似的。

"弘,过来一下。"

"哦,难得美嘉会来教室找我耶!"

"快一点。我有话要跟你说,快点过来!"

然后两个人朝着走廊的角落走去。

　　"弘,你知道我为什么会生气吗?"

　　"谁知道啊——"

　　很明显的,其实弘知道,只不过是在装傻。

　　这种态度只是让美嘉心中的怒火越烧越旺。

　　"你在想什么啊? 达也休学了欸!"

　　美嘉用颤抖的声音挑明地质问弘。

　　"哦……"

　　"你知道他为什么会休学吗?"

　　"……我哪知道。"

　　"你把打破窗户的事情嫁祸给达也了吧。达也是为了袒护你们才休学的喔。去跟达也道歉!"

　　"啊? 他不是休学了? 要怎么道歉啊?"

　　"我告诉你达也的电话号码,直接打过去不就好了!"

　　面对摆臭脸沉默着的弘,美嘉冷冷地说道:

　　"在弘跟达也道歉之前,我不会再跟你见面,也不会跟你联络。再见!"

　　然后美嘉走回教室,趴在桌上。

　　隔天早上,当美嘉想要换室内鞋的时候,却找不到鞋子。

　　一定,不对,绝对是春奈干的。

　　因为害达也休学的人是我,所以春奈要恶作剧。

　　没有室内鞋也没办法,美嘉便穿着袜子,直接朝着教室走去。

　　死命盯着懒洋洋走进教室的美嘉双脚的,是亚矢。

"哎哟,美嘉,你的室内鞋呢?!"

"好像啊,被鬼偷走了的样子!"

"真的假的?握握手,我的室内鞋也被鬼偷走了!"

因为亚矢是望的女朋友,所以她的室内鞋一定也被藏起来了吧。

"反正一定是春奈干的嘛!她好像很喜欢达也呢!"

亚矢完全不在意自己的室内鞋被别人藏起来,反而跟平常一样开朗地谈笑。

"把别人的室内鞋藏起来也太阴险了!"

"不过还蛮适合春奈的啊。"

美嘉和亚矢两个人刻意用春奈听得见的音量大声说道。

不知道是不是被她们听到了的缘故,春奈和另外三个女生瞪着美嘉和亚矢,窸窸窣窣地咬着耳朵。

春奈很喜欢达也,所以她会讨厌害达也休学的美嘉,也是没办法的事情。

可是,跟她一起小声说话的另外三个女生是谁啊?

弘在学校人气很旺,换句话说,就是很受欢迎。

人开朗,又带着点坏坏的感觉,长相也很不错。

个子高、运动神经好,而且最重要的是他很温柔。

因为弘本来就是坏学生,所以在同年级比较突出的坏女生当中,也是人见人爱。

跟一般的学生比起来,美嘉也是坏学生一族,不过她是上了高中之后才开始变得比较爱打扮,算是"高中出道"类型的。

自从和弘交往开始,也曾经因为有人说她"配不上弘"、"不适合弘"之类的闲言闲语而心情低落过。

和春奈一起瞪着美嘉和亚矢的三个女生，大概也是对弘有好感的人吧。

虽然美嘉不知道春奈是在什么地方、如何和那些人开始有交集的，但是看来她们好像开始联手做一些麻烦的事情了。

美嘉和亚矢就在包括春奈在内的四个女生的瞪视下，穿着泡泡袜走到走廊上去。

一出走廊，美嘉就看到弘远远地走过来，所以她又折回教室。


达也休学到现在已经过了一个礼拜了。

弘还是每天都跟美嘉联络，不过美嘉打算在他跟达也道歉之前，不回他短信，也不接他打来的电话。

之后美嘉在教室的垃圾桶里找到了自己的室内鞋，可是来自春奈她们的骚扰还是一直持续着。

课本被撕得体无完肤、运动服被藏起来、背地里被中伤。

但是，前阵子才被弘的前女友严重骚扰的美嘉，根本就没把春奈她们的伎俩放在眼里。

骚扰持续了一个礼拜之后。在体育课下课要把运动服更换成制服时，美嘉发现了一件事。

一直放在制服口袋里面的PHS不见了。

美嘉找遍了制服口袋和书包的各个角落，还是找不到。

第二天，想着PHS搞不好掉在什么地方的美嘉，提早赶到学校，想再找找看。

正当美嘉把书包放在桌上的时候，有一个东西因为冲击力而发出声音，掉了出来……是她的PHS。

昨天在抽屉里翻找的时候,美嘉明明记得没看到的。

因为美嘉的PHS后面贴着大头贴,所以大概是哪个好心人捡到之后,帮忙放到抽屉里的吧。

就在美嘉凭着自己的想像,暗自感谢捡到自己PHS的人的时候,她抬头看到了黑板。

【TEL:070－5072－38＊＊☆

ADDRESS:mika－0512＊＊@pdx.ne.jp☆

我好寂寞,谁来抚慰我的心吧!(＞_＜)一年三班 美嘉】

不是自己亲手写的PHS号码跟邮箱,就这么招摇地写满了黑板。

大概……不对,一定是春奈。

美嘉走到隔壁班和隔壁隔壁班的教室,看看里面的黑板。

果然,不管哪间教室的黑板上,都写着一模一样的内容。

看样子,二、三年级的教室里大概也一样吧。

"怎么可能啊……"

美嘉轻轻关上教室的门。发现自己绝对没办法擦掉全校的黑板之后,她决定只把自己班上的黑板擦干净,其他的就不管了。

开始上课的同时,美嘉口袋里的PHS也开始震动了。

一到了休息时间,就有一大堆未知号码的来电。

不知道是好奇,还是专程打来消遣她的。

还有人特地跑来教室看美嘉长什么样子。

【让我来吧!】【我来抚慰你的心吧!】

发来的短信内容净是这些低级的东西,跟欲望的肉块没什么两样。

"春奈她们真的很惹人厌！"

"来教室看人的那些家伙也真是闲啊，你可别在意喔。"

亚矢和由果安慰着陷入低潮的美嘉。

"……嗯。"

弘一定也看到了吧……他是怎么想的呢？

他会觉得是美嘉自己写的吗？

到了午餐时间，美嘉不去管照例响个没完的 PHS 和来消遣她的男生，和亚矢和由果开始吃便当。

砰！

教室门被粗鲁打开的声音，让三个人停了下来。

全班同学的视线都集中到教室门口。

是弘。

"打电话你也没接。这乱七八糟的到底是怎么回事啊？"

弘上气不接下气地问美嘉。

"没什么……"

弘硬是抢下了美嘉放在桌上的 PHS，按下按键。

大概是看到了短信的内容吧，弘脸上的表情突然变得跟鬼一样，用力地把 PHS 摔到桌上。

"喂，欺负我女人的人是谁啊？"

全班瞬间变得静悄悄的，前来消遣的男生们也发现苗头不对，全都跑掉了。

"是谁把美嘉的电话号码写在黑板上的！不报上名来的话我就自己找了啊。到那时候我一定会杀了那个人，你们最好给我记住。"

这个时候,好像一副快要哭出来的样子,低下头的人……是春奈。

"对……不起。"

眼前意外的情况让美嘉倒抽了一口气。

"就是你在黑板上乱写的吗?下次再对美嘉做什么的话,你应该知道后果吧?"

弘用力地踹飞了春奈的桌子。

桌子发出巨大的声响倒在地上,而春奈则是低着头抖个不停。

"欺负我女人的人,就算是女的我也不会原谅。"

弘的怒火魄力不同凡响,让所有人紧张不已。

"美嘉的达令真的超帅!你也差不多该原谅他了啦!"

亚矢在美嘉的耳边小声说道。

站在一旁的弘将手放在美嘉头上,对她说:

"放学后我在图书室等你,我会一直等到你来为止的。"

然后弘便走出了教室。随后,泪眼汪汪的春奈也来到美嘉面前。

"美嘉、亚矢,对不起了。"

"嗯,该怎么办呢?"

双手交叉在胸前的亚矢用轻佻的口吻说着,等待美嘉的回应。

"……够了啦。我也有错,大家就和好吧!"

"谢谢。"

对弘有好感的另外三个女生,也垂头丧气地离开了教室。

就这样,暴风雨结束了。

放学后，美嘉脚步沉重地朝图书室走去。

她慢慢地打开门。弘并不在里面。

"……咦？弘？"

空无一人、静悄悄的图书室，让美嘉感到非常不安。

"美嘉！你来了！"

弘从书架旁边跳了出来，紧紧地抱住美嘉。

他一定是想吓唬美嘉吧。

"弘……今天谢谢你喔！"

因为弘突然蹦出来而惊魂未定的美嘉，小声地对弘道谢。

"自己喜欢的女生被欺负了，帮她一点忙是很正常的啦，别在意！"

弘露出害羞的微笑，没给美嘉说话的机会，又继续说道：

"可以给我达也那家伙的电话号码吗？我会好好跟他道歉的。我想跟美嘉联络，也不想跟美嘉分手。"

弘总算下定决心道歉了啊。

美嘉马上在弘面前拨了达也的电话。

铃铃铃——

"喂！"

好久没打电话给达也了。

"我是美嘉，你还记得吧？"

"当然啰！什么事啊？"

"有个人想跟达也说话，我可以把电话换给他听吗？"

"喔！好啊！"

美嘉紧张地将PHS交给弘。

担心这两个人又会吵起来的她，竖着耳朵静静听着话筒传来的声音。

"呃……嗨。"

"嗯？你是谁？"

"七班的樱井弘树，就是打了你的人。"

"哦，怎么了？"

"那个时候真是对不起，其实打破玻璃的人是我……"

对于美嘉的存在很介意的弘，稍稍走开一点。

美嘉再度背着弘偷偷靠近，侧耳听着他们的对话。

"我知道。不过我没关系啦！反正我跟美嘉感情很好的事情，也让你不太高兴。"

"真的很不好意思，我害你休学了。"

"我就说不要在意嘛！不过，你可别再让美嘉流眼泪了喔！如果你再让她哭的话，我可是会把她抢过来的哟！哎呀，不过美嘉跟我是朋友，所以这句话你就当笑话听听算了。但是，我可不允许这种事情再发生喔！"

"你真是个好男人，真是对不起。"

这两个人又聊了好几句话之后，弘才将 PHS 还给美嘉。

"喂。"

"哈啰！"

达也的开朗模样好像是刻意装出来的。

"达也，真的很不好意思……"

"美嘉这阵子会不会太爱道歉了呀！我就说不要在意了嘛！"

"真的，对不起。"

达也的声音突然变得很低沉，他接下来要说的一定是很重要的话吧。

"他叫弘树吗？我看到受伤的美嘉时，就觉得绝对不能把美嘉交给那种人。但是我刚才跟他讲电话的时候，渐渐觉得你们两个人应该没问题了。要幸福喔！如果有烦恼的话，我随时都可以听你说！谁叫我们是朋友嘛！"

"嗯，真是谢谢你！"

达也挂上电话之前，他说了一句"反正我自己也想休学，所以正好"，然后呵呵笑着。

就算这句话是骗人的，美嘉也对他的体贴感到高兴。

总是倾听我的烦恼的达也。

为了我而流泪的达也。

到最后都很体贴的达也。

达也一定知道和我感情太好，会让弘生气。

所以他是故意让弘为了这个原因来找他麻烦的。

在两个人打架的时候，达也不是毫不留情地说了吗？

"美嘉因为被你的前女友骚扰而受伤了，还苦恼到想要自杀！难道不是因为你不好好跟对方分手的关系吗?!"

所以美嘉才有办法跟弘说自己被他的前女友骚扰的事。

达也一定是为了我刻意制造这个机会的吧。

现在我是这么想的喔。

达也，我真的只会替你惹麻烦。

就算要感谢，一句话也无法说完。

你是最棒的好男人。

就算我们没办法在学校见面了，但是我一定永远不会忘了你的。

谢谢……真的,谢谢你。

挂上电话之后,泪水自然而然地溢了出来。

这是悲伤的眼泪吗？还是感动的眼泪呢?

弘用手指抹去了泪水。

在下一瞬间,他紧紧地抱了美嘉一下,然后轻轻地啄了美嘉的脸颊。

"眼泪好咸喔。"

这么说完之后,露出满脸微笑的弘,看起来比以往都还要稚气。

操场上聚集着许多参加社团活动的学生。图书室里则充满了从窗户射进来的明亮的斜阳。

想要亲吻弘的美嘉伸长了身子;却还是因为两个人的身高差距太大而没有办法。

弘见状,一脸温柔笑意,把美嘉抱到桌上,用手掌捧着她的脸颊,然后覆上自己的嘴唇。

那是个温柔而暖和的长吻。

弘的手撩起了美嘉的制服裙,爱抚着她的大腿。

"不行……别人会从外面看到的啦!"

美嘉用微弱的力量轻轻抵着弘的手。

"就让他们看吧。"

弘发出低沉的声音耳语着。

"不行啦! 因为……"

弘的舌头伸进美嘉的嘴里,堵住了她原本要说的话。

美嘉也不知何时放弃了抵抗,顺从着弘的动作。

门另一侧的走廊上传来了大笑声,让美嘉睁开闭上的眼晴,从宛如身处梦境般的朦胧意识当中回过神来。

外头已经全暗下来了,操场上一个人也没有。

正是社团活动结束、大家回教室换衣服的时间。

"弘,有人来了! 不行啦!"

美嘉起身,将敞开的制服弄回原本的 Y 领。

"声音太大的话可能会被听见,美嘉别出声喔!"

弘再次推倒了美嘉,用嘴唇亲吻她的颈项。

"……原来弘这么坏心眼!"

弘用亲吻堵住了美嘉的嘴巴。

出声的话,搞不好会被谁发现。

真是令人紧张颤栗。

图书室里的旧书味,让人的心莫名地变得真诚。

"我好嫉妒。当美嘉快要被别人抢走的时候,我真的很害怕。只能想到自己……除了让那个家伙休学之外,我想不到别的方法了。真的,对不起……"

"嗯,我知道喔……我也对不起弘……"

达也的未来被夺走了。

这是非常严重的事实。

是再怎么补偿,也没办法被原谅的罪孽。

两个人将背负这个事实一生一世,并且双双发誓永远也不会忘记。

嫉妒是爱的证明。

可是有时候,这种情绪过度膨胀,导致人们连身边的事情都看不清楚了。

在无限的后悔之后,他们不会再犯下同样的错误了。

然后,两个人就这样,在图书室因为爱而结合了。

在放学后的图书室里……

当两个人合而为一的时候,泪水再度从美嘉的眼里流了出来。

"怎么……哭了?"

弘担心地问道。

"因为太幸福了……"

在这种时候,美嘉竟然感到满满的幸福。

压抑自己心中胡来的感情,美嘉紧紧抓着弘的手腕。

"笨蛋!美嘉真是爱哭鬼。"

望着彼此的脸,两个人都害羞地笑了。

弘的身体好温暖……

从今以后,我也要永远永远跟弘在一起。

美嘉打从心底这么想着。

我还是第一次,因为幸福而落泪。

## 总有一天，还会……

不知不觉间，已经到了风有些寒冷的季节。

如果不围上围巾的话，美嘉甚至提不起劲走出门。

一如以往地到学校，下课后和弘约会，然后回家睡觉。

一切都很顺利地进行着。

只是，这样平凡的生活，即将一瞬间崩毁……

礼拜日的早晨。

今天弘要到美嘉家里来玩。

铃铃铃——

比设定的闹铃时间还早响起的短信铃声把美嘉给吵醒了。

一边揉着惺忪的睡眼，美嘉一边打开短信箱。

【怎么还没给我分手？】

这种内容，一看就知道了。

是弘的前女友传来的。

可是，美嘉明明已经换了 PHS 号码了，怎么还会接到这些短信呢？

难道,弘还有跟她见面吗?

直到中午弘到家里来的时候,美嘉心里还是半信半疑的。

一颗心悬在那里,实在很不好受,所以还是直接问他吧。

"弘……"

美嘉躺在弘的膝盖上撒娇。

"你真是爱撒娇耶,怎么了?"

"今天你以前的女朋友又发短信来了。"

"啊?真的假的?"

"嗯……弘已经没再跟她见面了,对吧?"

美嘉直视着弘的脸,观察他的反应。然而,弘完全没有显出有所动摇的样子。

"笨蛋,我只有你一个而已。每天都跟你在一起的,你还不明白吗?"

这样磊落的态度令美嘉感到十分安心。

"嗯。那她怎么会知道我的号码呢!"

"美嘉的朋友里有认识她的家伙吗?"

"嗯……应该没有!"

"把她的电话告诉我!"

美嘉有些不情愿地打开旧的 PHS,把来电记录里的号码给弘看了之后,他便使用自己的 PHS 开始打电话。

"喂,是我。对,我是弘树。你是早纪吧?混账!不要再骚扰我的女人!"

从对话内容听来,弘是打给他的前女友了吧。

"我不管你是怎么知道她的号码的。我可是一点也不想跟你复合,不准再打来了!"

弘单方面把电话挂掉之后,说了"放心吧,她不会再打来了",便拨起美嘉的刘海轻轻一吻。

然而,第二天起,美嘉还是持续收到跟之前一样的恶作剧短信。

没事的,不用在意。

美嘉已经可以自己忍耐了,所以不需要再告诉弘……


"啊,突然觉得好不舒服……好像快吐出来了。"

午休时间吃着便当的时候,美嘉突然感到一阵强烈的恶心,只好赶快跑到厕所去。

这是美嘉自从上次胃痛到住院以来,第一次呕吐。

难道又吃坏肚子了吗?

这样一想,最近也老是像感冒了似的,觉得身体不适。

连在家吃饭时,都有一阵一阵的作呕感。

"到医院去检查看看吧。"

看见美嘉不舒服的妈妈担心地提议着。隔天,马上就让难得休假的爸爸带她一起到综合医院去了。

向医生大略说了症状之后,院方替美嘉做了尿液与血液的检查,剩下的就是等结果出来了。

之后,美嘉不明就里地被单独叫进诊疗室。

医生一点也不拖泥带水,看了检查结果之后劈头就说:

"你怀孕了。"

……怀孕。

听见这句话的美嘉脑中一片空白。

"我必须告知你的监护人，请他们进来吧。"

明明就在眼前的医生，声音听起来竟然像是从遥远的另一头传来似的。

美嘉抱着混乱的心情，将等候室里的爸爸请进诊疗室。在聆听医生的说明时，他只是一言不发地点点头。

回家的路上，美嘉因为害怕而不敢看爸爸的脸。

中间也只有过这样的对话……

"是弘的孩子吧？"

"嗯。"

回到家之后，在厨房的妈妈用充满精神的声音问道：

"回来了啊，检查结果怎么样？"

"嗯……"

她一定完全无法想像我竟然怀孕了吧。

因为就连自己这个当事人都觉得出乎意料。

美嘉一言不发地回到房间，直接躲进棉被里。

爸爸的声音从客厅隐约传来。

由爸爸来告诉妈妈结果吧。

现在他们应该正在说这件事。

过了一会儿，说话声停下了，美嘉的房门悄悄地打开了。

一股晚饭的香气……进来的人是妈妈吧。

偷偷将眼皮打开一点点，美嘉看见妈妈坐在床沿，望着自己的脸流泪。

怀孕。

现在美嘉的肚子里有了弘的宝宝了。

一定是在图书室结合的那次有的吧。

两人都才十六岁，该怎么办才好呢？

从那之后，美嘉的食欲变得更差，害喜也更严重了。


冰冷刺骨的寒风。

翩翩飘落的雪花。

可以感受到圣诞节马上就要来临了。

但现在可不是过圣诞节的时候。

怀孕是两个人的课题，不用一个人烦恼吧。

这件事应该要告诉弘吧。

弘会怎么说呢？他会高兴吗？

还是……还是……


美嘉忍着害喜的不适勉强到学校去。

下课后，她和弘约在附近的便利商店见面。

"美嘉，我好想你！"

由于美嘉一直请假，所以两个人已经好一阵子没见面了。弘看起来很开心的样子。

事实上，美嘉也对能跟弘见面感到很雀跃。

只是，一想到待会儿要说的事……心中的不安就大过了喜悦。

"你只吃沙拉而已吗？还把胡萝卜留下来，你就是这样，个子才这么小啦！"

与美嘉的不安相反，弘处于相当兴奋的状态。

"……弘，我有话跟你说。是很重要的事。"

"有话要说？什么事？如果是要分手的话我可不听！"

"不是要分手啦。真的是很重要的事。"

弘似乎终于察觉美嘉不寻常的沉重心情,正色看着美嘉的眼睛。

"怎么了?"

美嘉喝了一口水,接着开始说出怀孕的事。

"就是啊,之前因为身体不舒服去了医院。结果……我有了。"

"咦?"

"我有……孩子了。"

美嘉觉得只要一看见弘的表情,自己好像就得接受某种答案似的。她感到害怕。

弘却什么都没说地站了起来,然后匆匆离去。

老实说,被告知怀孕虽然令我无法置信,也吓了一大跳。

可是,我的心情还是非常开心。

因为我最喜欢弘了。

所以如果是弘的孩子,我会想生下来,然后把他养大。

不过弘的想法不是这样的吧?

两人都才十六岁,并不是可以结婚的法定年龄。

还不能工作的话,也就无法保证有能力生养孩子。

在那样的状况下,把孩子生下来是极为困难的事。

对弘而言,女友"怀孕"是多么沉重的事实啊。他或许还想和朋友多玩一阵子,也根本不想被束缚住吧。

心中不安与悲伤的情绪迅速增长着。

"美嘉!"

用温柔的声音呼唤低着头的美嘉的,是弘。

弘……回来了。

"弘……"

弘一面喘着气,一面从袋子里拿出一件看起来像红色钥匙圈的东西,递给美嘉。

仔细一看,那是在圣诞节前后贩卖,装着糖果与巧克力的小小红色圣诞袜。

"这真是太值得庆祝了,美嘉!生下我们的孩子吧。为我生下来吧!我会休学去工作,绝对会让你们母子俩幸福的!"

这是美嘉意想不到的话,然而,也是她所期待着的话。

希望你把孩子生下来,我想听到弘这么对我说。

"我可以把孩子生下来吗?"

弘打断了美嘉不安的询问,眼中闪烁着光芒,回答了她:

"那还用说!两个人一起努力养育孩子吧!"

就在此时,我们的心中作了决定,要把孩子生下来。

弘,谢谢你对我说希望我生下孩子。

我会把心爱的人的孩子,好好生下来的。


下定决心的三天后,他们一起来到了弘的家。

今天要向弘的父母亲报告美嘉怀孕的事,然后请求弘的双亲同意让美嘉生下孩子。

首先,美嘉告诉了一直很照顾她的美奈子。

"恭喜你们!我马上要当姑姑了呢!孩子生下来之后,要让我第二个抱喔!"

美奈子十分为美嘉他们高兴,鼓励着他们。

原本出门不在的弘父母也在此时回到家,两人便顺势一起走到了客厅。

"打扰了!"

"哎呀,是美嘉呢!"

弘的母亲笑着对他们打招呼。

弘先让美嘉坐在沙发上,然后站起身开始说:

"今天我们有事情要告诉你们,是一件值得高兴的事情喔。对吧,美嘉?"

美嘉才刚坐定,又站了起来。

"是的!"

"那就是,美嘉怀孕了! 现在,美嘉的肚子里有了我们的孩子了! 而且,我们决定要生下来!"

弘轻抚美嘉的肚子,语气轻松地说道。

一时间,客厅里陷入了一片沉默。

"嗯……说要生下来,可是你们养得起吗? 美嘉自己是怎么想的呢?"

从弘母亲的眼中,可以明显地看出她受到了冲击。

"我会休学去工作的,所以完全没问题。美嘉也想生的吧?"

弘自信满满地笑着说道,于是……

"我当然想生!"

美嘉毫不犹豫地断然回答。

两人对生下孩子的决心是坚定、不可动摇的。

一直沉默的弘父亲两手抱胸,终于以沉稳的声音开口了:

"既然弘树和美嘉心意已决,我也就不再多说什么了。弘树,你有自信让美嘉幸福吗?"

"那当然！我一定会让美嘉和孩子幸福的！"

弘也不顾是在自己父母的面前，伸手搂住了美嘉。

他的父母看着这样的两个人，先是愣了一会儿，最后也笑开了。

"你们也真是的……美嘉不能着凉吧？"

弘母亲将自己的围巾围在美嘉的脖子上。

"那就好好加油吧。"

弘父亲说这句话时无意间露出的笑容，从某些角度来看，真的跟弘很像。

因为得到认同的过程比预期顺利，所以两个人也安下心来，心满意足地相视而笑。

"明天就去向美嘉的父母报告喔！"

"嗯！"


隔天放学后。

两人既不安又期待地快步走向美嘉的家。因为美嘉的父母已经知道怀孕的事了，接下来要做的，只有请他们答应让两个人把孩子生下来。

"打扰了！"

这是得知美嘉怀孕以来，弘第一次到美嘉家里。然而他看起来却好像完全不紧张。

此时，爸爸正坐在客厅的沙发上。

"爸爸，我把弘带来了。"

"这样啊，带他过来这边吧。"

美嘉拉着弘的手，将他带到客厅。

"您、您好!"

在爸爸的面前,刚才还表现得很轻松的弘,一时之间也因为紧张而表情僵硬。

"你好,请坐吧。"

两人放开彼此汗湿的手,各自坐下。

气氛不知道为什么,有点凝重。

"这次来拜访……是想说因为美嘉怀孕要把孩子生下来……"

弘紧张得语无伦次了。

于是,美嘉打断了弘,用强势的语气大声说道:

"我想要孩子,我想把宝宝生下来!"

有那么一瞬间,爸爸的脸上露出了惊讶的表情,不过很快就恢复平常的神色了。他叹了一口气,维持平静的态度说道:

"生孩子不是那么简单的事。还只是学生的你们,要去哪里筹措生产的费用? 生了以后又真的养得起吗?"

"我已经决定了,要休学去工作。我会让他们幸福的。拜托您。"

弘突然站起来对爸爸低头恳求道。

但爸爸却只是继续沉默着,不再表示任何想法。


两人垂下双肩,有气无力地回到了房间。

"总之,今天我就先回去,但我绝对不会放弃的。我会让美嘉生下孩子的。美嘉也有这样的决心吧?"

"嗯! 我们明天再试一次!"

弘打开玄关门之后,像是想起了什么似的,又折了回来。

"啊,我忘了东西了。"

弘一边喃喃说着,一边环视着玄关周遭,确定没有人在之后,他勾住美嘉的脖子,印下一吻才离去。

隔天,美嘉因为严重的害喜向学校请了假。

一个人躺在床上,闲着也是闲着,于是她就开始发短信给弘。

【身体好不舒服喔。】

【我今天请假喔!】

但是弘都没有回短信。

结果,为害喜所苦的美嘉从那天起,一连向学校请了三天的假。

请假在家的三天,美嘉的体重就掉了四公斤。

在短时间内就瘦了那么多,当然是因为害喜而没有食欲的关系。此外,美嘉心里也有挂念的事。

从到美嘉家里的那天之后,弘已经四天没有主动跟美嘉联络了。发短信没有回音,打电话也总是转接语音信箱。

大概是因为爸爸反对,让他觉得沮丧了吧。

半夜两点。在平常大家应该都已经睡着的时间,美嘉却被客厅传来的说话声吵醒了。

是爸爸跟妈妈在说话吗?

这种时间,在说些什么呢。

美嘉悄悄打开客厅的门,窥探里面的情况。

?!

是弘。这是在做梦吧？

美嘉试着捏了一下脸颊，好痛。

是真的。

浅茶色的头发染黑了，那些像是弘的正字标记的许多银色耳环，也都不见了。

虽然从背影看起来像是另一个人，但那个人肯定是弘没错。

为什么在这样的深夜里，弘会出现在我家客厅呢？

弘正襟危坐地向爸妈低下头。

"拜托你们。"

美嘉屏住呼吸偷听着三个人的谈话。

"抱歉，我还是反对。"

爸爸用严峻的表情看着弘回答道。

"我一定会让他们幸福的。请让美嘉把孩子生下来。"

"就算你每天都来，我也不会改变心意的。"

"我是认真的。我会努力工作，拜托您。"

弘将两手放在椅子旁边，再次低下头，母亲则困惑地看着他。但爸爸的表情还是没变，一样的严肃。

"说这些都还太早吧。更何况，现在也不应该让美嘉为此休学。希望你能理解。"

"不管是明天还是后天，在您答应之前，我每天都会来这里的。"

美嘉听了弘说的话之后，跑回房间，扑上了床。

弘他……

弘每天半夜都到家里来,为了让美嘉能生下孩子而恳求着爸爸妈妈。

所以,才忙到连回短信或接电话的时间都没有了。

他不仅染了黑发,还拿掉了耳环。

一向最讨厌向人低头的他,却为了美嘉与孩子,抛下自尊与一切,低下了头。

美嘉躺在床上,把双手放在腹部的位置,然后坚决地发誓。

"不管发生什么事,我都要把弘的孩子生下来。"

过了一会儿,玄关处传来骚动声。

"不好意思,打扰你们了。"

一定是……弘要回去了吧。

美嘉从窗口向外看,在稍远处发现了弘的背影。

"弘!"

美嘉打开窗户,一边留意着客厅的情况,一边大声叫道。

弘转过头,挥着手跑了过来。

"怎么起来了? 身体还好吧? 没时间跟你联络,真对不起啊。"

弘的鼻头都冻红了,却还是一面吐出白色的呵气,一面关心着美嘉。

"嗯,我没事的! 弘,你染了头发吗? 为什么这种时间会来这里呢?"

美嘉伸手去摸弘的黑发,刻意装成不知情的样子问道。

"哦,只是想换个发型看看。还蛮适合的吧? 我只是来这附近找朋友玩的啦……还真巧呢。"

弘说谎……其实我全都知道了。

说话的时候,弘的头上开始堆起了雪花。

"弘,你的头上积了一大堆雪喔!"

"真的假的?这样实在有点逊耶。"

喂,弘,你注意到了吗?

现在你是带着相当悲伤的表情在笑着喔……

"你的脸颊好红。不会是冻伤了吧?"

"什么嘛,弘自己的脸也是红的啊!"

美嘉轻轻将两手放在弘的脸上。但是,弘却将美嘉的手拿下来,凝视着她的掌心。

"好温暖的小手啊。只有我的手一半大吧?有着这么小的手,却要当妈妈了,真的很了不起喔。美嘉一定会成为很棒的母亲的!"

说着这些话的弘,不知道为什么,看起来好成熟……像个男人了。

那是美嘉至今从未见过的……有些悲伤,却很幸福的表情。

之后,美嘉要当妈妈,弘也要当爸爸了呢。


隔天早上,学校打电话到家里来。说如果再这样请假下去的话,搞不好就必须留级了。

虽然美嘉还想休息一段时间……不过,还是到学校去吧。

"美嘉早啊!"

一进教室,亚矢就大声地对美嘉打了招呼。

陪在她身边的人是望。

望虽然是有名的花花公子,这回倒是很难得地跟亚矢交往了好一段时间。虽然每天都会吵架,但两人的感情还是很好。

这两个人应该也还不知道美嘉怀孕的事。

"美嘉身体好多了吗?"

为了不让亚矢担心,美嘉一面挥动着书包,一面回答她:

"只是感冒而已啦。已经好了!"

"那就好! 马上就是圣诞节了呢!"

"你们一定会那个吧,你跟弘好甜蜜喔!"

亚矢与望,几乎同时开始跟美嘉说话。

啊,竟然忘了……圣诞节快到了。

"你买好要送弘的礼物了吗?"

"你跟弘够甜蜜的,可恶,真令人羡慕!"

亚矢与望完全不管美嘉有没有答话,就自顾自地说了下去。

"什么?! 你不是有我了吗!"

亚矢对望穷追猛打起来。

"好痛! 我、我哭给你看喔!"

"恶心死了啦! 要哭就哭吧!"

两个人就像夫妇唱双簧一样,一搭一唱地走开了。

这是什么情况啊。

不过,还真得感谢亚矢提醒自己还没买圣诞礼物的事。

"美嘉? 在发什么呆啊?!"

由果从背后叫住正在想事情的美嘉。

"啊,由果是你啊! 我啊,正在烦恼圣诞礼物该怎么办呢!"

"对没有男朋友的我来说,这是无缘的话题啦!是要送给弘的礼物吧? 嗯,美嘉,今天放学后有空吗? 我们边逛边找吧?"

"咦? 可以吗?"

"烦恼时就该互相帮助啊! 由果我啊,反正闲得很!"

"由果谢谢你! 最爱你了!"


因为由果的绝妙提议,放学后两个人便去逛街了。

街道上点起的灯,像宝石般闪闪发亮,好多情侣看起来都很幸福的样子。

"由果,你觉得这个怎么样?"

"好像有点花哨,可是好可爱喔。"

两个人在杂货铺里以不输给店内播放的圣诞歌曲的音量玩闹着。

"美嘉,过来一下!"

被由果拉去看的,是混杂着各种香气的香水卖场。

"送香水之类的如何? 让弘身上染上美嘉的香味?"

"那样好像很不错耶!"

于是,两人开始在众多的香水之中挑选。

美嘉拿起标示着"人气 NO. 1"的香水,由果把脸凑了过来。

"比起第一名,由美嘉选出适合弘的香气会让他比较开心吧!"

"这样啊,说得也是!"

美嘉从由果身上学到了好多东西呢。

结果,花了一个小时,美嘉选择买下一瓶名为"冰雕"的香水。

带点微甜又充满男性气息的香味。

我想这就是最适合弘的香水了!


"咦……那不是弘吗?"

在寻找吃晚饭的餐厅时,由果突然停住脚步,指向远处。

在那个方向的人,正是弘。

他似乎正在跟一个没见过的女人发生争执。

女人强拉着弘的围巾,而弘斜睨着她。

"他们在做什么!美嘉要不要去弘那边?过去看看吧?!"

美嘉拉住要走过去的由果,阻止了她。

"没关系。美嘉相信弘,绝对相信他……"


回家之后,弘与没见过的女人说话的影像,不知道为什么浮现在美嘉的脑海之中。而此时美嘉心里也重复着这样的声音:

"没关系……我相信他。"

即使是这样想,仍无法消除美嘉心头的不安。在坐立难安的状态下,她发了短信给弘。

铃铃铃——

发信:十二月二十一日二十点五十八分【你现在在做什么?】

铃铃铃——

收信:十二月二十一日二十一点零五分【现在刚到家。】

铃铃铃——

发信:十二月二十一日二十一点十一分【我刚刚跟由果去逛街。】

铃铃铃——

收信:十二月二十一日二十一点十五分【我也是。心有灵犀!】

铃铃铃——

发信:十二月二十一日二十一点五十八分【嗯,心有灵犀。】


过了一段时间,弘发来了不是 P 短信,而是长信息 P 短信 DX。

铃铃铃——

DX 收信:十二月二十一日二十二点三十八分【我跟朋友在街上偶然遇到了前女友。我叫她不要跟我说话,她就抓狂说要去找你。虽然可能只是说说——不过,你以后最好跟紧我!】


什么嘛,那个女人就是他的前女友。

前女友?! 是那个前女友吗?!

还有,要来找我是怎么一回事? 那真的只是说说而已吗?

做了那么多让人不舒服的事,怎么可能会只是说说。


过了几天,美嘉偷偷带着健保卡和弘会合后,一起到之前去过的综合医院妇产科。

"麻烦请填写这张表。"

美嘉从护士手中接过一张薄薄的纸。

【请准妈妈把来医院的理由圈选出来。1. 希望生下宝宝。2. 希望进行流产。】

美嘉的脑中浮现了父母担心的脸。

好迷惑。我真的养得起吗?

我能让宝宝幸福吗?

"当然是选1了!"

弘从踌躇着的美嘉手上抢过笔,把"1"圈了起来。

过了一会儿,美嘉单独被叫进诊疗室里。

"已经决定好要生了吗?"

在这之前,不安的感觉还很强烈。

不过,现在不一样了。

美嘉想着毫不迟疑地圈出"1"的弘,然后回答:

"我要生!!"

美嘉的脸上,不再有迷惘了。

"那么,请好好加油,生下健康的宝宝吧!"

接着,美嘉被带到单独的小房间,脱掉内裤,然后坐在一把形状奇特的椅子上。腰部以下有白色的帘子隔着。

"你可能会觉得有点凉凉的,请稍微忍耐一下。"

帘子对面传来医生声音,同时,冰冷的器具也伸进了阴道。

"请看旁边的屏幕。"

忍着疼痛,美嘉照着医生说的看向屏幕。

是宝宝。

小小的不知道是什么颜色的部分,这里是手吗? 还是头部呢?

"宝宝会透过连在你肚子里的脐带吸收养分喔!"

脐带,美嘉与宝宝是借着脐带联结在一起的呢。

从屏幕上看见的宝宝,是那么地可爱。

美嘉付了诊疗费之后,便快步跑向弘的身边。

"弘你听我说听我说! 我看到宝宝了! 小小的好可爱! 他的脐带是和我连在一起的喔!"

"真的假的?! 我也好想看喔,宝宝是男生还是女生?"

"还没办法看出来啦!"

"女生或是男生都好。真想三个人一起牵着手散步啊!"

"弘也好急性子喔!"

突然,弘把耳朵靠在美嘉的肚子上。

"喂! 我是爸爸哟,听得到吗?"

美嘉感受到周围射来的锐利视线。可是现在的幸福,让她可以不去理会那些人。

"我是妈妈哟! 你知道了吗?"

两人相视而笑。

"笨蛋笨蛋! 弘是个笨爸爸!"

"少啰唆! 你不也一样!"

宝宝,好想能快点抱抱你啊。

两个人的宝宝……绝对会是很可爱的孩子吧。

那天的两个人紧紧牵着手一起回家。

——十二月二十三日。

明天开始就是寒假了。

美嘉一个人在教室里等着弘——他因为在结业式上跟老师吵架,所以被叫到办公室去了。

这时,口袋里的PHS传来震动。

噗——噗——噗——

是未知的来电号码。美嘉对这样的来电可是一点好印象都没有。

"喂。"

"喂,是我。"

是我?哪位啊?电话那头的杂音很大。

"咦,弘吗?"

面对美嘉的询问,对方用平静的态度回答道:

"嗯,没错。我的PHS被老师没收了,所以只能用公共电话打。我现在在体育馆里面,你过来一下吧。"

咔嚓!嘟——嘟——嘟——

电话被对方挂掉了。

明明知道美嘉会在教室里等他,为何还特地打电话来?弘又为什么会在体育馆里呢?

虽然明显感到不对劲,但因为明天就开始放寒假了,圣诞节的临近也让美嘉的心情浮动不定。于是,美嘉选择相信对方就是弘,不疑有他地离开教室,往体育馆跑去。

体育馆里却一个人也没有。

美嘉试着拨打弘的PHS,可铃声只是不停地响着,一点也不像有人会接的样子。

就在美嘉想回学校,确认弘的鞋子是否还在而走出去时……

从体育馆后面巨大的树木阴影之中走出了一男一女。男生穿着和美嘉同校的制服。

他一定是同校的人吧。

女生则穿着别校的制服。然而,美嘉总觉得自己在哪里见过那张脸。

是在哪里呢?

啊!是前阵子那个,在街上跟弘说话的人。

这么说,她是弘的前女友啰?她就是弘的前女友!

我被骗了。之前的电话根本就不是弘打的。

但是,当美嘉察觉到这些事的时候,已经太迟了。弘的前女友早纪慢慢地走了过来。

长得高、化浓妆、气质又成熟的早纪,光是走路就让人产生压迫感。美嘉觉得自己好像已经被她的气势给压倒了。

"美嘉,终于和你见面了呢。你跟弘太黏了,要约你还真是不容易啊!算了,反正靠这家伙提供的情报,我们总算还是见面了。"

早纪指着旁边和美嘉穿着一样制服的男生说道。

这样一来,一切就都很明显了。

在学校里,有人跟弘的前女友有所接触,早纪叫这个人当间谍,好得到美嘉的情报。

所以,就算换了 PHS,美嘉还是会收到恶作剧短信。

美嘉拼命地挤出勇气,假装自己很冷静。

"有……有什么事吗?"

早纪注视着美嘉的脸，狠狠瞪了她一眼。

"啊？会有什么事？没事啊，只要你这丑女赶快给我跟弘分手就好了！"

"我不要。我绝对不会分手的！"

美嘉也不认输地瞪了回去。

"不能说不要喔，像你这种货色，跟弘一点都不配！"

这种事我也知道。

早纪身材高挑、成熟、妆容好看，脸蛋又长得美，跟美嘉相比，早纪看起来的确和弘更相配。

可是，因为美嘉喜欢弘，所以不想分手。

单纯地喜欢着他不行吗？

美嘉像电影中那些无法接受现实而看着上方、强忍住泪水的角色般呆站着。

飘落的雪，有些散落到美嘉的眼睛里，在视线里晕开来。

在这家伙面前……我绝对不能哭。

在早纪旁边的男生，从口袋里拿出了某个东西。虽然美嘉看不清楚，但她隐约能猜到那是什么。

是照片，是美嘉被强暴时被拍下的照片。

果然，那个时候他们还是装了底片的。

美嘉为了夺回照片而跑向那个男生，试着抢下照片；不过，他却把照片交给了早纪。

接下来，美嘉拼命地接近早纪，想要抢回照片，但，原本就是高个子的早纪却把照片举得更高，让美嘉连摸都摸不到。

早纪一边俯视着美嘉，一边嘲笑着她。

美嘉当然不想让这种照片公开。但是如果让弘看到照片的话,他会觉得更受伤吧。

我绝对不想看到弘露出一丝难过的表情。

美嘉始终不放弃地想抢回照片。

这时……

"你还不给我安分一点!"

砰!

早纪用力地推了一下美嘉的肩膀。

美嘉一屁股跌倒在地,头也撞上了体育馆的墙壁。

她的腰部感到火烧般的疼痛,就像是被针扎到似的……那种刺痛感。

"早纪,你会不会做得太过火了?"

"这种程度不算什么啦!"

就在早纪笑着跟那男生说话时,她似乎因为美嘉跌倒,一时大意,让照片掉了下来。

趁现在……把它抢回来。

美嘉在一瞬间找到空隙之后,站起身,从早纪那里把照片抢走,然后用尽全力冲向后门。

那两个人马上从后方追了上来。美嘉只能紧握着照片拼命逃跑。

不过,跑到校门前的时候,她还是被追上了。两个人将美嘉围住。

"照片拿来。不然,我真的会把它们流出去!我还有底片呢。"

早纪想困住美嘉的行动,好拿到照片。美嘉捏紧照片,死不放手。

美嘉跑到校门口是有原因的。因为从办公室的窗口,正好能看见校门这边。

弘现在应该还在办公室里。说不定,他会注意到这边的情况。

美嘉抱着一线希望。

但是,因为美嘉在校门前就被追上了,所以接下来发生的事,或许就无法从办公室里看到了。

"要不是因为你,弘还是我的!"

早纪的话,让一直表现得很冷静的美嘉心中的某个东西被打破了。

"弘才不是物品! 真的喜欢他的话,就不要只会耍小手段,堂堂正正地来决胜负啊! 我喜欢弘的心情,是不会输给你的!"

美嘉正在说话时,强抓着照片的早纪突然放开了手。和她一伙的男生也脸色发青地跑掉了。

背后的脚步声越来越近……美嘉慢慢地转过头去。

是弘! 弘赶来了!

他大概是从办公室里看见,或是跑出来找不在教室的美嘉时,刚好经过这里才看到的吧。

弘将两手放在口袋里,眼神锐利地走过来。

早纪一边发抖,一边依恋地注视着弘。

"你在这里干什么?"

弘抓住早纪胸前的衣服,将她制服的蝴蝶结扯掉,丢到了地上。

"之前讲过了吧? 要是你敢对美嘉怎么样,我就杀了你!"

随后，弘松手放开早纪，从背后抱住了美嘉保护她。

这时，他也注意到美嘉手上有一张被捏得破破烂烂的照片。

美嘉怕弘拿到照片，把照片握得更紧了，没想到弘却突然吻了她。在美嘉身体放松的瞬间，照片被飞快地拿走了。

死盯着照片的弘把书包摔在地上，一把将照片撕毁，然后他脸色大变地要揍早纪。

"住手！老师可能会从办公室看到的啊！弘，难道你想再被停学吗?!"

弘因为美嘉的话稍稍冷静了下来，他捡起地上的书包，把散落一地的破碎照片踢飞。

"那就到学校外面解决。早纪，你也给我过来。"

弘搂着美嘉的肩膀走出校门，早纪在后面顺从地小碎步跟上……真是诡异的情况。


离开学校之后，三个人走到附近的空地。

"你这混账刚刚对美嘉做了什么？美嘉，你被她怎么样了吗？"

被推了肩膀而跌倒，也不算什么大事。为了不让弘更担心，还是别告诉他好了。

"没有啊，我什么事都没有啦！"

"你还不快点向美嘉道歉。"

弘拿书包丢向早纪。

"对不起……可是……"

"可是什么？"

"我还是喜欢你……"

"什么啊？我早就不喜欢你了。不是叫你别再跟我们扯上关系了吗?"

早纪因为弘冷酷的话,都快要哭出来了。

"弘,我没事啦,所以算了吧?"

刚刚还盛气凌人地攻击我的早纪,现在却缩着身体哭泣。

原来她那么喜欢弘啊。

爱情的力量真是惊人。

"还有,那些照片的底片呢?"

"在家里。"

"通通烧掉可以吧? 要是把它流出去,你知道会发生什么事吧?"

"知道。"

"本来真的要杀了你的,因为美嘉不跟你计较,我才放你一马。我可是一辈子都不打算原谅你的喔。"

"我知道了。"

"知道了就滚吧。不要再出现在我们面前。"

弘冷冷地说完,早纪便乖乖离去了。

美嘉看着早纪的背影,在心中祈祷着。

我们都遇到了好多事,也受过许多伤害。

在生命中烙下了无法磨灭的伤痕。

所以,希望你能了解,伤害了别人,自己的内心也不会好过的。

然后,无论如何,请你不要再重蹈覆辙了。

"美嘉？你不要紧吧？对不起，都是我不好。"

弘的声音把美嘉的思绪拉回现实。

"不用道歉啦！弘最酷了！美嘉遇到危险的时候，你总是那个来拯救我的超人！以后也要靠你了喔！"

"好，包在我身上吧。不过，你这种说法也太可爱了吧……其实你刚才也很酷喔？"

弘揉乱美嘉的头发，然后紧紧抱住了她。

"咦？哪里有？"

"我喜欢弘的心情是不会输给你的那部分！"

"啊！你听到了吗？"

"刚找到你的时候你说的，所以就被我听到啦！"

"讨厌，好丢脸！你好坏喔！"

美嘉从弘的胸口转过身背对他，弘却拉起她的手，将自己的围巾圈在美嘉的脖子上，轻轻对着她的耳边说：

"才不丢脸呢，我真的很高兴。虽然听起来像是乱说的，不过我还是超级开心。谢谢你。"

"嗯，好吧！……那我要回去了！"

弘的话虽然让美嘉高兴得几乎藏不住笑意，但她还是逞强地用逃避话题来掩饰自己的害羞。

弘却没有回答。

"弘？"

美嘉担心弘是否生气了，抬起头看着他。

"美嘉，我们私奔吧？"

"私……私私私私私奔？！你是开玩笑的吧？"

弘摇了摇头。他看起来是认真的。

"私奔不是像连续剧那样,有婚外情的人一起逃到不知名的远方去吗,对吧?"

"是啊,没错。不过,说成私奔可能是我太夸张了啦。"

"这种时候不要开玩笑啦!"

"不是开玩笑喔。我是认真的。"

"可是……我们要去哪里呢?"

弘从口袋里拿出 PHS,拨了电话给某个人。

"喂。你现在在干吗? 哦,真的啊。等一下可以去你家吗? 当然美嘉也一起去! 因为我们要私奔了!"

弘挂上电话之后,若无其事地再度开口:

"望说我们可以去他家! 要去吗?"

望的家……就在附近!

此时,美嘉心中忽然意识到残酷的现实问题。

只有十六岁的两个人,是不会了解"私奔"的真正意义吧。

既没有钱,能去的地方也仅限于朋友家。

"现在就走吗? 我什么都没有准备……"

"那今天我们就先回家。明天早上我去接你! 不要让自己着凉了喔?"

弘一边说着,一边将自己的围巾全绕在美嘉的脖子上,然后轻轻地吻了她的唇。

"咦,只有这样而已吗? 不是要深吻的吗?"

美嘉故意假装闹别扭,一屁股坐在地上。

"你好任性,这样会被宝宝笑的喔! 真是拿你没办法……虽然我也很想,不过算了! 就让你期待到明天吧。"

弘用手指拂过美嘉的嘴唇,双手并用地将美嘉拉了起来。

"弘真小气,好扫兴喔! 我真的要回去了!"

"你也太容易生气了吧! 明天我再好好亲你,明天见啦!"

如果美嘉从家里消失的话,爸爸和妈妈说不定就会知道自己是认真的,因而重新考虑让我生下宝宝。

这种想法也许是错误的,但现在的自己只想为此全力拼拼看。

于是两人决定明天要一起"私奔"。

虽然说是"私奔",实际上他们也只是想争取一段较长的时间,能让两个人独处罢了。

美嘉回到家后,想着今天发生的这些像电影情节般的事件,很快就睡着了。


隔天,美嘉在天亮以前就起床了,她将事先准备好的信放在客厅的桌上。

【给爸爸和妈妈:美嘉暂时不会回家了,请不必为我担心。】

将化妆品和充电器丢到包包里,美嘉围上弘的围巾,静悄悄地离开了家。

玄关前那个呼吸时吐出白色气息、拿着一个小袋子的身影……是心爱的弘。

"弘,圣诞快乐。"

"不对吧,今天只是平安夜喔! 你也真是的,怎么带了那么一大袋的行李?"

弘用左手轻松地扛起美嘉的行李。

"我的袋子很重喔,没关系吗?"

"少啰唆！你只要牵好我的手就可以了。"

然后，弘便用右手牵起美嘉的手，放进自己大衣口袋里，两人一起慢慢地走到望的家。


"打扰了！"

弘没按门铃就直接走进屋里，打开望的房门。

"哈啰美嘉，还有弘，早啊！"

亚矢不知为何也出现在房内的床上。

"咦，亚矢！这么早你怎么会在望的房间里？而且还一副在这里醒来的样子！"

"因为今天开始放寒假，所以我昨天就在这里过夜啦！听说你们两个私奔啦？发生什么事了吗？"

事实上，是因为美嘉怀孕了，但爸妈不准她把宝宝生下来，所以她才离家出走的……不过，美嘉总觉得不能把这种事说出来。

弘抢着替为难的美嘉回答：

"是我把美嘉抢走的啦。因为我想一直跟美嘉在一起啊！"

"不愧是弘！还真是敢呢！"

亚矢对着弘的背影冷冷地丢出一句话。


因为大家都很闲，四个人就一起到附近的游乐场去了。

"那么，大家要不要四个人一起照大头贴？"

"好主意，拍吧拍吧！"

不去管不想加入的弘与望，爱拍大头贴的美嘉跟亚矢已经兴奋地讨论起要拍哪一种机器了。

男生没有反对的权力。

女生提议的事,绝对会强制执行的。

"给我一张吧!我要贴在PHS的背面!"

跟弘相较之下,望对大头贴没那么反感,反而还蛮喜欢的样子,把刚完成的一张大头贴贴到了PHS的背面。

"啊,美嘉也贴一张吧!"

"那我也要贴!"

在那当中,只有一个人持续沉默着。

"弘,你也贴一张吧!大家一起来贴嘛!"

望干得好!你这话说得真好!!

弘却说了一句"太丢脸了,我才不要",断然拒绝了。

本来想让大家都一起贴的,好可惜。


晚上,四个人到附近的便利商店买了圣诞蛋糕、晚餐、香槟和饼干等,回家享用。

"让我们为大家的幸福干杯!"

望带头领着大家干杯之后,圣诞晚会也开始了。

未成年的弘、望和亚矢都喝了酒,但美嘉却只能一个人寂寞地喝着长得像红酒的葡萄汁。

"你不能喝酒喔。你的身体现在已经不是你一个人的了。"

之前弘特别交代过的……没办法。

望与亚矢大概是醉了,竟然开始拥吻起来。

"美嘉,我要躺在你的膝盖上。"

弘似乎被那两个人刺激到了，于是不甘示弱地露出撒娇的表情躺到美嘉的膝上。

平常如果被当成小孩子对待就会生气的弘，现在却因为喝醉而像个孩子般撒娇，样子真是可爱。

美嘉轻抚着弘柔软的头发，让他安稳地睡着了。

这个时候……

"锵锵！其实我有礼物要送给望喔——！"

亚矢突然站起来宣布，然后从书包里拿出包装可爱的礼物交给望。

"喔，谢啦！不好意思，我什么都没买。就用我的吻代替礼物吧？"

望接过礼物，双手合十地道歉。

"咦，不会吧！差劲，好恶心！我才不要！"

在一旁看着两人打情骂俏的美嘉也从包包里取出礼物，对躺在膝上假寐的弘轻声说道：

"美嘉也是，准备了给弘的礼物！"

"嗯……咦，是真的吗?！"

"就是这个，请收下！虽然不是什么珍贵的东西……"

美嘉把礼物亲手交给弹跳起来的弘。他收下之后，满怀期待地笑着捏了一下美嘉的脸颊。

"说这什么话，就算美嘉给我垃圾，我也会很高兴的！"

接着，弘有些害羞地从口袋里掏出一个粉红色的小袋子。换他送礼物给美嘉了。

"我也有东西要给你。这个送你！"

咦?！弘也要送美嘉礼物？这怎么可能！

"你看弘多贴心！望你逊掉了啦……"

亚矢一脸羡慕地看着礼物。

"知道啦知道啦。我现在就去附近买给你，你就饶了我吧！"

"真的吗？我好期待喔！"

这两个人果然怎么看都很相配呢。

美嘉微笑地这么想着。

"美嘉，我可以把礼物打开吗？"

"嗯！快点打开来看看！"

弘当着美嘉的面拆掉包装。

"香水？这个礼物太棒了！我可以马上就擦上吗？"

"可以啊！当然……"

美嘉的话还没说完，弘已经开始把香水喷在手腕上了。

"这味道很适合弘呢！闻起来不错喔。"

听见亚矢这么说，弘开心地笑了。对美嘉而言，亚矢的话也让她感到好开心好开心。

"美嘉，真的谢谢你！"

"哎哟。好烫好烫！我都快被你们的热情烧伤了啦！"

"那是因为望你这家伙太啰唆了！"

虽然弘与望平时也会斗嘴，但总觉得今天特别开心。

"我决定了，我每天都会喷上它的，谢谢你。美嘉，你也可以打开我的礼物啊。"

美嘉依言将弘送的粉红色小袋子打开，就像收到圣诞老人礼物的孩子似的小心翼翼。

袋子打开了。

可是袋子里是空的。

"咦？里面什么都没有吗？"

美嘉看着袋子，不可思议地歪着头。

然后，弘用手掌遮住了美嘉的眼睛。

"眼睛闭起来一下。"

美嘉听话地闭起双眼。虽然眼前是一片黑暗，却好像有东西放在她的左手上。

"啊，美嘉太幸福了啦。好羡慕喔！"

声音忽远忽近……亚矢高亢的声音像是从无法辨识距离的地方传来的。

"好了。可以把眼睛睁开啰！"

美嘉听到耳边传来弘声音的瞬间，吓了一跳，接着紧张地睁开眼。

"……咦咦咦咦咦?!"

左手的无名指上，一枚戒指闪烁着银色的光芒。

她抬头一看，在弘的左手无名指上，也戴着一模一样的闪亮戒指。

"这可是情人对戒喔！"

弘得意又害羞地说道。

……美嘉完全说不出话来。

这就是感动得说不出话来的情况吧？

"如何？你喜欢吗？抱歉，我没把礼物放在袋子里，因为我想给你一个惊喜！"

美嘉什么话也没说，直接扑到了弘的怀里，因为冲劲太强，让弘跌到地毯上。

"我好高兴喔,谢谢,呜……"

"啊,弘,你把她弄哭了啦!"

"美嘉乖。别哭了别哭了啊!"

"那么,让我们为皆大欢喜干杯吧,大家再喝啊!"

望的一句话,让晚会再度展开。

在喝着酒的三个人旁边,美嘉一面喝着葡萄汁,一面欣赏弘送的戒指闪动着的光芒。

"我们到外面一下吧?"

弘搭着美嘉的肩膀,亲昵地小声说道。

只喝果汁的美嘉,也因为现场的气氛和酒的味道而有点醉了。

"嗯,好啊! 我们到外面去吧。"

两个人避开已经沉浸在游戏世界里的望与亚矢,轻手轻脚地走出房间。

屋外的雪大片大片地飘下来,在街灯下清楚可见的雪花结晶,看起来十分浪漫。

"唔,还蛮冷的耶。"

"小心点,可不要感冒了喔。孩子的妈!"

弘在美嘉的脖子上一层又一层地围上围巾。

"好温暖喔! 谢谢你!"

美嘉高兴得在雪地上蹦蹦跳跳,然后顺着一股莫名的冲动,她把脖子上的围巾也拿掉了。

弘捡起掉在雪地上的围巾,拍掉雪之后,重新帮美嘉围上,然后揉乱她的头发。

"你喔,真是教人无法放心。脸颊都冻得发红了! 不过算了,这样的你还是很可爱啦。"

大雪持续下着。不知不觉,两人的鼻头都像麋鹿的一样红通通的了。

"已经过了午夜了,圣诞快乐!"

"不过! 明知道不能让你着凉,还把你叫出来,真是对不起。"

"没关系的! 怎么了吗? 弘是不是也醉了?"

"因为我有样东西一定要交给你才行,只是,刚才在大家面前不方便。收下这个吧。"

弘从口袋里拿出了一样物品。

"手套?"

从弘的口袋里拿出来的,是一副黄色的毛线手套。而且,是副小得相当迷你的手套。

"这是给我们的宝宝的。因为还不知道孩子的性别,所以我只好买了黄色的。"

美嘉接过手套,紧紧地握在手中。

宝宝。

我会让你幸福的。

因为你的爸爸在我们的身边呵护着我们啊。

我们一定会让你幸福的喔。

借着这个小手套,美嘉再度感受到宝宝的小小存在。同时,也再次想起在医院时借着仪器看过的宝宝的模糊模样。

他张开小巧的嘴巴,正努力地呼吸着。并透过纤细的脐带,努力地吸收成长的养分。

那么弱小的身体,努力地活了下来。

他，现在就在美嘉的肚子里，拼命地活着。

这就是美嘉与最心爱的人的宝宝。

是美嘉与弘……最最重要的爱情结晶。

谢谢你，弘。真的谢谢你。

今天发生的这件事，我一辈子都不会忘记的……

雪花落进了美嘉的眼中，然后，像是泪水般的流出了眼眶。


回到屋子里的时候，刚才还在玩闹的亚矢与望，不知何时已经静静地在床上进入两人世界了。

恐怕他们一点都不在意美嘉与弘是否在场吧。

一开始他们还能假装没看到，不过，那两个人亲密的举动却越来越夸张了。

美嘉与弘只好从床上抢了一床棉被窝在角落里，以体温互相取暖。

弘用棉被包住身体之后，盘腿坐着让美嘉能枕在他的膝盖上。

抬头看到的弘，看起来比平常更酷好几倍，更像个成熟的男人。

让美嘉的心跳得这么快的弘，好狡猾啊。

美嘉轻触弘的脸颊，将他的脸朝自己的方向拉近。

然而，不管她多么努力，都只能让彼此的双唇刚好碰到而已。

于是弘露出微笑，不动声色地将手放在美嘉的头部下方轻轻抬起，重重地印下一吻。

这是美嘉最喜欢的……弘的吻。

因为在接吻的时候,他总会抚摸着美嘉的头。让美嘉能感受到他满满的爱意。

即使弘说话不饶人、容易生气、又爱欺负她……可是,能这么温柔地接吻的他,心一定也是很柔软的吧。

从相叠的嘴唇上传来的暖意,让美嘉感动得快哭出来了。

真希望这份幸福,能永远永远地维持下去。

现在的美嘉,只有这个唯一的愿望。

弘稍微离开美嘉的唇,将美嘉的身体拉起来,接着紧紧地拥住她。但是,他的身体却像是失去了温度般,微微发抖。

"弘……怎么了?"

两人的距离拉开之后,弘将视线转移到地面。

"我也不知道,我好像……在紧张。这样很逊吧。"

这番话让美嘉的内心也暖了起来,对弘已经满溢的爱意又更深了。

"美嘉也是喔……心脏跳得好快呢!"

弘温柔地看着美嘉的腹部说道:

"宝宝就住在这里啊! 总觉得还是无法置信呢。"

"嗯。"

"因为高兴,最近不太睡得着呢。老是在想像着宝宝的脸会长成什么样子,还有他的名字什么的。"

"噗……笨蛋!"

"我果然变得很奇怪吧?"

"美嘉也是,跟你的情况一样喔。所以弘一点都不奇怪。"

两人相视而笑。

这时,两个人的内心……一定已经合而为一了吧。


宝宝你听见了吗?

听得到爸爸与妈妈的声音了吗?

想到将来的事虽然令人不安。

但是我们绝对会彻底守护着你的喔。

不管发生什么事,都要彻底地守护着你。

握着彼此双手的两个人……还没真正长大呢。

虽然是仅仅十六岁的小爸爸与小妈妈。

虽然被别人认为还是个孩子,一点也靠不住。

然而,我们所共有的这份爱,

却让我们变得比任何人都更加强大。

而且,更可靠。

"小孩在出生前就会选好自己的父母亲。"

这句话,妈妈记得曾经在某个地方听说过。

妈妈肚子里的宝贝啊。

谢谢你选择了美嘉和弘当你的爸爸妈妈。

在爸爸妈妈以坚定的意志许下永恒的誓言之后,说什么也不会放开彼此交握的双手的。

美嘉闭上眼睛,试着想像了一下宝宝的模样。

一定,绝对会是个可爱的孩子吧。

说不定,是个像美嘉一样任性的孩子呢。

要不就是有着像弘那样爱吃醋的个性……

不过,如果这样对弘说,他大概会恼羞成怒吧。

和最喜欢的人共有的宝宝,是世界上最棒的宝物了。

"美嘉。"

弘搂着美嘉，叫着她的名字。

"嗯？"

一睁开双眼，美嘉就看见弘温柔的笑容。

到现在都还记得那令人感到安心的笑容。

"美嘉和宝宝靠脐带相连着，而我跟你这样抱在一起，所以现在我跟美嘉，还有宝宝，三个人是合而为一的喔。"

棉被中响起的弘的声音。

"嗯，现在三个人合而为一了呢。"

弘怎么会这么温柔呢。

"累了吧？差不多该睡啰。"

"谢谢你……晚安。"

今天真的是最棒的平安夜了。

明天，也一定会是最棒的圣诞节吧。

美嘉投入弘的怀里，两人就这样维持着这个姿势睡着了。


"美嘉，美嘉？"

某个人的叫声将美嘉从梦境之中唤醒。

是亚矢高八度的声音。

"咦，亚矢醒来了吗？"

"酒醒了啊，所以我就起来了。欸，我们好像喝醉就在这里做起来了！对不起……"

"啊，没关系，别太在意啦！"

"啊，突然兴致又来了！来吧，我们再喝一点吧。"

睡了很久的亚矢，又精神饱满地硬把望和弘给摇起来。

"很烦欸。切,现在才三点而已耶。"

"啊,头痛死了。"

大概是因为宿醉的关系,望和弘的心情都很差。

"亚矢,对不起,我身体不太舒服,能不能再让我睡一下?"

从昨天开始,腹痛和恶心感就不时向美嘉袭来。

由于美嘉知道再硬撑下去的话,对自己的身体会有很糟糕的影响,于是她便略感抱歉地征求亚矢的同意。

"咦! 那就别勉强了,快点睡觉吧!"

"不好意思喔,谢谢!"

就在美嘉安心地裹上毛毯时,弘过来摸摸美嘉的头,担心地看着她的脸。

"还好吗?"

"嗯,没什么,应该只是害喜而已!"

美嘉看着弘回到亚矢他们那里去。

然后,就在她躺回床上的时候,后背突然抵到了某个硬邦邦的东西。

"好痛,什么东西呀?"

原来抵住她后背的是弘的PHS。

由于美嘉躺下去的时候力道稍微大了点,所以 PHS 的后盖便随之滑落。

就在美嘉急急忙忙地想把后盖装回去的时候……

她发现了一件事。

PHS 的后盖上,贴着他们四个人白天一起拍的大头贴。

明明美嘉叫弘贴的时候,弘还一脸不情愿地说什么很丢脸的!

该不会他其实本来就很想贴吧?

但是又因为弘不想被美嘉知道他想贴,所以才会贴在平常不易被人看到的后盖上?

一想到弘偷偷摸摸把大头贴贴在 PHS 的后盖上的样子,美嘉的心头不自觉地涌起了笑意。她用毛毯遮住嘴巴笑出声来。

"你在笑什么啊? 真是的,快点睡觉啦! 小不点!"

不知道是不是自己的笑声被听到的关系,弘从遥远的另一边对着美嘉这么喊道。

不过,现在不管弘对美嘉说了什么,美嘉的心里只有满满的爱意。

看来,他们三个人好像又开始喝起酒了,喧闹声持续了好一阵子。接着,四周突然静了下来,美嘉听到了亚矢说悄悄话的声音:

"喂,老实说,弘你到底是喜欢美嘉哪一点呀?!"

亚矢可能以为美嘉已经睡着了吧? 不过,其实她听得一清二楚。

不过话说回来,这个问题好像有点奇怪。

想知道弘怎么回答的美嘉,竖起耳朵,屏气凝神地偷听着。

"这种事情怎么可以随便说啦。"

"哎哟,有什么关系,告诉我啦!"

"这家伙可是从开学典礼的时候,就已经盯上美嘉了喔!"

从旁打岔的人是望。

"哦! 真的假的啊?!"

"你这个死望……"

"痛死了！好倒霉！"

虽然美嘉看不到，不过她想，弘大概踢了望一脚吧。

"弘有偷吃过吗?!"

"当然没有。不要看我这样，我可是很专情的喔！"

"以前很严重呢！现在，你的心里只有美嘉吧?"

"那当然！"

对于望的问题，弘自信满满地回答。

"要让美嘉幸福喔！你要是把她给弄哭了，我可不会放过你！我看你们干脆结婚好了！"

"嗯，一定会结婚的啦！你们两个也要好好相处喔。对了，过几天我要跟你们报告一件的重大事情。反正我也要休学了。"

"啊？你要休学？为什么啊？这样我会很寂寞欵。"

"我还没跟学校说啦。不过是件好事，你们就好好期待吧。"

美嘉一边听着他们的闲聊，一边进入了梦乡。


刺眼的阳光从窗帘缝中射了进来，把美嘉给弄醒了。

咦？我是什么时候睡着的呀？现在几点了？

就在美嘉半梦半醒的时候，她发现有人朝她靠过来，于是闭上眼睛。

双唇轻柔地触碰，印上一个轻轻的吻。

是美嘉最爱的弘他……幸福的吻。

"嗯——"

美嘉的旁边传来了低吟，而那的确是弘的声音。

现在亲吻着美嘉的，应该是弘吧？

那为什么美嘉还会听到弘的声音呢？

她缓缓张开眼睛。

望？眼前的人是望。

怎么会？为什么望会来亲美嘉呢？

是不是喝醉酒，把我误认为亚矢了呀？

美嘉继续装睡，然后猛然做了一个翻身的动作，借机将自己的嘴唇转向旁边。

隔壁躺着的弘还是打着鼾，很舒服地沉睡着。

望似乎又回到床上去睡觉了。


到天亮才睡的四个人，起床时已经超过中午了。

"早！"

脸上脱妆、假睫毛也剥落的亚矢，目前处于非常恐怖的状态。

"早……哇，你未免也太可怕了吧！妖怪……"

望看到亚矢的脸之后，夸张地向后退。

看到两个人的感情依旧，美嘉心中浮现的想法只有一个。

昨天望的那个吻，果然是认错人了。

因为望喝醉了，所以分不清楚谁是亚矢，谁是美嘉。而且望好像根本不记得的样子……忘了这件事吧。

"早啊，美嘉。"

"早啊！弘的头发睡得好乱喔！"

不过，美嘉还是有一点罪恶感。

"啰唆啦!"

弘从美嘉身后勒住她的脖子。

"啊,投降投降投降投降!"

真是幸福极了。

要是这样子的幸福,能够一直持续下去就好了。

美嘉想要的,只有这样而已啊。

"……肚子……好痛……"

突如其来的腹痛,让美嘉当场倒了下去。

"咦?美嘉,你还好吧?!"

亚矢蹲在美嘉身旁大声喊道。

"肚子……好痛喔……"

"望,不好意思,你能不能帮忙开车?"

弘握着美嘉的手,冷静地说道。

"如果你不介意无照驾驶的话,我就去开我爸的车!"

望迅速地打开房门,拿了车钥匙之后,便快步跑下楼梯。

弘抱起美嘉,在她的意识即将远去之际,将她抱上车。

在望用生疏的技术发动引擎之后,车子顺利地开动了。

弘一只手轻轻抚摸着躺在一旁哭丧着脸的美嘉疼痛的肚子,另一只手则紧紧握着美嘉的手。

"美嘉,没关系的。到了医院之后马上就会没事的,别担心。"

"……嗯……"

"肚子痛是要看什么科呀?"

面对望因为紧张而乱七八糟的问题,还处于激动状态的亚矢亢奋地回答道:

"嗯,肚子痛是内科! 是内科啦!"

弘抓着美嘉的手又稍微用了一点力气,然后冷静地低声说道:

"妇产科。"

车内瞬间沉默。

"美嘉……你该不会是怀孕了吧?"

亚矢打破沉默,小声地问道。

弘缓缓地点头。

"笨蛋,为什么不告诉我? 可以跟我商量呀……我又不会跟别人说……"

亚矢吊着嗓子哭了起来。

"我绝对不会跟任何人说的。等一下我就在前面的妇产科停车。"


到了妇产科之后,美嘉被弘抱了进去。

但是美嘉的健保卡放在家里,没有带在身上。

亚矢打电话给美嘉的父母,详细地告诉他们医院的地点和美嘉的状况。

在紧张的空气中,两个人牵着的双手,慢慢地沾满了汗水。

不久之后,上气不接下气的美嘉妈妈带着健保卡来到医院。她呆呆地喃喃说道:

"担心死我了……"

挂完号之后,美嘉马上就被叫到诊疗室。

"美嘉,没事的,加油喔。"

"嗯，我一会儿就出来。等我喔。"

两个人的手松了开来，腹痛的情况已经稍微改善的美嘉，怀着不安的心情走进诊疗室。

她详细地告诉医生自己怀孕、打算把小孩生下来，以及这几天常常腹痛等情况。

然后，她被带到了诊疗台旁边。就像之前一样，她脱下内裤，躺上了用帘子罩住下半身的诊疗台。

冰冷的诊疗器具伸入她的阴道。

好痛……好可怕……

好痛喔……好可怕喔……

好痛好可怕，好痛好可怕，好痛。

为了平静心情，她转头看着诊疗台旁边的电子屏幕。

她看到了。她看到了之前自己也看过的宝宝。

还是一样好小喔。

美嘉伸手拿出从昨天就一直放在口袋里、那副弘给她的黄色毛线手套，然后用双手紧紧握住。

但是，但是呀……美嘉注意到了。

小小的手、小小的脚、小小的头……都不动了。

她回到诊疗室，等待医生的宣判。

求求老天、求求老天，千万不要是什么不好的结果。

医生的表情完全没有改变，静静地开始说道：

"很可惜，流产了。"

"……咦?"

美嘉的视线在一瞬间模糊了起来。

不知道医生是不是已经看多了，他淡淡地接着说道：

"胎儿在两到三天前就已经去世了。请问你记得当时自己有没有跌倒过呢?"

两到三天前……

弘的前女友来学校。

两人因为争夺照片的缘故,美嘉被弘的前女友推了一下。

然后她一屁股跌倒在地上。

该不会就是那个时候?

医生只把美嘉的妈妈叫进诊疗室,告诉她美嘉流产的事。

流产……流产代表什么? 是什么意思?

宝宝怎么了? 接下来会怎么样?

美嘉在那天紧急住院了。


十二月二十四日,平安夜。

节庆灯饰闪闪发光的街道上,聚集着情侣们。

原本,美嘉也应该和弘一起开开心心地度过今天才对。

可是……

美嘉不知道紧急住院或是流产什么的,会造成什么样的结果。

她真希望能有个人来告诉她。


离开诊疗室之后,美嘉在一个弘他们看不到的地方坐下,直到护士来叫她之后,她才被带到二楼内部的病房。

换上跟睡衣差不多的衣服之后,她在五张病床当中,最靠近窗户的那张病床上躺了下来。

"如果有什么需要的话,就按一下这个按钮喔!"

美嘉拉住了正准备离开病房的护士。

"流产是什么?"

护士的脸上闪过一丝哀伤。

"流产就是胎儿在子宫里面死亡的意思"

胎儿在……子宫里面……死亡。

宝宝死掉了吗?

前阵子不是还努力地活着吗?


美嘉的妈妈为了通知爸爸和美嘉姐姐紧急住院的消息,先行离开了医院。

就在美嘉望着窗外的景色出神时,病房的门打开了。

"你妈妈告诉我们了喔……我会一直陪在美嘉身边。"

"我绝对不会告诉任何人,而且就像亚矢说的一样,我也会一直陪伴你的。"

是带着花来探病的亚矢和望。

亚矢大概哭了很久吧,两只眼睛肿得要命。

"嗯……谢谢你们喔。"

虽然两个人鼓励的话让美嘉很高兴,但是现在的她,实在没办法勉强自己微笑。

因为她始终不敢相信。

宝宝明明还在肚子里不是吗?

"欸,弘……呢?"

虽然美嘉一直装作不知道,不过她知道弘不在。

亚矢和望对看了一下,露出了尴尬的表情。

"弘他……在听到美嘉的妈妈说美嘉流产了之后,就不知道跑到哪里去了。"

"我也跟着追出去了，不过还是没追上他。"

"……是吗。"

弘应该也一样难受吧。因为他是那么地期待他和美嘉的宝宝诞生呀。

噗——噗——噗——

放在枕头下面的PHS震动了。

一定是弘……

美嘉一面带着些许期待的心情，一面将手伸到枕头底下。

【一条新信息】

美嘉用颤抖的手按下查看信息的按键。

然而，发短信来的，是她的朋友。

在所有的期待都转为失望之后，美嘉偶然瞥到PHS的背面，上面贴着四个人昨天一起拍的大头贴。

宝宝是不是在这个时候就已经死掉了呢?

昨天明明还那么快乐的……现在却如此痛苦。

"我已经没事了，谢谢你们喔!"

向亚矢和望道谢之后，美嘉目送他们走到门口。

接在两人之后来探望美嘉的，是姐姐和爸爸。他们应该也听完妈妈的报告了吧。

美嘉和姐姐相差两岁，但与其说像姐妹，两个人的关系其实更像朋友。

这次美嘉得知自己怀孕的时候，也一直犹豫该不该和姐姐商量，不过最后还是觉得开不了口。

美嘉把棉被拉得很高，头也转向窗户的方向。

事情在这种情况下曝光,让她觉得自己没办法面对爸爸。

然而,爸爸却将手伸到棉被里,静静地抓起美嘉的手,然后用双手紧紧握住。

虽然美嘉面向另外一边,不能确定,但是爸爸一定……

在哭。

因为他握着美嘉的手,一直微微颤抖着。

姐姐,对不起,这次没能先找你商量。

爸爸妈妈,对不起,我没听你们的话擅自行动。

如果美嘉……如果美嘉更成熟、更坚强的话,是不是就能将宝宝生下来了呢?

是不是就能让宝宝看见光了呢?

……我真是个没用的妈妈呀。


夜晚来临,会客时间结束,大家都带着一脸担心回家了。

到最后,弘还是没有回来。甚至连一通电话、一条短信也没有。

弘明明一直是在美嘉有困难的时候,绝对会来解救她的超人啊。

……咦? 为什么现在不在美嘉的身边呢? 好奇怪喔。

窗外开始飘起了细细的雪。

送美嘉戒指、在外面替美嘉围上围巾,还帮"宝宝"买了黄色的手套。

这些昨天才发生的事情,却让美嘉觉得好像是好久以前的事了。

一想到弘,美嘉的胸口就闷得发慌,连带着肚子也同时痛了起来。

弘……我好想见弘一面喔。

我好希望他能笑着对我说:"生下来吧。"

或是握着我的手说:"没事的,加油。"

孤孤单单的一个人,真的让我不安得无所适从呀。

美嘉裹着棉被盯着窗外,一心一意地搜寻着弘的身影。

她不知道自己是什么时候睡着的,不过在她睁开眼睛的时候,天已经亮了。

美嘉是被周围吵吵嚷嚷的声音给弄醒的。

病床的旁边,围上了昨天还没有的帘子。

"不好意思,有点吵。大家都是要在今天动手术的人喔!"

拉开帘子走进来的护士一边替美嘉打针,一边这么说道。

手术是指……堕胎手术吗?

美嘉不想要堕胎。

她想要把宝宝生下来。

一对情侣开心的笑声从隔壁病床传进美嘉的耳里。

为什么他们还笑得出来呢?

美嘉根本笑不出来。

另一个人的生命马上就要被迫结束了欸!

那小小的身体拼了命地努力活着,期待自己总有一天能够看见光明……

不过,每个人都有他们不能生下宝宝的理由,所以也没办法说什么吧。

"要去手术室了喔。"

护士再度拉开窗帘，让美嘉躺到担架上。

美嘉试图伸手去拿放在枕头边的手套，却没有成功。她毫无心理准备地被推进手术房。

弘不在，手套也不在。

美嘉……只剩下孤零零的一个人。

手术台在微暗的灯光下，旁边还站着两个护士。

美嘉被抬上手术台，脱下了内裤。

当护士们用皮带固定住美嘉的双手和双脚时，她的脑海中浮现了自己被强暴的那一天。

双手双脚被人压住的记忆重新苏醒了。

美嘉对接下来即将开始的手术感到相当的不安、恐惧，她的身体不断地发抖。

就算想逃，也逃不掉了。

护士在美嘉的手腕上打了一针。

"把眼睛闭上，然后慢慢地数三秒喔。一……二……三。"

美嘉还没数到三，就已经不省人事了。


她做了一个梦。

在刺眼的光线中，美嘉看到弘温柔地抱起了宝宝。弘和宝宝的脸上都挂着幸福的笑容。

"有缘再见啰。"

有个说话声从远方传来。

美嘉站在阴暗的地方看着两个人……这就是她的梦境。

因为刺眼的阳光而从梦中醒过来的美嘉,发现自己的眼眶中噙着泪水。

"醒来了吗？感觉怎么样?"

妈妈扶起美嘉因为麻醉药效还没完全消退而无法自由活动的身体。

"咦,怎么是妈妈……"

"医生说手术顺利结束了喔。爸爸跟姐姐都很担心你呢!"

这个时候,美嘉的肚子突然痛了起来,让她几乎无法好好坐着。

对了,刚才她在动手术……然后宝宝……

"妈妈……弘呢?"

一边撑着沉重的身体,美嘉一边问道。虚弱的声音中寄托了她微渺的希望。

妈妈带着一脸严肃,沉默不语。

这代表了令人难过的结果。

弘……没有回来啊。

他是不是讨厌我了呢?

"再过一会儿之后,麻醉就会慢慢退掉了,你就多睡一下吧。"

妈妈温柔地替美嘉盖上棉被,美嘉也又一次进入了梦乡。

等到美嘉再度醒来的时候,已经是傍晚时分,麻醉药效也完全退光了。

全部的东西都收拾好之后,妈妈扶着美嘉走出医院。

虽然外面下着雪,不过,大概是因为有夕照的关系,感觉还算温暖。

就在美嘉伸手遮住刺眼的夕阳时……

"弘?"

弘站在医院的大门口。

妈妈看到之后,贴心地对美嘉说了一句:"我在家里等你,一定要回来喔。有什么事情再打电话给我。"就先回家了。

美嘉一边按住还有些疼痛的肚子,一边朝着弘走去,然后用力地抓住弘的手。

因为,她觉得如果不这么做的话,弘可能就会消失了。

"弘,你为什么没有回来? 美嘉一个人好寂寞……好害怕哟……"

一直看着远方的弘,他的手微微发颤,脸颊也染上了红色。

弘的手跟冰一样冷。

美嘉拉长身子,用双手摸了摸弘的脸颊。她发现,弘的脸颊也和冰一样冷。

弘的头上沾着雪花,已经开始融化的雪水一点一点地滴落到地面,也滴在了美嘉的脸上。

"怎么了? 你的手跟脸怎么都这么冷呢?"

弘的眼睛还是盯着远方,然后开口说道:

"我一直在祈祷。"

"祈祷?"

弘伸出右手,慢慢地打开紧握的手掌。

他手中握着的,是一个小小的平安符。

弘大概是一直握着它吧。美嘉甚至觉得平安符都被弘的手汗给濡湿了。

那是一个写着"安产"的、小小的平安符。

"我一直在神社祈祷。祈求我和美嘉的宝宝能够得救……我一直在祈祷……"

美嘉听完弘的话之后，当场痛哭失声。

一直忍住的泪水在这个时候决堤了，一口气流了出来。

"弘，宝宝已经不在了。美嘉肚子里的宝宝已经不在了啦……"

一滴眼泪从弘的眼中流了下来，他手上拿着的平安符也轻轻地掉在雪地上。

跌坐在雪地上的美嘉突然认清了现实。

宝宝已经不在了。

这件事情她比谁都清楚。

可是……就算不能生下来……

她也希望宝宝能够一直待在自己的肚子里。

小小的婴孩。

两个人的宝宝。

美嘉真希望他能永远活着……

弘也在雪地上坐下，然后用力地扶起美嘉的身体。

汩汩流出的温暖泪水……融化了积雪。

两个人紧紧拥着对方，像是孩子般嚎啕大哭。

不知不觉间，雪花已经渐渐覆盖住掉在地上的安产平安符了。

"糟糕……美嘉的大衣上面沾了好多我的鼻水。"

"嗯？哈哈，真的是鼻水耶。"

冷静下来的两个人,互相看着对方满是鼻涕和眼泪的脸。

"我真逊欸。"

"弘的鼻水真厉害,还可以拉这么长!"

"你也是啊,你的鼻涕!"

一边用手指替对方擦掉鼻涕,两个人一边嘻嘻地笑了。在大雪纷飞的街上,手牵着手踏上回家的路。

虽然失去了宝宝,可是,美嘉和弘之间的羁绊却更深了……就是这样的一天。


之后,美嘉留在家里静养了一段时间,弘则是每天带着点心去美嘉家探望她。

这件事情后来也知会了弘的双亲,担心的亚矢、望、美奈子几乎每天都捎信息来关心美嘉。

流产真的是非常难过、悲伤……而且痛苦的事情。

可是除了失去之外,美嘉也得到了某些东西。

她重新了解家人和朋友,以及弘存在的重要性。


动完手术五天之后,是十二月三十日。

这天,美嘉和弘到医院做术后检查。

由于后天就是元旦,所以医院替美嘉安排了今天。

躺上诊疗台之后,冷冰冰的器具伸入了美嘉的阴道。

看了电子屏幕,美嘉确实地感受到宝宝已经不在了这个悲伤的事实。

"没有异常现象,已经没事了。"

在诊疗室里,医生的话让美嘉松了一口气。

"但是，之后可能会没办法怀孕喔。"

"咦？那是……"

"当然不是百分之百没办法再怀孕，只不过，不能排除这种可能。"

"是因为流产过的关系吗？我听说流产过的人，之后如果再怀孕的话，也会比较容易流产，是因为这个缘故吗？"

"我想，还是再做一次更精密的检查比较好。你明天能过来医院一趟吗？"

"可以，我知道了。"

美嘉的心里出现了两个人格。一个不愿意相信医生这段令人震惊的话；另一个则心里有数，知道情况会演变成这样。

离开诊疗室的时候，一名护士叫住美嘉。

"不好意思。这个……因为您的母亲不知道如何处理，所以暂时寄放在我这里。照理说，这种东西应该是要处理掉的，但我实在是做不到。"

护士拿出两张薄薄的照片。

那是宝宝还没出生之前的超音波照片。

美嘉静静地接过照片。

"给我。"

两张宝宝的照片。

虽然是黑白的，不过美嘉却知道宝宝的形状。

照片的中间，写着一排小小的文字：

【00/12/09＊17：08：18】

一定是十二月九日十七点零八分十八秒的时候，照下这张宝宝的照片的。

【01/07/16】

七月十六日是不是预定生产的日子呢?

宝宝好小喔。

宝宝就是用着这小小的身体活着的吧。

美嘉拿着照片走到弘身边。她呼吸急促地将照片交给弘。

"这照片是……我们的宝宝?"

"对呀!"

"好小喔。跟美嘉一样,是个小不点呢,一定很可爱吧。"

弘低着头,泪水落在照片上。

"好想让他试戴那副手套喔。"

弘,医生刚才跟美嘉说,美嘉可能再也没办法怀孕了。

但是美嘉现在不能说。请你耐心等到美嘉有办法开口的那一天,好吗?

"如果有一天,我们的第二个宝宝诞生了,我一定会连同这个宝宝的份一起疼爱他的!"

弘仍然看着下方,用力地点着头。


十二月三十一日,今天是新年前一天。

美嘉决定不去医院。

可能再也无法怀孕生小孩了……

她害怕听到这种结果。

"可能"的话,就表示还有希望。

美嘉就是因为不想听到确切的结果,所以才不去医院的;不过,她也完全没和任何人提过这件事。

她和弘约好一起前往之前预约好供养婴灵的寺庙。

告诉和尚流产的事情之后，供养仪式就开始了。

结束的时候，和尚像是喃喃自语般开始说道：

"宝宝好像是女生的样子喔。请两位千万不要忘记往生的宝宝。因为这对宝宝来说，是最棒的供养了。"

"宝宝能够到天国去吗？"

面对美嘉的问题，和尚温柔地笑了。

"请放心，宝宝会去天国，而且她也不会生你们的气。总有一天，她还是会回到你们身边的。"

两个人互相看着彼此。

和尚的这番话，稍微救赎了他们俩的心。


"原来宝宝是女生呀。"

在供养完成的归途上，弘寂寞地说道。

"嗯。"

"我们选一个地方，然后每年圣诞夜都去扫墓吧？这样子宝宝也会觉得大家都没有忘了她的存在，会很开心的。"

"好啊！但是，要选在哪里呢？"

"我想想。我们两个人邂逅的地方是学校，学校附近有个公园，就在那里好不好？"

"嗯，好啊！"

在便利商店买了小花束之后，他们两个人便朝着学校附近的公园走去。

"这里还可以吧？"

弘指着公园角落的一个小花圃。

"嗯！就在这里吧！"

在花圃上摆上花束，两人双手合十，闭上了眼睛。

宝宝……对不起，没办法把你生出来。

对不起喔，你小小的身体那么努力地活着，我这个妈妈却这么没用。

总有一天，总有一天我们会再见面吧？

虽然我们相处的时间很短，但是这段时间妈妈真的很幸福喔，谢谢你。

"以后还要再让我们生出来喔！"

弘突然对着天空大叫。

"要再来找我们喔！"

美嘉也学弘，对着天空大叫。

"然后在这个公园里，跟爸爸还有妈妈三个人一起玩喔！"

"一起玩喔！！"

弘露出惆怅的笑容，轻轻地拍了拍美嘉的头。

"美嘉爱学人！"

"我才没有学你咧，大坏蛋！"

"美嘉，明年我们再来吧？"

"明年？是每年啦！明年、后年永远永远永远，我们都要一起来！"

"哈哈，对啊。那就约好啰。"

只有一点，他们两人真的又成熟了一点。

两个人肩并肩，踏上了全新的旅程。

# 第二章　恋泪

# 回首

新年来临,寒假也结束了。今天是新学期的第一天。

外面还是冷得要命,美嘉裹着围巾,朝学校走去。

"新年快乐! 美嘉,你还好吗?"

这是自从流产那天过后,美嘉第一次和亚矢见面。

"亚矢,很多事情让你操心了,对不起喔。"

"别在意啦,望也很担心喔! 虽然很不好受,但是接下来你还是要加油喔!"

"嗯,谢谢!"

亚矢先环顾四周,确定周围没人之后,她才小声地对美嘉说道:

"你跟弘怎么样了呢?"

"发生了很多麻烦的事情,不过我们还是在一起!"

"太好了太好了! 刚才我才跟望说过,弘的脸,感觉好像不太一样了呢!"

亚矢看着贴在 PHS 后面的四个人照的大头贴。

"咦? 有吗? 我每天都在看,所以没什么感觉欸!"

"嗯? 我跟望说啊,总觉得他的表情变得比较温和了!"

表情变得比较温和？经亚矢这么一说，好像真的是呢。

刚开始看到他的时候，美嘉曾经觉得他好恐怖，可是现在，美嘉完全不这么觉得。

弘是坏学生，感觉又很轻浮、很恐怖，美嘉刚看到他时，根本不觉得弘是自己会喜欢的类型；不过不知道为什么，现在的弘已经完全变成美嘉喜欢的类型了。

或许之后，美嘉还是会有不安的时候，还是会跟弘吵架。

但是希望两个人可以一起努力，渡过所有的难关。

美嘉最喜欢弘了。

两个人的心相拥而泣的那一天，美嘉和弘的心灵的确是相通的。

所以呀，今后我们一定可以永远在一起的。

美嘉真的这么觉得。


春天，融雪的季节来临了。

在温暖阳光的照射下，美嘉上着第三学期的最后一天课。这时，口袋里的 PHS 震动了。

噗——噗——噗——

发信人：弘

【下一堂是什么课？】

美嘉趁着老师不注意，偷偷回信息。

【体育课喔。】

弘回信息的速度一向很快。

【跷掉吧！】

【带你去一个超棒的地方！】

146

超棒的地方是……哪里？

弘这么一说，立刻让美嘉心动了。

【知道了！】

她没想太多就直接回信了。

上课什么的，美嘉根本不在乎，她只想跟弘在一起。

在这堂课结束之后，美嘉朝穿堂走去，弘已经在那里等了。

刚换好鞋子，学年主任出现在他们身后。

"喂！你们要去哪里？"

"到外面上体育课呀。"

弘投给美嘉一个"跟着我说"的眼神。

"对呀！上体育课！"

主任在一瞬间接受了这个说法，不过好像马上就发现是骗人的了。

"别说谎。你们两个不同班吧！"

"糟糕，美嘉，快逃吧！"

弘抓着美嘉的手快步跑向脚踏车停车场，然后粗鲁地将书包丢到篮子里，叫美嘉坐上脚踏车的后座。

"抓紧了喔！"

弘用极快的速度开始骑脚踏车。

学年主任从后面追了上来。

"啊，弘！主任追上来了喔！"

"等等！"

主任带着吓人的表情追着他们。

"美嘉，你快跟他说些什么！"

"咦,要说什么啊?!"

"平常不会说的话!"

美嘉想了一下,便对着主任大声喊道:

"主任是大——笨——猪!"

"你们明天就知道了!"

主任说完这句话之后,就失去了踪影。

"耶! 明天得绷着皮去上课了!"

"美嘉,说得好! 了不起!"

逆着风的两个人开心地大声笑着。


吱——!

离开学校不久之后,脚踏车便停了下来。

弘下车之后,用拇指比着后座:

"我的后面是美嘉的特等席。"

"嗯! 美嘉专属的特等席喔!"

在手舞足蹈的美嘉眼前出现的,是一片开满蒲公英的河堤,一旁流过清澈的潺潺河水。

"我一直很想带美嘉到这里来喔!"

"这是哪里啊? 好棒喔!"

"这片河堤是我发现的特别地方,就把它当成我们两个人的秘密基地吧。万一吵架的时候,我们就在这里和好!"

"耶! 耶! 这里是弘和美嘉两个人的秘密基地! 我最喜欢弘了!"

弘难为情地搔搔头。

这一天,两个人没有再回学校,一直在河堤待到晚上。

隔天……

结业典礼结束,明天就开始放春假了。可是美嘉却被级任老师叫了过去。

美嘉自己也知道原因。一定是她昨天跷课的事情吧。

"报告。"

美嘉一边叹气,一边打开教职员办公室的门,大概也是被相同理由叫来的弘已经在里面了。他们两个人看着对方,吐了一下舌头。

"你们昨天去哪里了?"

学年主任火冒三丈地对两人提出质询。

"哪里都没去啊,对吧,美嘉!"

"对呀,我们只是身体不舒服,提早回家而已!"

"别说谎。那你们为什么要逃走?"

"我们没有逃走,是主任自己跑太慢了! 对吧?"

说完这个牵强的理由之后,美嘉要弘也一起附和。

"没错,美嘉真厉害呢!"

主任从喉咙深处呼出香烟的烟。

"……真是败给你们了。以后不可以再跷课了喔? 对了,你们两个春假的时候没有要补习吗?"

"啊?! 春假还要补习?!"

心怀不满的两个人异口同声地说道。

"你们仔细听了级任老师报告吗?考试不及格,或是出席率不够的学生,要在春假期间来学校补习。我记得发给你们的单子上面有写呀。啊,有了。就是这个。"

弘瞪大眼睛看着那张单子。

"那这样我不是就要来补习了？哪有这种事呀！"

"噗！弘要补习吗？好可怜喔……"

美嘉一边用手掩着嘴巴，一边刻意装作同情的样子说道。

"很可惜，你也一样。"

主任把手放在美嘉的肩膀上。

"美嘉也要喔！真可怜……"

弘一边掩着嘴，一边忍着笑同情地对美嘉说道。

这样的话，只好使用色诱战术逃过补习了。

"不要，不要不要，主任原谅我啦！求、求、你！"

"嗯，你们两个加油吧！"

色诱战术完全失败，主任拍拍两人的肩膀走掉了。


虽然春假每天都要补习，但是因为两个人都一样，所以每天都可以在学校见面；在补习下课的时候，还可以一起先到河堤一趟，再各自回家。所以这样子的春假，其实也蛮开心的。

就这样，春假在转眼之间结束了。


——四月。

美嘉变成高中二年级的学生了。

新学期来临之后，美嘉首先面临的就是分班问题。

美嘉虽然和亚矢、望在同一班，却和弘、由果分开了。

由于每到下课时间，弘还是会来找美嘉，所以美嘉、弘、亚矢和望四个人几乎每天都混在一起。


分班之后一个月。

这天，美嘉也跷了课，和弘一起到河堤约会。

自从弘带美嘉到河堤的那天开始，两个人就经常去河堤。

有时候是直接从学校溜出来，有时候是在放学后。

因为日照而温暖的地面，以及沁凉的河水，都让人觉得好舒服。

"今天的天气也超级好的呢！让我觉得好困喔！"

美嘉一边扯着青草，一边这么说道。弘则直接在草地上躺了下来。

"来这边！一起睡觉吧。"

弘躺在地上对美嘉招手。

美嘉把头枕在弘的手臂上，钻进弘的怀里。

美嘉送的圣诞礼物——"冰雕"在 Y 领衫里散发着微微的香甜气味。

"糟糕，我太幸福了。"

"美嘉也很幸福喔！"

"真想赶快结婚呀。"

"嗯？弘喜欢美嘉吗?"

"……嗯。"

"有多喜欢美嘉?"

弘的侧脸看起来有点不好意思。

"这种事情怎么能说?"

"咦！为什么?"

看见美嘉鼓起了腮帮子，弘只好假咳了一声说：

"很害羞欸！"

美嘉还是鼓着腮帮子，然后猛然起身，朝着河边走去。

"美嘉？你要去哪里啊？"

美嘉不管他，一屁股在河边坐下，拂弄着河水。弘突然从美嘉的身后紧紧抱住她。

"美嘉！不要生气啦。"

"可是弘又说不出自己有多喜欢美嘉！算了……"

美嘉的话还没说完，弘的嘴唇已经用力地覆了上来。

"这么喜欢。你懂吗？"

"喔，嗯。"

突如其来的吻让美嘉乱了方寸，脸颊也好像火烧一般。

"你不要害羞啦，这样连我都会跟着不好意思了！"

弘一边这么说，一边用手指戳了一下美嘉热乎乎的脸颊。


要是往后的人生，弘都能陪在自己的身边，那美嘉就什么都不怕了。

这个时候，美嘉心里强烈地这么觉得。

然而在三天后，却发生了令她意想不到的事。


今天，从一大早就开始下雨。

在这种天气去上学，真的很让人烦闷。

从雨伞边打进来的雨弄湿了制服，美嘉颤抖着身子走进教室。

他们一起去河堤之后，弘就一直请病假没有来学校。

而且……他还老是很痛苦地咳嗽。

真想赶快见面呀。

希望弘的感冒赶快好起来。

到教室之后，美嘉没看到总是精神奕奕地和自己打招呼的亚矢。

"喂，亚矢呢？"

美嘉问站在旁边的望。

"她说要请假。"

亚矢会请假还真稀奇呢。

现在是感冒流行的季节吗？

美嘉在自己的位子上刚坐好，教室的门突然被人粗鲁地拉开。

美嘉抬头一看，门口出现的人竟然是弘。

弘带着一脸严肃的表情朝着美嘉走过来，然后用力地抓住她的手。

"咦？弘的感冒好了吗？"

弘没有回答美嘉的问题，直接对着旁边的望低声说道：

"望，我等一下有话跟你说。"

然后他便把美嘉拉到走廊，接着，用力地将美嘉的身体撞在墙壁上。

"好痛……干什么啦！"

"美嘉你有没有什么该告诉我的事情？"

美嘉在弘的直视下，无法别开目光。

"什么？"

弘像是要缓和自己的态度一般，伸了伸舌头。

"你应该有什么跟望有关的事情要告诉我吧？"

美嘉完全搞不清楚状况。

她听不懂弘说的话。

美嘉没有回答,直接将目光转开。弘的表情迅速地变了。

"你跟望接吻了吧?"

美嘉开始搜寻记忆。

和望接吻……

圣诞夜那天晚上,望把美嘉跟亚矢搞错而亲了她。

但是,望应该不知道自己亲的人是美嘉才对啊?

"你怎么不去问望?"

弘硬把待在教室里的望拉了出来,回到走廊上。

"干什么啊?"

弘攫住一脸不高兴的望的衣领。

"什么干什么! 你是不是跟美嘉接吻了?"

望,快说没有啊。

你应该没注意到吧。

你应该只是把美嘉跟亚矢搞错了而已吧。

"嗯,是啊。"

望大方地承认了。

怎么会……

望一开始就知道自己亲的人是美嘉了吗?

美嘉觉得头部好像被钝器重重地敲了一下,头晕目眩。

"但那不是……"

美嘉的话还没说完,弘就大声咆哮道:

"你这混蛋,竟然对别人的女人出手,搞什么东西啊!"

弘用力地把望的头压向墙壁。

然后在下一瞬间,弘的拳头直接打上了望的脸颊。望当场倒地,鲜血从他的鼻子汩汩流出。

"弘！等一下！"

弘挥开美嘉的手，转身走回自己的教室。

这是美嘉第一次看到弘那么恐怖的样子。

美嘉对倒在地上的望递出手帕。

"望……我啊，那个时候已经醒来了。但你不是把美嘉跟亚矢搞错了吗？我搞不懂，你把话说清楚好吗？"

"对不起喔。"

望这么说完之后，接着用美嘉的手帕擦掉鼻血，开始慢慢地说明：

望曾经有一段时间，很喜欢美嘉。

不过，在和亚矢交往之后，他也真心喜欢上了亚矢。

可是在圣诞夜、四个人一起喝酒的那个晚上，因为大家都睡着了，望也有点醉，所以就轻佻地亲了美嘉。

之后他非常后悔自己亲了美嘉，还把事情全都告诉跟他很要好的朋友圣……

望的说明就是这样。

"望，你说的那个圣，现在应该是和弘同班吧？"

"嗯。"

"那就是圣跟弘打的小报告啰？"

"一定是的吧。我是信任他才告诉他的……看来好像被弘误会了的样子。明明是我擅作主张亲吻美嘉的，对不起。"

"望，你现在还是很喜欢亚矢吧？"

望沉默了一会儿之后，静静地点点头。

好像掉进了深不见底的洞穴一样。

拿这句话来形容美嘉现在的状况，真是再适合不过了。

如果亚矢知道了，会怎么样呢？

而且……弘真的好生气喔。

美嘉一直以为，是望把自己跟亚矢搞错了。

要是没有人知道，就算了。

美嘉一直没能说出口……对不起，瞒着你。

之后，美嘉发了好几条短信给弘，可是弘都没有回信息。

她没有勇气直接跑到教室去找他，也没有勇气打电话给他。

到了午休时间，弘还是一直没有回信息，于是美嘉便决定发最后两条短信给他。

【我们放学后谈谈。】

【我在图书室等你。】


放学后……

美嘉带着些微的期待在椅子上坐下，然后趴在桌子上。

我曾经在这里和弘相爱过。

所以弘应该会来吧？

只要跟他说清楚，他一定会体谅我的吧？

然而到了晚上弘还是没有出现。

走在回家的路上，美嘉抬头看着散布在夜空中的小星星。

那简直像是伸手就可以抓到一样。

如果是平常弘在身边的时候，美嘉一定会说"帮我摘星星"，然后弘会一边摸着美嘉的头，一边笑她"你真幼稚耶"。

孤单一个人，根本完全不可能碰到星星嘛。

弘……我想和弘一起、在弘身边看星星。

到家之后，美嘉鼓起勇气拨了电话。

可是一如她的预料，电话没人接。

如果弘不接电话，就只能发短信了。

虽然美嘉已经决定不再发短信，但她的双手却停不下来。

她把今天望告诉她的事情，全都透过短信对弘说了。

铃铃铃——

发信人：弘

弘马上就回发短信了。美嘉用颤抖的手打开收件箱。

【对不起，我们分手吧。】

美嘉拿着电话的手抖得更厉害了，胸口也不断地传来心跳声。无论如何她都想听弘亲口说，于是便拨了电话给他。

"您的电话将转接到语音信箱。"

如果能回信息的话，应该也可以接电话才对呀。

为什么不接呢？

没办法，美嘉只好回发短信。

【为什么？】

弘不到一分钟就回了。

【很痛苦。】

弘，光是靠短信，美嘉根本不知道原因呀。

无论是心情还是想法，全都无法传达啊。

之后美嘉打了好几次电话给弘，但还是一直转接语音信箱，于是她便放弃和弘联络了。

明天直接去弘的教室找他。

然后好好把话说清楚。

铃铃铃——

半夜两点的时候,美嘉的电话突然响了起来。

美嘉睡眼惺忪地接了电话。

"唔喂。"

"是我。"

"弘!!"

美嘉苦苦等候的电话终于打来了。

"嗯。你现在可以打开窗户,看看外面吗?"

美嘉从棉被中爬出来,打开窗户,她看到弘就站在外面。

"弘……怎么了? 这个时间……"

弘有点寂寞地笑了笑,然后摸摸自己乱翘的头发。

"突然有些话想跟你说……现在可以吗?"

"我现在就偷溜出去!"

蹑手蹑脚地出了大门之后,美嘉朝着弘跑去。

外面非常安静,连车子的声音都没有。

"对不起喔,这么晚还……"

"美嘉也想好好跟弘说清楚……"

"你不用说我也知道喔。望全都告诉我了,而且,我相信美嘉。对不起喔,误会了你。"

弘一边咳嗽一边说道。他的声音在静谧的街道回荡着。

"我一直在想,美嘉跟别的男人接吻,真的让我伤心透顶,所以如果分手的话,我就解脱了。可是,看到小宝宝的照片……我真的超级喜欢美嘉,还是一点也不想分手啊。"

美嘉紧紧地握着弘的手。

"美嘉也不想分手啊……对不起。"

弘用他冰冷的手指抚摸着美嘉的嘴唇。

"……几次?"

"咦?"

"望亲了你几次?"

"大概三次吧……"

"那我要亲回来十倍,三十次。"

弘这么说完之后,就真的亲了美嘉三十次。等到他慢慢地移开嘴唇时,又用力地把美嘉的头压进自己的怀里。

"不可以再跟别人接吻了喔?"

"绝对不会。"

美嘉在弘温暖的怀里,死命地忍住自己即将夺眶而出的泪水。

"天已经亮了欸! 今天不是还要上课?"

早晨来临,美嘉用不输给鸟叫声的音量大声说道。

"美嘉回去睡觉吧。我应该是睡不着,所以就直接去学校了。你可别迟到喔!"

"弘才是呢! 谢谢你过来!"

"嗯。那就学校见啰!"

其实,美嘉还想跟弘待在一起久一点。

可是……不可以说那么任性的话,对吧?

弘轻轻地拍了美嘉的头之后,就挥着手离开了。

美嘉一直目送着弘,挥着手,直到看不见他的身影为止。

只睡了不到一个小时,美嘉拖着睡眠不足的身体去上学。

"美嘉,早喔!"

在美嘉踏进教室的同时,就扬着声音对她打招呼的人是……亚矢。

望的事情,亚矢知道多少了呢?

只要想到接下来的事,美嘉的心情就变得很沉重。

"望告诉我了喔! 他亲美嘉,还有他曾经喜欢过美嘉!"

"咦?"

"我那个时候其实只是装睡,所以望亲美嘉的时候,我全都看到了,我知道不是美嘉的错喔!"

亚矢连连点了好几次头,好像已经全然接受了。

"我昨天跟望好好谈过了。他说现在只喜欢我一个,所以我就原谅他了!"

"亚矢,对不起喔。"

"我就说不用在意啦! 对了,你跟弘呢?"

"他本来说要跟我分手,但是半夜的时候他跑来找我,我们就和好了,一直聊到早上喔! 今天也约好了要见面!"

"这样就算圆满结束了吧! 望啊,我也会好好教训他的!"

原本美嘉以为自己无法挽回和弘的感情了,所以可以跟弘重修旧好,更令她高兴。

在即将分手的当下,反而会让人知道对方有多重要。

弘提出分手的时候,美嘉一点也不想和他分开。

她深深地感受到自己那份刻骨铭心的情感。

可是这天,弘没有和美嘉联络。

是不是因为从半夜到一大早一直都和美嘉一起待在外头,所以感冒恶化了呢?

然而,之后过了好一阵子,弘也一直没有和美嘉联络。

好像也请假没来学校的样子。

跟弘失去联络已经一个礼拜了。

一个礼拜前的早上,他明明还说"那就学校见啰"才走的。

"樱井弘树在吗?"

美嘉还是放心不下,便和亚矢一起到弘的教室找他。

一个坐在附近的平头男同学回答对着教室喊叫的两人:

"他请假喔,好像是感冒还是什么的。"

感冒了一个礼拜?要是在平常,弘一定会在假日的时候发短信给美嘉的。

最后一次见面的时候,弘明明还笑得很有精神。

看着陷入沉思的美嘉,亚矢表情夸张地提出了建议:

"啊!去问望不就好了!"

美嘉被亚矢抓着手拖回教室,径直地朝着望的座位走去。

因为自从那天过后,美嘉和望就没有再交谈过了,所以两人之间的气氛有点尴尬。

美嘉对望点了一下头,望也跟着点头回礼。

"喂喂喂,为什么弘没来学校啊?"

"不知道啊。"

"是因为感冒吗?"

"才不是感冒咧。"

对于亚矢的询问,望摆出一副冷淡的态度回答她。

"那他为什么会请假?弘一个礼拜没跟美嘉联络了喔,所以美嘉很担心呀!"

亚矢的口气中开始出现了不耐烦,望则一脸烦躁地低下头。

"不要知道比较好啦!"

一听到这句意有所指的话,亚矢马上回应道:

"快点告诉我们啦!"

"你们那么想知道的话,放学后跟在我后面走就是了。"

望的这番话让美嘉和亚矢不自觉地吞了吞口水,然后互相看着对方点点头。

当然,美嘉不可能有办法专心上课。

什么叫做不要知道比较好?

弘不是感冒吗?

为什么不来上学,也不跟美嘉联络呢?

想知道,又不想知道……美嘉现在的心情相当不安。


放学后,美嘉和亚矢跟在望后面。

他们来到了弘家门口。

望按下门铃,大门打开了。

"喔,这不是望吗。咦? 美嘉,好久不见! 身体还好吗?"

是弘的姐姐美奈子。

"嗯……"

美嘉无精打采地回答。

现在她只想知道弘的事。

美奈子瞥了一眼弘的房间,然后皱起了眉头。

"现在可能不要看到那个家伙比较好喔。"

望跟美奈子两个人为什么会说出同样的话呢?

亚矢用力地勾住美嘉的手臂,对着美奈子说道:

"没关系,我们是做好心理准备才来的!"

美嘉的双脚开始颤抖。

胸口充满了不安。

弘房间里开心的笑声，传到了玄关。

望打开了房门，美嘉和亚矢接连走进弘的房间。


香味扑鼻。

包含弘在内，一共有三男一女四个人在房间里。

"弘？"

美嘉从远处喊他，但是弘完全没回头。

"大家都喝醉了吧？"

就在美嘉对身旁的亚矢咬耳朵说完之后，她看见亚矢的脸色迅速地变了。

"这些人有点奇怪喔。"

"咦……奇怪？"

"这个味道，还有大家的眼神。这一看就知道有问题啊。"

的确，就喝醉的人来说是有点奇怪。

完全没有喝过酒的样子，而且每个人都眼神迷蒙地看着奇怪的方向。

美嘉好像在哪里听过别人形容这种味道。地上散落着塑胶袋。

"有蝴蝶，蝴蝶……"

弘看着天花板，用比平常高八度的声音自言自语道。

美嘉全身颤栗。

这种感觉……好恐怖喔。

美嘉和亚矢驻足不前，看着眼前的光景。

美奈子打开门对两个人招手，于是她们暂时离开了房间。

"那是什么?"

亚矢用颤抖的声音问道,美奈子则冷静地回答:

"那是信纳水喔。"

"……信纳水?"

对于这个没听过的单词,美嘉歪了歪头。

"是从什么时候开始的?"

亚矢的声音很明显地变了。

"弘树跟美嘉交往之后,就停掉了。可是几天前又……"

两个人再度回到房间里,结果发现刚才还很正常的望,现在也双眼无神地盯着天花板看。

"望!你跟着他们瞎凑什么热闹!"

亚矢跑到望身边。

然后美嘉也跟着跑到弘身边。

"弘,我是美嘉喔。你知道吗?好好看着我这里!"

美嘉用指尖啪地打了一下弘的脸颊,不过弘还是看着上方,一动也不动。

"弘……你要是有什么话想说就直接说!我不要这样的弘啦……"

这个时候,一个男生拿了一个塑胶袋给美嘉。

"超爽的喔,你也试试看嘛!"

美嘉把塑胶袋揉成一团扔在地上。

"不要!不要!美嘉快救我!"

就在这时,房间里响起了亚矢的哀号。

望骑在亚矢身上,想要强迫她吸食信纳水。

"亚矢?!"

在美嘉正要去帮亚矢的时候,旁边的金发男子用力地把美嘉的头给压进塑胶袋里。

敌不过男生力道的美嘉,一连吸了好几口气,结果她的视线开始模糊了。

她只觉得所有的东西都像梦一样软绵绵的,感觉很舒服。可是同时,她也觉得很伤心……

突然,她的身体变得好重,让她恢复了意识。

刚才一直在美嘉旁边的金发男子,把美嘉压倒在地上。

"够了……我受够了!!"

在美嘉大声喊叫的同时,身上这个金发男子的力道也突然变弱,美嘉趁机用力地推开他,拔下戒指对着弘扔过去。

"弘这个混蛋!!下三烂!!"

看到滚动的戒指的那一瞬间,弘的表情似乎变得很悲伤。

美嘉背起了倒在地上的亚矢离开弘家,然后让她躺在附近的长椅上休息。

弘甚至连追也没追来。

现在,他应该在和那个女的……在做爱吧。

"咦……外面?"

亚矢不一会儿就醒了过来。

"亚矢,你清醒了吗?还好吧?你知道自己做了什么吗?"

美嘉把手放在亚矢的额头上。

"应该还记得的啊,可是为什么想不起来……是你把我扶来这里的吗?对不起喔,我们回家吧。"


回家之后,直到晚上,美嘉还是没办法整理自己的思绪。

在没跟美嘉联络的这一个礼拜,弘每天都在做那种事情吗?

他知道美嘉担心得要死的心情吗?

什么信纳水,到底在搞什么啊?

难道是因为弘还没原谅美嘉跟望接吻的事情吗?

真是这样的话,美嘉希望他能够好好说出来呀……


隔天,美嘉完全提不起劲去上课,于是请了假。

铃铃铃——

美嘉还裹着棉被躺在床上,PHS的来电铃声响起了。

来电:望

望啊……

美嘉不太情愿地接起了电话。

"什么事?"

"今天美嘉跟亚矢都请假吗?"

原来亚矢也请假啊。

也对,应该很震惊吧。

"嗯。"

"为什么要请假?"

"这种事你不会直接去问亚矢喔!"

咔嚓! 嘟——嘟——嘟——

气得受不了的美嘉挂了望的电话。

铃铃铃——

来电:望

望又打电话来了。如果美嘉不接的话,他可能会让电话铃声一直响个不停吧。

"干吗?"

"你该不会生气了吧?我昨天做了什么吗?"

美嘉一五一十地告诉什么都忘记的望他昨天的行为。

在美嘉全部说完之后,望好像非常难过似的叹了口气。

"弘跟望都一样,简直不可理喻,我真是看错你们了。"

美嘉的愤怒指数已经到达最高点了。

"我可以把你现在说的话转达给弘吗?"

"随你高兴。"

在和望通完电话之后几分钟,美嘉的 PHS 又响了。

铃铃铃——

来电:弘

在一瞬间,美嘉犹豫着要不要接电话。

但是如果不接的话,问题也不会解决。

"喂。"

"我刚才听望说了,美嘉你昨天来过我家啊?"

令美嘉意外的是,弘非常冷静。

"是去了,所以呢?"

"看到了吗?"

"全都看到了。还看到你跟女生接吻、摸她的身体!"

多么讨人厌的说法呀。可是美嘉真的嫉妒得要命。

"你……讨厌我了吗?"

"可能吧!"

"我……"

"够了,笨蛋。"

"喂……"

咔嚓！嘟——嘟——嘟——

美嘉还没听弘说完，就挂上了电话。

我才不想听你的借口呢。

美嘉真的非常震惊。

吸食信纳水、还在她的眼前跟别的女人做爱……

不能原谅。美嘉没办法原谅弘。

美嘉超级难过，也超级痛苦喔。

但是把弘逼到那种地步的人，也是美嘉吧。

美嘉才没有讨厌弘，根本无法讨厌弘。

就算发生这种事情，美嘉还是非常喜欢弘。

从交往到现在，两人曾为了很多无聊的事情吵过架吧。

每次生气挂电话的人，都是美嘉。

可是弘也一定会打回来……

"对不起，我们和好吧。"

这句话一直是两个人和好的关键吧。

喂，弘，你会像平常一样打电话来要求和好吧？

可是在几分钟之后，只有一封短信发来。

铃铃铃——

发信人:弘

【这些日子，谢谢你。】

美嘉害怕到没有办法回短信。

平常就算吵架，我们也一定会和好的。

可是这次，美嘉觉得和平常不太一样。

之后，弘没有再跟美嘉联络，美嘉也因为害怕从弘口中听到确切的分手宣言，而不敢主动打电话、发短信给他。

亚矢跟望好像也因为那天的事情分手了。美嘉和亚矢之间，没有再试着提及那天的事。

然而，美嘉每天都紧紧握着PHS，等待着那通不可能打来的电话。

美嘉一直没有回复弘最后一个短信。就这样，一个礼拜过去了。


星期日。

觉得自己如果不做些什么就会发疯的美嘉，开始整理房间。

从书桌里面拿出来的……

是美嘉第一次和弘出去玩的时候拍的照片。

"那个时候弘还有女朋友呢，没想到我们竟然真的开始交往，我还那么喜欢他。"

美嘉一边喃喃自语，一边打算把照片丢进垃圾桶，但最后还是决定把它收进抽屉里。

现在我还舍不得丢掉。

为了分散注意力，美嘉想读会儿书吧。她打开课本。

映入眼帘的，是美嘉翻开的那一页上，写着的小小文字。

【美嘉加油喔！弘】

啊，这个是考前两人一起念书的时候，弘写的。

美嘉静静地用手指摸过那排文字。

"弘，为什么你不再打电话来呢？我们再也回不去从前了吗？为了这点小事情，我们之间就要结束了吗？我不要……"

等到美嘉回过神来的时候，她已经跑出家里了。

美嘉正朝着弘家跑去。

无论是房间、课本，还是这条路……全部都和弘连在一起。

全都留着弘的影子。

我不想失去弘的笑容。

这样子就结束一段感情，我才不要呢。


到弘家门口的时候，外面的天色已经暗下来了，只有门灯寂寞地闪着。

深深地吸了口气之后，美嘉按下了门铃。

叮咚，咔嚓。

弘带着一脸疲惫的表情打开了门。

接着，他的脸上闪过一丝惊讶。

"对不起，这么突然，但是我想把话说清楚。"

"进来。"

弘冷淡地说完之后，领着美嘉走到自己的房间。

明明已经来过很多次了，可是不知道为什么，美嘉突然觉得这个房间给她一种非常怀念的感觉。

不过，美嘉注意到了。

原本贴在墙壁上的双人照，全都干干净净地被处理掉了。

美嘉规规矩矩地跪坐着，认真地开口对弘说道：

"美嘉其实不想跟弘分手。说什么讨厌弘，那都是骗人的。我想跟你在一起……对不起……"

弘还是继续沉默，过了一会儿之后，他用冷峻的目光看着美嘉：

"如果今天一整天你都服从我的命令，我还是可以继续跟你交往，怎么样？"

两个人的立场突然对调了。

和望接吻伤害了弘，这是千真万确的事没错喔。

但是误会应该早就解除了才对，弘也应该原谅美嘉了吧？

自从和好的那天之后，弘就音讯全无，担心的美嘉跑到弘家里，却看到吸食信纳水的弘双眼无神地在美嘉眼前跟别的女生做爱……

美嘉也会受伤的啊！

可是现在，居然说得好像全都是美嘉的错一样！

虽然美嘉的心里对弘的话忿忿不平，但她还是不想跟弘分手。

她想待在弘的身边。所以……

"命令？那你要我做什么？"

弘跷起了二郎腿，还把手指关节折得劈里啪啦响，摆出一副要威胁某个人的态度。

"证明你有多喜欢我。"

"怎么证明？"

"我想想，打电话给你最好的朋友，跟她说你喜欢我。"

美嘉除了遵从命令之外，别无他法，于是便拨了电话。

铃铃铃——

"喂。"

美嘉打给由果。

亚矢跟望刚分手,要跟她说这种事情,也不太好开口。

"由果,不好意思这么突然。美嘉啊,最喜欢弘了。"

"咦!未免也太突然了吧。怎么了?"

果然不出美嘉所料,由果完全无法理解美嘉在做什么。

"就是这样,对不起喔。"

"哪跟哪呀,你在跟我炫耀吗?嗯,不过也没关系啦。"

"对不起喔,拜拜。"

"这样就可以了吗?"

美嘉挂上电话之后,弘的脸上浮起了稍微满足的微笑,然后对美嘉招招手。

美嘉顺从地朝弘走过去,弘突然用手边的毛巾把美嘉的双手绑在背后,接着拿了另外一条毛巾蒙住美嘉的眼睛。

"不、不要这样啦……"

对于奋力抵抗的美嘉,弘只冷冷地丢下一句话:

"你想跟我分手吗?"

我不想……

美嘉用力地摇头。

于是她的双手被绑在背后,眼睛也被蒙了起来。不但身体无法动弹,也看不到任何东西。

美嘉碰不到弘,也看不到弘的脸。

好无助,好孤单喔。

嘴唇柔软的触感。

和刚才粗鲁的行为相反,接连向美嘉袭来的,是触感相当温柔的吻。

弘当场把美嘉压倒在地,有点粗暴地褪去她的衣服。

"我好怕……"

美嘉在颤抖。

弘拉起了美嘉的身体,接着猛然拿掉蒙她眼睛的毛巾。

在美嘉模模糊糊的视线中,出现的是一面很大的镜子。

美嘉别过脸不想看镜子,但弘却硬是把美嘉的脸转向镜子。

这是美嘉第一次以这种自己没想过的方式来做这件事。

但是,美嘉真的不想跟弘分手。

只要今天都服从弘的命令,弘就会重新和自己交往了吧?

两个人就可以恢复从前那样了吧?

做这种事情真的是蠢到极点了。

可是,这就是让两个人重修旧好的唯一办法。

现在只能忍耐,照弘说的去做呀……

他没有像平常一样握住美嘉的手,也没有亲吻美嘉。

感觉不到爱意。

不温柔,不温暖。

美嘉只能咬着嘴唇等待着结束的时刻来临。


当一切都结束的时候,美嘉把自己的身体裹在棉被里。

刚才的气势不知道全都跑到哪里去了,只有虚弱的感觉残留在美嘉体内。

弘赤裸着上半身,拿了身边的打火机点燃香烟,然后一边发出声音,一边吐出了白色的烟雾。

弘是从什么时候开始抽烟的?

眼前接踵而来的变化,让美嘉的心完全跟不上。

"耐力烧。"

弘递出了抽完的香烟。

耐力烧,就是把点燃的香烟在手腕上捻熄的行为。

弘的手腕上有很多耐力烧的痕迹。

"如果你不想分手的话就快点做吧,耐力烧。"

对于弘说的话,美嘉已经完全感觉不到任何惊讶了。

现在的美嘉心里,全都是不要和弘分手的念头,所以她只能遵从弘的命令。就是这么简单。

美嘉从弘手上抢过香烟,用力捏紧之后,就朝着自己的手腕捻下去。

咻——

闷闷的声音,异样的香味。

好烫,好痛。

这一瞬间,弘从美嘉的指间抢下香烟,用力掷在地板上。

"你干吗真的做啊?!"

弘粗暴地甩开房门走了出去。

过了一会儿之后,弘双手抱着消毒水和绷带走回房间。

"你真是白痴……到底在搞什么啊。"

消毒水静静地从烧伤的伤口淌流下来。

在绷带上贴好透气胶布之后,伤口处理就算完成了。

"够了,你今天可以走了。"

弘的口气还是一样冷淡。

美嘉整理凌乱的头发,准备回家。

"弘,你还会跟我在一起吧?"

弘背对着美嘉,静静地点头。

美嘉离开了弘的家,踏上归途。

要是平常的话,弘一定会送我回家的。

能够和弘重新开始,我真的超级高兴。

但不知道为什么,我的心头却涌起了一阵苦痛。

那不是平常的弘。

在没见到弘的这段期间,发生了什么事呢?

我们的关系真的能回到从前吗?

美嘉的叹息被风吹得老远。

不安的情绪越涨越高。

"美嘉。"

听到身后有人呼唤自己的名字时,美嘉带着渺茫的期待回过头。

叫住美嘉的人,是美嘉高中二年级的同班男生大和。

这个人就像个超级要好的女性朋友一样,可以跟他东聊西扯,说些无关紧要的话。

美嘉有点失望——虽然这么说有些对不起大和。

"你在干吗? 还好吗? 怎么你的表情感觉好像很不安呀。"

在这种时候,大和的温柔更是完全传达到美嘉的心坎里。

"我快要跟男朋友分手了……"

大和听了美嘉的话之后,一边呵呵笑着一边回她:

"我也刚被甩掉喔。"

"真的假的? 你骗人!"

美嘉用怀疑的眼神看着开朗的大和。

"就跟你说是真的啦! 女朋友见异思迁,甩了我!"

"那还真是惨呢。"

听到大和也被甩了的同时，美嘉的心里突然涌起了亲切感，于是两个人便站着对彼此说出了自己的爱情故事。

大和专心地听着美嘉的愚蠢，美嘉也静静地听着大和的白痴。

每个人的恋爱，都不一样。

"我们是朋友吧？所以随时随地都可以来找我商量喔！"

美嘉再次觉得，这种时候能有个好朋友在身边，真的很值得庆幸。

大和是美嘉最棒的男性朋友，就像达也一样，美嘉也不想失去大和。


回家之后，美嘉什么事情都不想做，就在房间里发呆。

但是跟大和聊过之后，她已经觉得舒服了一些。

和弘也和好了，所以没什么好烦恼的，明天开始继续加油吧！

就在美嘉的态度转为乐观的时候……

铃铃铃——

P 信箱 DX 发信人：弘

是弘发来的长信息。

美嘉有种不太好的预感。她咽下一口口水之后，打开了收件箱。


【到家了吗？虽然我说过，只要今天一整天服从我的命令，我就跟你和好，不过我还是希望你当作没发生过这事。我

们分手吧。】

为什么？不是说好要重新开始交往吗？

所以美嘉才那么努力啊。

可是说什么分手……为什么？

弘不是说"今天一整天都服从我的命令，我就继续跟你交往"吗？

讨厌的事情，美嘉也做了，连耐力烧都做了。

跟平常不一样的弘很恐怖。

可是啊，对美嘉来说，跟弘分开更可怕。

今天弘说的话全都是骗人的吧？

今天美嘉做的事全都没用吗？

美嘉抓起 PHS，拨电话给弘。

铃铃铃——

"喂。"

美嘉还以为弘绝对不会接电话。

但是出乎美嘉意料，弘竟然接了。

"你是开玩笑的吧？"

弘叹了一口气之后回答：

"不是开玩笑。"

"可是你明明说要重新跟我交往啊……你是骗我的吗？"

美嘉的声音在颤抖，身体也在颤抖。

心里一直重复着同一句话。

——我不想分手……我不想分手啦——

"那个时候我还没有想清楚……"

美嘉打断了弘的话：

"你已经讨厌美嘉了吗?"

弘一边咳嗽,一边用痛苦的声音回答:

"不是讨厌,但是已经没办法了。"

"为什么没办法?"

"我不知道。我也不知道自己在美嘉的面前跟别的女人做爱。你自己不是也说讨厌我了吗? 我不知道。"

"说讨厌你是骗人的啊,我只是希望你说'我以后不会再这样了,原谅我'而已……"

"我真的不知道,什么都不记得了。"

"我不想跟你分手呀,弘,你要我做什么都可以! 其实……"

咔嚓! 嘟——嘟——嘟——

弘挂上了电话。


之后美嘉又打了好几次,却始终没办法接通。

为什么、为什么弘突然变成这样子?

在两个人没见面的一个礼拜当中,究竟发生了什么事?

在这之前,两个人不是每天都如胶似漆地黏在一起吗?

不是说好还要再一起生小宝宝吗?

两个人都还只有十六岁,的确有可能没办法永远在一起。

但是,怎么会以这种方式结束呢?

我没办法接受呀,弘……

美嘉没办法接受自己和弘分手这个事实。

她总觉得弘会打电话来说"我还是不想跟你分手",所以一直无意义地紧紧握着 PHS。

这时……

铃铃铃——

PHS在手心里震动,有人打电话来了。

"喂。"

"我听弘树说了喔。"

不是弘。

打电话来的是美奈子。

"嗯。"

"很痛苦吧。但是我希望你能体谅弘树的心情。"

弘的心情?

吸食信纳水之后变得很奇怪……

在美嘉的眼前跟别的女人做爱。

就这样,没有什么特别的理由,就单方面地提出分手,然后说什么服从他的命令就可以重修旧好,让美嘉做了一大堆莫名其妙的事情,结果最后竟然还是说要分手?

谁能体会弘的这种心情啊。

喂,你倒是告诉我该怎么体谅他啊?

美嘉硬是将这句话吞了下去。

"我不想分手喔。我不懂……"

美奈子沉默了一会儿之后,静静地开口说道:

"如果美嘉跟弘树命中注定要在一起的话,就算现在分开了,之后一定还会在某个地方相会,然后交往。现在就先忘掉弘树吧。如果发生什么事情,你也可以直接打电话给我。"

美嘉一句话也没回,就挂上了电话。

这个时候,她第一次真实地感受到自己和弘分手了。

美嘉抓着PHS,倒在床上抱头痛哭。

"我不要跟弘分手,我不要跟弘分手啦……"

突然分手的理由是……?

如果有什么原因的话,美嘉希望弘能说出来啊。

美嘉做了最后一个决定。

P短信DX

收件人:弘

主题:给弘

这是最后一封短信。美嘉到现在还是很喜欢弘,不想跟弘分手,也不知道弘想分手的理由。明天早上,我会待在经常跟弘一起去的河堤。如果,如果你还有那么一点点跟我交往的意愿的话,就请你过来。如果完全没有的话,就请你不要出现。那个时候,我就会彻底放弃。

美嘉


隔天早上七点,美嘉就出门了。

大概是因为一整晚没睡的关系,她的眼睛肿得不得了。

美嘉一点都没有去学校的意思。因为她打算把今天一整天都用来等弘。

到了河堤之后,美嘉在草地上坐下。

河川的潺潺水声、在路上飞驰的汽车声,交互传到美嘉的耳朵里。

两个人一起欣赏时看起来非常漂亮的蒲公英,也因为只有一个人看而显得垂头丧气。

啊,对了。

原来美嘉会觉得流水声悦耳、蒲公英美丽,都是因为弘在身边的关系。

弘不在的话，什么东西在美嘉眼中都褪了色……

"糟糕，我太幸福了。真想赶快结婚啊。"

美嘉的脑海中，不知道为什么突然浮现了之前弘在这里说过的话。

真是讽刺，和美嘉的心情相反，天气晴朗得不得了。

美嘉枕着书包躺在草地上。

她一边看着缓缓飘动的浮云，一边搜寻着记忆。然而回想起来的，却全都是快乐的日子。

弘一定不会来吧。

美嘉这么觉得。

但在她内心的某个角落，仍然有些许的期待。

看来自己还没有完全放弃的样子。

"真是笨死了……"

她哼笑了一声，拨散了枯萎的蒲公英。

学校的铃声从远方传来。

现在已经是九点了。

美嘉希望弘能来。不过就这样不再出现，或许比较好吧。

如果他不来的话，或许美嘉可以忘掉一切。

如果在未来的某一天，他们注定会分开的话……

还不如今天就在这里一刀两断吧。

弘为什么会变了一个人呢？

是因为美嘉跟望接吻？是信纳水的关系？

还是某个弘无法说出口的理由呢？

弘一直都很温柔。

不管美嘉说了什么任性的话,弘也只会说一声"真是拿你没办法",然后全盘接受。

就算吵架,也都是弘先道歉,能和好的关键都在于弘。

在每次吵架过后的电话中,美嘉总能确信弘传达的爱意。

感受到弘的爱。

这次,美嘉也一直等待着弘打来和好的电话。

弘是不是也对这样子的美嘉感到厌烦了呢?

是不是不想再对美嘉让步了呢?

美嘉从来没有讨厌过弘喔。

这么喜欢弘的人,是不是只有美嘉呢?

美嘉伸手挡住了刺眼的阳光。这个时候……

吱——!

熟悉的脚踏车刹车声从远处传来。

慢慢靠近的脚步声,乘风而来的香气。

这个美嘉再熟悉不过的香水味是……

弘!!

美嘉迅速地拿开遮住眼睛的手。

"嗨。"

弘从上方看着美嘉的脸。

弘高大的身体挡住了刺眼的阳光。

这突发的意外状况让美嘉惊讶地合不拢嘴。

"喂,美嘉。"

"啊,对不起。早!"

弘……弘来了。

这就代表我们两个人还有可能继续交往吧?

"你的眼睛会不会太肿了啊?"

弘用指尖摸着美嘉的眼睛。

一直到前阵子,这样的行为对美嘉和弘来说都是再普通不过的事,但不知道为什么,唯独今天让美嘉难过得想大哭一场。

从前的那个弘,是从前的那个弘回来了。

弘就像一直待在美嘉身边一样,就像空气一样。

美嘉不知道该怎么形容才好,但是弘的存在对她来说,真的好像是理所当然的。

这是在美嘉意识到分手之后,才发觉的事情。

没有空气的话,就没办法呼吸。

弘不在的话,美嘉也活不下去。

美嘉不会再说任性的话了喔。

美嘉会加油……所以弘,不要再离开我了。

"天气真好。我们去附近的商店吧? 快坐上后座。"

"嗯!!"

弘曾经说过,脚踏车后座是美嘉的特等席吧。

美嘉紧紧地抱住弘的后背,感受着他温暖、又带着一点哀伤的体温。

脚踏车抵达了附近的购物中心。

"来,抓好。"

弘把自己的手伸向美嘉。

"可以吗?!"

美嘉睁大了眼睛,藏不住心中澎湃的喜悦之情,而弘则露出了他一贯的笑脸。

"当然啰！"

两个人手牵着手走进游乐场。

"啊，好可爱，我想要！我想要那个！"

看到夹娃娃机的最里面，有一个看起来很难夹的小熊维尼布偶时，美嘉像个吵着要买玩具的小女孩般吵闹着。

"好吧，交给我吧！"

弘卷起袖子，一副干劲十足的样子，从皮包里拿出一百圆硬币投进夹娃娃机里，不过一直无法成功。

拼命努力的弘额头上，冒出了几滴汗水。

"弘，没关系啦。"

就在美嘉死心，出声劝弘放弃的时候。

"夹到了！"

眼睛散发着光芒、笑嘻嘻地把布偶拿出来的弘，和昨天那个目光冰冷的弘判若两人。

"要好好珍惜喔！"

"嗯，我一定会的！！"

然后，在弘的提议下，两个人一起拍了大头贴。

以前总是说什么丢脸不想拍的弘，竟然会主动提议，真是非常难得。

在拍大头贴的机器里面时，弘静静地捧起美嘉的脸，亲吻她的嘴唇。

咔嚓。

"啊……这样不就变成亲亲大头贴了！"

"那也没关系啊。"

美嘉和弘第一次的亲亲大头贴完成之后，她拿起了放在柜台的剪刀，把大头贴剪成两张，一张分给弘。

然而弘却没有接下大头贴。

"弘！大头贴一半给你啦！"

"哦，我不要了。"

这句话让美嘉瞬间怀疑自己的耳朵。

"为什么不要?!"

"因为今天是我们最后一次约会。"

弘用非常小的声音说。游乐场的杂音几乎要掩盖住他的声音。他说完之后，便开始迈开步伐。

美嘉跑到弘身边，思索着这句话的意思。

最后一次约会是什么意思？

害怕的美嘉不敢开口追问。

离开游乐场之后，他们又来到了河堤。

美嘉在草地上抱着膝盖坐着，一面伸手拔着杂草。这个时候，弘从口袋里拿出一个东西交给美嘉。

"啊，这个是……"

弘拿到美嘉面前的，是一只戒指。

在弘吸食信纳水的那一天，美嘉离开弘房间时朝着他扔出去的……戒指。

"我可以戴上吗？"

美嘉一边开心地接过戒指，一边问着弘。

"先放进口袋吧。"

弘脸上的表情好像完完全全地分成了两半。一半写着迷惑，另一半写着后悔。

最喜欢的弘和对戒。

美嘉假装把戒指放进口袋,其实偷偷将双手背在后面,悄悄地把戒指戴在左手的无名指上。

"啊,肚子好饿。我们来吃午餐吧。"

弘开始吃起便当来,然而美嘉却完全没有食欲。

"今天是最后一次约会。"

刚才弘看似无心说出来的这句话,现在还挂在美嘉的心上,而且偶尔还会让美嘉的胸口抽痛。

美嘉装作一副若无其事的样子,切入话题:

"喂,为什么你不要大头贴啊?"

"刚才不是说了吗? 因为这是最后一次约会,拿了大头贴的话会很痛苦的。"

弘停下筷子这么回答,美嘉再也无法忽视这句话的意思了。

"最后一次? 今天就是最后一次了吗? 你不是因为还有意愿跟我交往,所以才来的吗?"

听完弘的回答之后,美嘉心急地反问。

像是要平复这样的对话节奏般,弘慢慢地开口:

"我今天是抱着我们已经分手的心情来赴约的。"

美嘉的心跟现实状况无法衔接。

"什么嘛……我不是发短信告诉你,如果不想跟我继续交往的话,就不要来的吗?"

"我想要制造最后的回忆。"

"那为什么还要牵手? 为什么还要拍大头贴?!"

看到弘依旧保持沉默,美嘉继续说道:

"美嘉还是很喜欢弘,说什么最后一次,会让美嘉很难受

186

的耶。如果一开始就打算分手的话，就不要来嘛……"

"对不起喔，我不是讨厌美嘉，只是想要留下最后的回忆而已。"

从美嘉眼中不断流出的眼泪，打湿了弘的制服裤。

"我已经没有办法替你擦掉眼泪了。"

美嘉看着直视着前方的弘，发现一切都很明白了。

弘"分手"的念头已经无法动摇。

美嘉手腕上的耐力烧伤痕，现在又开始疼痛了。

这股痛楚，是美嘉伤害弘的……惩罚。

是弘背负着某些事情的……代价。

是美嘉喜欢弘的……证明。

路上的车水马龙，河流的悲伤的水声也源源不绝。

"我要回学校了。"

弘把便当收进书包，然后站了起来。

"……不要走……"

美嘉用力地拉住弘的 Y 领衫。

她知道，弘要是走了，就不会再回来了。

就算很逊……就算很没用……

美嘉还是不想放手。

她还想要被弘温暖的手保护，被那双温柔的眼睛凝视。

就算放弃所有的一切，美嘉也要跟弘在一起。

永远在一起。

"那美嘉先走好了。"

弘指着学校的方向，这么说道。

美嘉拿起书包，开始步履蹒跚地朝学校走去。

只要她一回头，就会看到自己最爱的弘。

喂，我们之间真的就这么结束了吗？

我不要，我不想分手，我不想离开弘。

美嘉停下脚步，再次跑回弘身边。

然后用尽全力抱住弘。

"我不要跟弘分开啊……"

"……还是我先走好了。"

弘抓住美嘉的肩膀，慢慢地把美嘉拉开。接着，他转过身，好像打算迈步前进，不过又回过头来，把自己的手放在美嘉头上。

"保重啊。要幸福喔。拜拜。"

弘把美嘉的头压近自己的胸口，在瞬间拥抱了她，然后马上放开手。他没有骑上脚踏车，而是直接背对着美嘉迈开步伐离开。

原本让人心旷神怡的香水味，如今只有让美嘉痛苦难耐。

"弘！跟我分手真正的理由是什么？让弘改变的真正理由是什么？"

弘没有回答美嘉大声喊出的问题，只是举起左手，慢慢地远去。

弘高大的背影，今天不知道为什么变得那么渺小。

那曾经是最熟悉的背影，如今看来却像是一个陌生人。

弘的背影越走越远。

求你回头。

连这么小的愿望，现在都无法实现了。

美嘉最爱的弘，头也不回地消失了踪影。

美嘉好想追上去。

但是她却觉得自己不能这么做。

因为，这么做只会让她更痛苦而已。

美嘉害怕再受到任何伤害了……她再也无法承受了。


仰望天空。

浮云飘动。

现在，眼前的这片天空，是和弘连在一起的。

之后，他们两人将走上各自的道路。

这是弘烦恼了很久之后决定的结果。

如果弘希望和美嘉分开的话……美嘉也只能接受吧。

其实美嘉自己也知道已经无法挽回了。

只是装作没看到而已，弘的无名指上没有戒指的踪影。

不管美嘉再怎么思念弘，他们之间的关系早在弘决定要分手的时候，就画上句点了。

美嘉和弘在一起的时候，真的很幸福喔。

但是，弘一定不这么觉得吧。

对不起，美嘉一直没有注意到。

突然分手的理由，美嘉到最后还是不知道。

一直期盼着不可能回头的身影，不可能再响起的脚步声的美嘉，就这么等了一个小时。

两个人一起在这片河堤度过开心的日子，也在这片河堤分离。

美嘉凝视着夹在书包外侧的大头贴。

"笑得很幸福的人，只有美嘉而已吧……"

美嘉把大头贴揉成一团,跟刚才弘夹给她的布偶一起丢到河里。

　　知道弘突然改变的理由,
　　以及提出分手的原因,是好几年后的事了⋯⋯

# 友谊的成全

美嘉在不得已之下，只好朝着学校走去。

留在河堤，也只会让她更痛苦。

虽然去两个人邂逅的学校也很恐怖……

可是不一点一点前进是不行的。

"喂！你迟到了。"

在穿堂换鞋子的时候，美嘉和学年主任撞个正着。

"对不起。"

主任看着美嘉的脸，然后直盯着她浮肿的眼睛。

"你跟樱井之间发生什么事了吗？"

"没有……"

美嘉现在什么都不想思考。光是听到弘的名字，就够她难过了。

"是吗？因为我刚才在穿堂碰到那家伙的时候，他好像也是一脸哭过的样子呢。"

弘哭了？

主动提出分手的人是弘，所以应该不可能吧。

美嘉跑上楼梯，朝着教室走去的时候，刚好看到弘和隔壁班的莎里奈有说有笑的。

弘很受欢迎，所以这也没办法。

但是也不用刻意跑到美嘉的教室前面聊天吧。

弘在一瞬间瞥了美嘉的方向一眼，不过在下一个瞬间，他又继续笑着和莎里奈聊天了。

美嘉跑进教室，趴在自己的座位上。

她粗鲁地摘掉左手无名指上的戒指，然后用力地塞进制服口袋里。

"你好像没什么精神欸，怎么了？"

从美嘉身后向她搭话的人是望。

"咦，望，好久不见……"

望盯着美嘉的脸看。

"你哭过啊？"

"嗯，我刚才跟弘分手了……应该说是被甩掉了啦。望跟亚矢呢？"

望的脸上似乎在瞬间闪过了有什么话想说的表情，不过马上又恢复原状了。

"真的吗？我们两个早就结束了。你，不要讨厌弘喔。"

望丢出了这句意有所指的话。

但是，现在的我已经没有反问的力气了。

"怎么可能会讨厌他呢，应该说，我绝对不可能讨厌他。"

就算之后弘交了别的女朋友，我也只能默默接受。

要我祝福他们，可能还得花上一些时间。

但是……我会加油的。我会努力让自己支持弘的。

不过现在，先让我休息一下好吗？

这是我最后的任性了……


然而，就在弘和美嘉分手的第二天。

弘交了新的女朋友。

对方就是昨天跟弘在教室前面聊天的隔壁班女生莎里奈。

莎里奈一直很喜欢弘，所以好像在昨天美嘉和弘分手之后，她就马上告白了。

弘也答应了她，所以两个人就这样开始交往了。

喂，是在我们分手的隔天喔？

美嘉原本想等到弘交了新的女朋友之后，好好祝福他们的，可是事情发展得太快，让她的心根本跟不上。


放学之后，美嘉和亚矢走出校门。这时，一部黑色的脚踏车经过她们面前。

骑着那部脚踏车的人是弘，而坐在后座的……

是微笑的脸上写着"很羡慕吧"的莎里奈。

"我的脚踏车后座是美嘉的特等席！"

美嘉的脑海中浮现弘之前说过的话。

这句话是骗人的吗？

不，不是……这句话是在昨天变成谎言的。

在脚踏车从美嘉她们面前飞驰而过的瞬间，乘风而来的香味不是"冰雕"的味道。

"美嘉,忘掉弘吧! 他是跟那种没品位的女人交往的男人!"

"说得也是。"

我知道,我都知道啦。

但是为什么,脑海中浮现的净是幸福的日子。

以及弘温柔的笑脸……


到走廊去的话,可能会碰到弘和莎里奈。

所以那天之后,美嘉每天去上学,都把自己关在教室里。

她还没有接受那两个人的笑脸的度量。

莎里奈好像对美嘉抱着敌意。

理由只有一个,那就是美嘉是弘的前女友。

"我今天要跟弘树出去玩!"

"我昨天跟弘树接了好多次吻喔!"

有时候,这些话会从走廊传进美嘉耳里。

莎里奈是为了让美嘉听到,才故意用很大的音量说的吧。

因为知道美嘉还喜欢着弘,所以她才这么做。

每次听到这些话的时候,美嘉总会趴在桌上捂住耳朵。

将一切情况看在眼里,而自愿听美嘉诉苦的,是在美嘉和弘分手、从弘家回家的那天,碰巧在路上遇到、跟美嘉畅谈了彼此恋爱情况的男性朋友大和。

大和用时而严厉、时而温柔的方式,老实地告诉美嘉出自男性角度的看法。


某天午休,美嘉和平常一样,在教室里跟大和聊天。

"弘树的前女友已经找到男人了呀,真快!"

莎里奈的声音从走廊上传来。

她旁边是瞪着大和看的弘。

美嘉跟别的男生感情好,让弘看不下去吗?

弘自己还不是有女朋友?

不要再让美嘉期待了……不要再回头了。


铃铃铃——

那天晚上,美嘉看到发短信来的人之后,并没有太过惊讶。不知道为什么,她早就预料到了。

发短信来的人是……弘。

【你好吗?】

一直期待弘来信息的美嘉,此刻却觉得好痛苦。

【嗯。】

不知道该如何回信息的美嘉,只好打了毫无感情的内容。

发信人:弘

【美嘉交男朋友了吗?】

回复:美嘉

【没有。】

发信人:弘

【今天跟你说话的男生是?】

回复:美嘉

【朋友。】

发信人:弘

【我明天要去约会。】

回复:美嘉

【恭喜你喔。】

发信人:弘

【不过是跟男生!】

【所以别担心喔!】

之后美嘉就没再回信息了。

弘太自我了啦。

美嘉不知道自己该怎么做,或是怎么说才好。

可是,她也对有点开心的自己感到生气。

更讨厌没办法把弘的号码从手机电话簿里删除的软弱自己。

弘交了女朋友,自己也应该彻底放弃才对啊。

为什么……


弘和莎里奈交往的第十二天早上,美嘉在校门口看到莎里奈和一个孔武有力的男生恩爱地走在一起。

莎里奈看到了美嘉之后,便和那个男生道别,然后朝着美嘉走过来。

她站在美嘉面前,用手掩着嘴巴呵呵笑道:

"被你看到啦? 那是我的新男友。不错的男生吧?"

"哦,恭喜你呀。"

她跟弘分手了吗?

虽然美嘉很在意……但是不甘心的她却问不出口。

不知道是不是注意到美嘉的心情,莎里奈一边从口袋里拿出护唇膏涂在嘴巴上,一边微笑。

"弘树还给你!"

"……啊?"

"嗯,不过我看你也没办法得到他吧?"

还给我?没办法?

莎里奈的每一句话都让美嘉反应连连。

"弘树看起来很酷,其实根本就不是那样呢!"

"……所以呢?"

"所以我不要了!我只喜欢酷的人,还给你吧!"

美嘉的脑海中突然闪过一个声音。

那是积压已久的某些东西决堤的声音。

"什么玩笑。"

"啊?"

"我说你开什么玩笑!!"

头脑一片空白的美嘉,不由自主地吐出这些话。

"咦……你干吗那么生气啊?"

虽然莎里奈的脸上还漾着来不及收回去的微笑,不过她的表情已经可以看出明显的惧色了。

可是美嘉的怒气并没有因此平息。

"谁准你伤害弘的!你有多了解弘啊?什么都不知道就少在那边叽叽歪歪!"

美嘉把手上的书包扔向莎里奈的脸。

"好痛!你干什……"

"去跟弘道歉!弘虽然看起来天不怕地不怕,但其实是很容易受伤的……"

在两个人交往的时候,弘也帮了美嘉好几次、保护了美嘉好几次嘛。

弘已经不是美嘉的男朋友了。

可是，这次换美嘉帮助弘、保护弘了。

这个时候，美嘉发觉后面有人走了过来，她回过头。

站在她身后的人是望。

望把自己的脸贴近莎里奈的脸，恶狠狠地瞪着她：

"像你这种白痴又轻浮的女人，一辈子都别想得到幸福啦！给我滚！丑女！"

莎里奈吓得连眼睛都忘记眨了。

望拉着美嘉的手，开始走向学校的穿堂。

"望，对不起喔……"

"美嘉又没怎么样。我听到了你们的对话。那个女的也太讨厌了吧?"

望没有等美嘉回答，就又像是想起什么事情似的说：

"啊，对了，弘叫你去图书室!"

"为什么?!"

"我哪知道。不过他看起来好像很火的样子。"

跟莎里奈分手的弘……虽然知道自己这么做很蠢，不过美嘉还是抱着淡淡的期待朝着图书室走去。

深深地吐了一口气之后，美嘉拉开图书室的门，她看到弘就坐在桌上。

弘久违的身影让美嘉的心跳急剧加速，双颊也变得好烫。

"他看起来好像很火的样子。"——美嘉完全忘记望的话了。

"坐下。"

美嘉最爱的弘的声音。

我好想弘,好想弘喔。

"你好像骚扰了莎里奈吧?"

弘不太高兴地抖着脚。

"什么?"

弘的脸上没有笑容。

明明好久没聊聊了,两个人之间的对话却充满了令人窒息的沉重气氛。

"莎里奈跟我说的,你好像在背地里说莎里奈的坏话吧?"

"什么呀!根本是相反吧?是她……"

美嘉的话还没说完,弘就出声打断了她:

"害我们分手了。"

"什么意思啊?"

"莎里奈说你骚扰她,所以她觉得跟我在一起很痛苦,就跟我提分手了。"

弘低沉的嗓音在图书室里回荡。

被暗算了。

被那个女人陷害了。

"你到底做了什么?"

弘用力地抓住美嘉的手腕。

"你要不要一辈子都被那种女人骗啊?!弘这个笨蛋!"

美嘉用力地甩开弘的手,从图书室快跑回教室。

后来美嘉才听说,莎里奈在跟弘交往之前,就已经有一个男朋友了。

也就是说……她脚踏两条船。

当莎里奈发现弘不是她心里想像的男生之后,就跟弘提出分手,选择了另外一个男生。

可是因为找不到分手的理由,所以莎里奈便把自己讨厌的美嘉搬出来当借口,说自己被美嘉骚扰,好甩掉弘。

听到这些实情之后,美嘉真的觉得脚踏两条船不说,还捅了美嘉一刀的莎里奈,真的是一个烂透的女生。

然而同时,美嘉也觉得单方面相信莎里奈,不听美嘉解释,也完全不肯相信美嘉的弘,是个烂透了的男生。

虽然在和美嘉分手之后,弘交了女朋友,但是美嘉的内心深处却觉得弘在未来的某一天,可能还会回到她身边……她隐隐有这种想法。

因为美嘉相信,那些幸福的日子不是假的。

但是,真的已经不行了。

真的,两个人之间真的已经毫无缘分了。

这天之后,美嘉开始改变了。


PHS的时代结束,手机的时代来临,于是美嘉也将自己的PHS门号解约,换了新的手机。

美嘉还是先将弘的PHS号码跟电子信箱输进手机的电话簿,不过后来她还是决定把这些资讯删除。

如果输入的话,美嘉一定会忍不住跟弘联络的。

我要让他对我另眼相看!

不知道从什么时候开始,美嘉的想法变得比较坚强,她开始减肥,一口气瘦了五公斤。

然后,不再化上夸张的坏女孩妆,反而从亚矢那里学来成熟风格的化妆技巧。

在及肩的直长发下接发,用电热棒弄卷,戴上咖啡色的隐形眼镜,指甲也弄得漂漂亮亮的。

在跟弘分手短短两个月之后,身边的人全都这么对她说:

"你变了耶！变得好可爱喔！"

虽然可能是客套话,不过大家都这么说。

她常常和亚矢两个人在街上闲晃,等人来搭讪,朋友们也会邀请她们去舞厅或是参加舞会。

总而言之,就是每天都在玩。

因为只要玩的话,就没办法想那么多……

美嘉自己的恋爱原则,就是"不要随便相信男人"。

弘也像是要和美嘉抗衡一般,将头发染成金色,成天在学校里跟人打架滋事。

两个人之间,慢慢地出现了距离。


——暑假。

时间过得很快,美嘉已经当了五个月的高二学生了,和弘分手也有三个月了。

因为今天是亚矢约美嘉一起参加联谊的日子,所以美嘉和亚矢就跟往常一样,打扮得漂漂亮亮的,在指定时间前往大家约好的地方。

和三个男生碰头之后,一行人便进了KTV。

三个男生当中的一个在中途先行离开了,大概是被女朋友叫走的吧。总之,留下来的四个人还是玩得很开心。

四个人玩到忘记了时间,等到他们注意到的时候,已经超过十一点了。

大家彼此交换了联络方式之后，就朝着各自的家离去。

"我送你！"

正当美嘉迈开步伐，准备要回家的时候，身后传来一个声音——是刚才参加联谊的一个男生。

在不远的前方，美嘉看到亚矢已经跟另外一个男生并肩走在一起了。

"呃……这样好吗？"

"你别在意啦！"

他硬是跟在美嘉的身边开始走。

我根本没在意啊。

走在黑暗的回家路上，并肩走着的两个人的手不小心碰在一起。

然后他突然握住了美嘉的手。

"不要……"

就在手被握住的瞬间，美嘉反射性地甩开对方。

沉重得令人无法忍受的沉默，笼罩着两个人。

"我们聊聊吧。"

在步行的途中，他爽朗地打破沉默。

因为美嘉前一分钟才把人家的手甩开，所以现在也很难拒绝对方的要求。

"嗯，好啊！"

两个人走进小学的操场，然后靠在围栏上开始聊天。

"今天的气温还真高呢！"

"对呀！"

啊，好想早点回家喔……

美嘉一边这么想，一边不带感情地回答道。

她不是讨厌联谊，只是不擅长和对方独处、聊天。

"欸，美嘉其实完全符合我喜欢的女生类型耶。"

他这么说完之后，便紧紧地抱住美嘉的身体。

讽刺的是，从他身上飘出来的淡淡香味……

正是跟弘一样的"冰雕"香水味。

美嘉想要推开对方，可是对方却更用力地把美嘉抱住，然后试图强吻美嘉。

"住手……唔……"

嘴巴被堵住的美嘉，什么话也说不出来。

美嘉用力地抵住他的身体，所以在对方稍微放松力道的时候，美嘉便跌坐在地上。

"不要这样啦！"

美嘉用颤抖的声音吼叫着。然而，对方却用冷峻的目光静静地回答：

"啊？为什么？都已经走到这种节骨眼上了，你还在说什么啊？"

"问我为什么……我又不喜欢你，怎么能跟你做这种……"

"快点站起来啦！"

"不要。"

"不听我的啊，真是无聊的女人。"

他啧了一声，然后用力地踹了围栏一下就离开了。

在他的身影消失的同时，美嘉也站了起来。她走到体育馆后面的水龙头，不断地清洗自己的嘴唇。

令美嘉感到心有不甘的是，这个时候，她脑海中浮现的人还是弘。

就算两个人早已形同陌路……

美嘉内心的某个角落，还是期待着不可能出现的超人前来拯救她。

她的手指不断地拨着熟悉的电话号码，然后删掉；拨号，再删掉。

不行。弘已经不会来解救我了。

美嘉告诉自己。

无法忘怀的温度……

就算和朋友玩乐，还是无法填补内心的裂缝。

终于注意到自己总是不知不觉拿别人来跟弘比较了。

喂，弘。

因为我跟弘分手了呀，所以才跟各式各样的人成天玩乐。

打开手机的电话簿，这三个月来，美嘉总共输入了超过一百个人的电话号码。

但是，就算有这么多朋友也没有用。

弘……弘不在的话……什么都没有用。

能够填补美嘉内心裂缝的，不是一百个朋友，而是唯一一个深爱的人。

美嘉将电话簿里除了老朋友以外的名字一一删除。

在删除最后一个名字的时候，美嘉不知道为什么觉得很可笑，便笑了起来。

泪水没有从眼眶中流出来，一定是因为心在哭泣吧。

美嘉一心以为自己可以忘记弘的存在，她却万万没想到他的存在竟然如此庞大……

美嘉和弘，就是在一年前的这个季节邂逅的。

然而，那个可以天真无邪地笑闹、倾尽全力追求什么的时候，已经不会再回来了。

和弘最后一次结合的那一天，弘的眼神真的好冷酷。

但是，还是有着微小的爱……美嘉现在这么觉得。

我还是可以继续喜欢弘吗？

我不会给弘惹麻烦的，想像是自由的吧？

男人是不能相信的。温柔背后都藏着私欲。

可是，我现在还是可以相信一个人。

虽然他在我的心口划上无数的伤痕，最后还背叛了我……

可是不知道为什么，我现在还是只相信你。


美嘉回家之后立刻打电话给亚矢。

亚矢好像总算也平安地到家了。

现在美嘉和弘的距离非常遥远。

在分手之后，美嘉听过很多弘的传闻。

一个月跟十个人发生关系、每天都带着女人逍遥什么的……看来比起那个时候，两个人都改变了不少。

可是，我还是会一点一点地靠近你。

我知道不可能回到从前。

但是……我也不想对自己的感觉说谎。


再过不久就是校庆了。

美嘉的班级决定要在舞台上表演乐团演奏。猜拳猜输的美嘉,只得担任没有经验的贝司手。

为了决定表演曲目,所以"负责表演的成员今天放学后留在教室里讨论",不过因为负责打鼓和弹吉他的同学跑回家了,所以只好由担任主唱的同学和美嘉两个人决定曲目。

担任主唱的,是一个叫做小雅的女孩子。

不是因为猜拳失败,而是自告奋勇争取主唱一职的她,是一个完全没化妆的自然女孩。

不止体型可爱,她的皮肤还跟雪一样白皙。

绑成两股的发型非常适合她,是个精神奕奕、开朗乐观又爱笑的可爱女生。

虽然美嘉初中的时候也跟她同校,不过两个人的熟识程度,大概也只到见面会打招呼而已。

"曲目怎么办?"

小雅一边转着铅笔,一边皱着眉头问道。

这个时候,美嘉的脑海中浮现了滨崎步的《who . . . 》。

她记得弘很喜欢那首歌,两个人在一起的时候,也总是在房间里听着那首歌。

美嘉还曾经为了在 KTV 演唱让弘高兴,特地去买了 CD 拼命练习呢。

可是,在校庆演出的曲目,应该是更能让人热血沸腾的歌吧。

《who . . . 》是抒情歌。

美嘉为了得到确实的否决而开口了:

"欸,滨崎步的《who . . . 》怎么样?"

小雅连想都没想就立刻开口接道:

"啊,不错耶! 你喜欢这首歌吗?"

"嗯……这是我跟前男友的回忆之歌! 是很重要的歌喔!"

"这样啊。你还喜欢着前男友吗?"

美嘉经常对其他人说"我已经放弃了",或是"才不喜欢",好欺骗自己真实的心声。

可是美嘉觉得,自己在小雅面前应该可以说出真话。

一定是因为小雅跟弘之间毫无关系的缘故。亚矢跟望有关系,望跟弘有关系,所以美嘉没办法对他们说真话。

如果是小雅的话,应该说实话也无妨吧。

"还是喜欢啊……"

美嘉在沉默中等待着小雅的回应。

她胆小地抬起脸之后,看见小雅笑着对自己点头。

"不用勉强自己忘掉对方啊! 我觉得,就算你一直喜欢着对方,也没什么不好的喔!"

自从跟弘分手之后,美嘉身边的人全都劝美嘉忘掉弘。

"一直喜欢着对方,也没什么不好。"

说不定美嘉一直期盼着某个人能对自己这么说。

"对了!《who ...》这首歌啊,就由美嘉跟我合唱好了!"

小雅突然站了起来,兴高采烈地这么提议。

"……咦,不行啦! 我是音痴!"

"没关系啦! 反正我会跟你一起唱啊! 好,就这么决定了!"

小雅要求美嘉跟她合唱这首对美嘉和弘来说很重要的歌,这份用心真的很让美嘉高兴。

两个人决定《who ...》这首歌就拿来压轴,然后由两个人共同演唱。

从这之后,美嘉跟小雅的感情就迅速地变好了。

放学后一起为了校庆表演而努力练习的日子。

不擅长的贝司让美嘉的手指皮都磨破了。

可是美嘉还是跟小雅互相鼓励,渡过了难关。


——校庆当天。

美嘉和小雅一副紧张的样子,在舞台后方等着出场。

"啊,下一个下一个! 美嘉,下一个就轮到我们了!"

"我的脚在抖欸! 这种气氛真是可怕!"

"加油喔!"

加上负责吉他和打鼓的两个同学,四个人的手叠在一起大喝一声之后,就走上了许多学生注目的舞台。

在耀眼的灯光照射下,美嘉一边背好还不太习惯的贝司,一边调整麦克风的位置。

旁边的小雅用没人听得到的微弱声音对美嘉说道:

"美嘉的前男友站在最前面喔?"

美嘉不经意地往舞台下一看,果然,弘站在第一排的最中间。

本来就已经够紧张了,现在美嘉连腋下都冒汗了。

歌曲的旋律在体育馆里响起。

他们的演出比想像中来得热闹,美嘉的贝司也弹得很顺。

然后,是最后一首歌了。

《who ...》

美嘉把背在肩膀上的贝司拿下来,靠在墙壁上,手持麦克风;接着,那首令人怀念的歌曲在体育馆内响起。

在这么多人面前。

不,在弘面前,美嘉更想好好地演唱这首回忆之歌。

美嘉的身体僵硬,心脏扑通扑通地跳着。

但是她一定要好好地唱到最后。

希望这首歌能够传到弘的心里。

我听到这首歌的时候,想到的只有弘。

怀念的旋律,把我的心拉回那个时候。

弘现在明明离我这么近。

……好远喔,太远了啊。

就算伸长手臂也够不着。

没错,就好像两个人之间有一面看不见的厚厚墙壁般。

但是,请你听听这首歌。然后,就算只有一点点也好,希望你能回想起美嘉……

回想起和美嘉共同度过的那些日子。

歌曲结束,美嘉和小雅的心中满溢着成就感,在众人的欢呼声中拥抱。


"辛苦了! 超棒的喔!"

就在美嘉感觉还很兴奋地走到走廊上时,亚矢跑过来跟她说话。

"真的吗?! 谢谢!"

"还有啊,刚才弘在走廊上自弹自唱喔!"

"自弹自唱?"

"他把吉他拿到走廊上边弹边唱！要不要去看？"

"美嘉如果去的话，会造成弘的困扰的。"

刚才的兴奋瞬间全冷却了。美嘉低头看着地板。

"没关系的啦。"

亚矢用力地拍拍美嘉的背。

"对呀！走吧。"

站在一旁的小雅也附和着亚矢的提议，两个人便拉着美嘉的手开始前进。

弘的教室前面，聚集了一大堆女生。

在最中间一边弹着吉他一边唱歌的，就是弘。

这幅突如其来的光景让美嘉的心情痛苦异常，她快步从弘前面经过，躲在走廊的转角处坐了下来。

"美嘉，你还好吗？"

"不过这里也听得到，不如就在这里听吧？"

美嘉在亚矢和小雅的鼓励下笑着点点头，然后侧耳倾听最爱的弘从远处传来的歌声。

当然，那已经不再是属于美嘉的歌声了。

刚才美嘉在台上的歌声，是否传到弘那里了呢？

弘应该不知道美嘉躲在这种地方听他唱歌吧？

可是啊，现在美嘉的心中充满了弘的歌声……

美嘉最爱的歌声从远处传来，让她泪流满面。


校庆结束之后，美嘉跟小雅、亚矢三个人还是天天同进同出。

亚矢跟小雅对美嘉来说，都是无可取代的好同伴。

让美嘉痛彻心扉的夏天结束，秋天来临了。

读书之秋？食欲之秋？K书之秋？

今年……

就当作食欲之秋吧！

说到高中二年级的大事，就是毕业旅行。

美嘉打从一年级的时候，就已经开始期待了。

好像曾经跟弘约好，在自由活动的时候要一起玩吧……

但是，现在美嘉身边有最爱的亚矢跟小雅在，所以无所谓了。

"自由活动的时候，三个人一起玩吧！"

在休息时间，美嘉托着脸颊提议道。

"当然啰！"

在亚矢轻快地回答之后，三个人用小指拉了勾。

美嘉、亚矢和小雅三个人在毕业旅行的时候同一组。

为了公平选出小组的组长，三个人便决定猜拳决定。

"剪刀，石头，布！"

美嘉当选组长。


那天放学后，学校马上就要组长留下来集合，所以在最后一堂课结束之后，三个人便留在教室里聊天。

"好想谈恋爱喔！就算去联谊，遇到的也都是随随便便的男生，暑假那次联谊最糟了，对吧美嘉！"

亚矢欲求不满地叫嚣着。

"嗯。不过绝对不可以太快相信男人！"

"对呀！话说回来，其实我自己也还没放下望，美嘉虽然说自己忘掉弘了,不过那其实是骗人的吧?!"

"我还喜欢他啊!"

只要一谈到恋爱的话题,小雅就不太会插话。

"小雅没有喜欢的人吗?"

"咦,我……没有吧。"

面对亚矢的问题,小雅别开视线回答道。

当——当——当——当——

"糟糕,美嘉差不多要去集合了!"

"我跟小雅在教室等你,加油喔!"

在指定教室的教室里,全都是各个小组的组长。

美嘉下意识地搜寻着弘的身影。

就算猜拳输了,弘也不可能跑来当组长吧。

唉……我到底在期待什么啊。

在一大堆没看过的面孔当中,美嘉在最后面的位子上看到一张熟悉的脸。她跑过去,从后面轻轻拍了对方的肩膀。

"好久不见!我可以坐在你前面吗?"

那张熟悉的脸……就是望。

"喔,好啊。美嘉也是组长啊?真不适合你耶!"

"我才不想被望嫌呢!因为我猜拳猜输了啊,反正望一定也一样吧?"

"没错,答对了!"

美嘉吐了吐舌头,在望的位子前面坐下,然后把手肘撑在望的桌上,开始跟他聊天。

"组长还真是够麻烦的耶!"

不过望却没有回答美嘉。

望一脸有话想说的表情，一直盯着美嘉的脸看。

"望，你怎么了？"

发现望的样子有点奇怪之后，美嘉也看着他的脸。

"我有话要告诉美嘉。"

"咦……什么话?!"

美嘉吞了口口水，压近身体打算仔细听望说话。

"那个……"

"等等等等等一下！"

因为害怕听到望接下来要说的话，美嘉伸出双手阻止望继续说下去。

望要说的……恐怕就是弘的事情吧。

可是光看望的态度，美嘉就知道那一定不是什么好事。

总是故作坚强的美嘉一碰到弘的事情，就会立刻变得软弱。

美嘉转身面向前面。

美嘉不知道自己到底想不想听跟弘有关的事情。

搞不好是说他交女朋友了？

那的确很令人心痛……不过美嘉还是得好好面对现实。

"告诉我吧！"

美嘉再次转向望，只见他鬼鬼祟祟地东张西望之后，在美嘉的耳畔说道：

"听说弘交女朋友了。"

美嘉的预感漂亮地命中了。

原本以为自己会觉得无所谓的，可是实际上听到之后，美嘉的内心深处还是很痛。

"真的吗？弘的女朋友也是这所学校的学生吗？"

明明不想知道详情的，可是美嘉管不住自己的嘴巴。

她心里祈求的只有一件事……就是希望弘的新女朋友是别校的学生。美嘉真的没办法眼睁睁地看着弘跟别的女生卿卿我我。

望点点头。

这个动作彻底粉碎了美嘉的希望。

"从什么时候开始交往的？"

自己明明已经不是弘的女朋友了，美嘉却还是不由自主地火了起来。

"听说是三天前。"

"……是喔。"

美嘉将身体转回前面。

然后她做好了心理准备，因为痛苦的日子即将再度开始。

"那个，弘的女朋友好像是小雅喔。"

望从后面丢出来的一句话，一度让美嘉怀疑自己听错了。

无法隐藏心中惊愕的美嘉，用力地用脚撞了一下桌子，瞬间，教室里响起了非常大的声音。

"小雅……小雅……"

"就是我们班上的小雅啊。"

"你说小雅跟弘在交往？"

"嗯。好像是弘跟她告白的。"

弘跟小雅在三天前就开始交往了？

这一定是骗人的嘛。

因为小雅知道美嘉还喜欢着弘啊。

而且她还听美嘉说过好多烦恼耶。

刚才在教室的时候,她不是也说自己没有喜欢的人?

她明明是这么说的啊。

"那是骗人的吧!因为小雅知道美嘉还喜欢弘啊!"

低着头沉默不语的望,让美嘉了解这件事情的真实性了。

小雅……

小雅是美嘉的朋友吧?

弘……应该知道美嘉跟小雅是好朋友吧?

在美嘉眼中看来,小雅不仅人长得可爱,个性也很棒。

可是为什么会是小雅呢?

难道就不能找别人吗?

美嘉猛然站起身,飞身跑出了教室。

"等一下啦!"

从后面追上来的望抓住美嘉的手阻止她。

"你还那么喜欢弘吗?"

望露出从来没有过的认真表情,不禁让美嘉睁大了眼睛。

"还……非常喜欢。"

看见从美嘉脸颊滑下来的泪水,望不由地更用力地抓住
她的手:

"为什么要把自己搞得那么痛苦呢?如果难过到只能用
哭泣来表达的话,就放弃他嘛!我不忍心看美嘉这个样子啊。
难道我就没办法代替弘吗?"

望感情澎湃的声音在走廊里回响。

"望,我的手……很痛。放开我……"

美嘉无法理解望话里的意思,她抱着思绪混乱的脑袋当场坐了下来。

"我是认真的,你考虑一下。"

望放开了抓着美嘉的手,穿过走廊离开了。

美嘉一直盯着长长的走廊尽头,耳边响起望越来越远的脚步声。

在短时间之内知道了各式各样的事实之后,美嘉的脑袋跟心都完全反应不过来。

然而这个时候,美嘉并没有注意到从走廊的阴影下射向自己的锐利视线。

她也不知道那个人全听到刚才两个人的对话了……


美嘉好像突然想起什么似的站了起来,然后朝着亚矢和小雅所在的教室跑去。

美嘉打算直接问小雅,望刚才说的事情是不是真的。

她用力地打开门之后,却没看到她们两个人。

美嘉垂头丧气地走出学校。

走在回家的路上,刺眼的夕阳诱出美嘉的悲伤。

在公车站的时候,一只小猫凑在美嘉脚边,发出呼噜呼噜的声音。

"没有烦恼真好……我好想变成你喔。"

美嘉把便当里剩下的一点点东西分给小猫吃之后,就跳上了公车。


隔天早上。

"早！你们昨天怎么先回家了?"

美嘉装作很有精神的样子跟亚矢和小雅打招呼,可是她们两个人却连看也没看她一眼,就直接走出教室。

这个时候,她看到卷起制服袖子的小雅的手腕上……

挂着弘老是戴在手腕上的手环。

美嘉不可能看错,因为那还是两人交往的时候一起买的。

"原来弘跟小雅真的在交往啊……"

美嘉完全忘记两个人没理睬她这件事,眼前的突发状况让她的心里蒙上一层乌云。


第一堂课是体育课。

美嘉一个人换完运动服之后,朝着体育馆走去。这个时候,她终于注意到两个人在刻意避开她了。

当美嘉一个人脱离人群,孤单地抱着膝盖坐着时,待在远处的望有点尴尬地对美嘉举起右手,美嘉露出苦笑,也举起了自己的右手。

看到这幅景象的亚矢故意用美嘉听得到的音量说道:

"啊啊,有个人还真有种呢,抢了别人喜欢的男人,还若无其事地来学校上课!"

亚矢继续对着小雅喊道:

"超烂的耶,被好朋友背叛!"

美嘉渐渐知道两个人避开自己的原因了。

昨天望的告白……被亚矢听到了。

因为亚矢还是很喜欢望,所以她以为美嘉把望给抢走了。

可是亚矢明明就知道美嘉还喜欢着弘啊。

什么叫做被好朋友背叛？

明知美嘉喜欢着弘，还答应跟弘交往的人明明就是小雅吧？

这根本就是我的台词嘛。

啊，原来如此。

亚矢还不知道小雅跟弘交往的事情吧。反正友情这种东西，就是这么不堪一击。

不想待在学校了，我想回家。

美嘉乘着老师不注意的时候，偷偷拿着制服跑出体育馆，这个时候……

"你要回去啦？"

望气喘吁吁地追了上来。

要是美嘉跟望讲话的样子被亚矢跟小雅看到的话，一定会引发更多麻烦事。

美嘉没有回答望，默默地继续向前走。

她知道这样的态度很对不起望。但她不想迁怒其他人……

"干吗假装没听见啊？"

望抓住美嘉的书包。

就在美嘉想要把他的手甩开而回头的时候，她看到弘出现在远远的地方。

笑得很开心的弘手上……没有手环。

果然是给小雅了啊。

美嘉还穿着运动服和室内鞋，就直接冲出了校园。

奔跑……奔跑……拼命地奔跑。

像是在追求着什么的双脚，最后把美嘉带到充满弘回忆的河堤。

美嘉知道来了这里之后,自己会更痛苦。

但她还是在不知不觉间来到这里了。

她跌坐在草地上放声大哭。

谁、谁、谁来救救我啊。

如果逃到望身边的话,美嘉或许会变得比较轻松。

可是那只不过是伤害望跟亚矢的行为而已。

为什么? 为什么? 为什么?

就算不幸福也没关系啊。

我只要平凡的活着……这样就够了啊。

但是上天却不愿意成就我的心愿。

……请不要再伤害我了。

跟弘分手之后,我好痛苦好难过……

但是我真的很庆幸自己能够遇见他。

和弘相识,让我觉得自己真的长大了一点,也懂了真正喜欢一个人的感觉。

可是啊,现在的我有时会想,或许不要认识弘会比较好吧。

要是会伤得这么深,是不是不要相遇会比较好呢?

美嘉悲伤到无法对背后传来的脚步声抱有任何期待。

如果小雅的对象不是弘的话,美嘉还可以笑着恭喜她、祝福她。

无论是爱情还是友情……全都是不可靠的。


不管发生什么事情,早晨还是会来临。

昨天才发生那种事情,今天又要去学校,这真是让美嘉忧郁到了极点。

亚矢跟小雅跟望,全都在同一个班级里。

光是想,就让美嘉心情沉重……太沉重了。

她老大不情愿地朝着学校走去。

因为知道她们会装作没看到,所以美嘉连招呼也没打就直接坐到位子上。

亚矢跟小雅的态度还是跟昨天一样冷淡。

够了,事到如今美嘉也不想跟她们说什么理由。

这么不堪一击的同伴,不要也罢……


早上的课程结束,午休时间来临了。

直到昨天以前都跟亚矢和小雅一起吃便当的美嘉,今天只剩一个人。

"小姐一个人吗?要不要跟我一起共享午餐呀?"

打开便当的时候,有人从美嘉身后捂住了她的眼睛。

"开玩笑的!你有没有吓到呀?"

站在那里的是大和。

"嗯,我一个人。"

"那我们就一起吃便当吧?他们那些人好像很想跟美嘉一起吃饭喔!"

大和手指的方向,是同班的小泉和信太郎。

虽然同班,不过美嘉却没跟他们两个人说过几次话。

大和的发型是一撮撮竖起来的褐发,嘴上的唇环算是他的正字标记。

在美嘉跟弘分手的时候,他一直倾听美嘉的烦恼,对美嘉来说,大和是她现在最信任的男性朋友。

个子很高,个性大咧咧的是小泉。

她是篮球队的,是个非常适合短发的活泼女生。

个子高、皮肤白,一头金发配上黑框眼镜,总是戴着头戴式耳机听音乐的是信太郎。

他看起来虽然很酷,可是偶尔却会说笑话,是个很不可思议的男生。

大和、小泉和信太郎感情很好,一天到晚混在一起。

"美嘉去的话,会打扰大家的……"

美嘉婉拒的话还没说完,大和就敲了一下美嘉的头。

"才不会打扰咧!小泉跟信太郎人都很好,走吧?"

推辞不过,美嘉只好拿着便当到小泉和信太郎对面坐下。

这样厚脸皮地插进感情很好的三个人之间,真的好吗?

就在美嘉胆怯地抬起脸时,两个人开口了:

"我一直想跟美嘉说话耶!"

小泉开心地摇着手上的茶。

"这家伙觉得美嘉又小又可爱,一天到晚吵着要美嘉当她的妹妹呢!"

信太郎把手放在小泉的肩膀上。

两个人轻松的说话方式,让美嘉紧张的心情得到了解放。

"他们人很好吧?一起吃便当吧!"

因为大和的话,眼睛绽放光芒的美嘉小声地问道:

"我可以跟你们一起吃饭吗?"

三个人交换了视线,然后异口同声地说道:

"当然啰!"

这是他们四个人第一次一起吃便当。

大和、小泉跟信太郎其实好像都知道美嘉被孤立了,不过他们却没有问美嘉原因。

从此以后,三个人一看到美嘉落单,就会跑来找她说话。

美嘉原本以为很难打入他们三个人的圈子,没想到很快就跟他们熟了起来,然后在不知不觉之间,美嘉就天天都跟他们混在一起了。

——冷风飕飕的十一月在转瞬间来临了。

毕业旅行的日子也快到了。

虽然美嘉已经很久没跟亚矢、小雅她们说话了,不过因为毕业旅行是同一组,所以非得三个人一起定计划不可。

美嘉、亚矢、小雅聚在同一张桌子边。

叫人害怕的时间开始了。

"你们自由行动的时间想去哪里?"

对于美嘉怯生生的提问,两个人合力使用了忽视战术攻击她。

不仅如此,两个人还笑嘻嘻地自己排起了计划。

小泉一行人在远处观察这些情况,然后叫来了老师,不知道在讨论些什么。

和老师谈完之后,小泉慢条斯理地把玩起手机来。

噗——噗——噗——

口袋里的手机在震动。

在确认老师背对自己之后，美嘉低下头打开收件箱。

发信人：小泉

【我刚才问过老师了，他说自由活动的时间可以跟小组以外的人一起行动。我们就一起玩吧！跟你的组员说些酸话之后，就赶快过来吧?】

美嘉抬起头，看到三个人一起对她比了胜利手势。

这幅光景真是有点奇妙，美嘉忍不住笑了出来。

亚矢跟小雅则在一旁斜睨着美嘉。

美嘉站了起来，当场把之前三个人一起定的自由活动计划表揉成一团，砸向亚矢跟小雅。

"你们两个就去自己想去的地方吧……反正如果美嘉在的话，你们也不会开心嘛！美嘉也一样，拜拜!!"

掉到地上的计划表，象征着她们无法挽回的破灭友谊。

美嘉不理会带着不服气的表情咬着耳朵的亚矢和小雅，直接朝着小泉他们的位子走去。

"美嘉，跟我们一起玩吧。"

"好好享受我们的毕业旅行吧!"

"快点来安排计划吧。"

如果只有一个人的话，我一定什么都办不到。

因为小泉、大和、信太郎……

我才会觉得来学校是很开心的事。


——毕业旅行的前一天晚上。

美嘉做着行前的准备，手机的来电铃声响了起来。

来电：望

是美嘉一直躲着的望打来的。

应该可以了吧。

"喂!"

"哟,明天就是毕业旅行了吧。"

望一副若无其事的样子,自然地开口说道。

"对呀!"

"你最近好像没有跟亚矢混在一起嘛,你们吵架了吗?"

原因就是望啊。

为了避免节外生枝,美嘉硬是吞下了这句话。

"没有啊,我们哪有吵架!"

"对了,你考虑好了吗?"

话题突然从普通的对话跳开。

美嘉心中的回答早就决定好了。

"我没办法跟望交往,对不起……"

美嘉听到电话另一头传来了好大一声叹息。

"因为弘吗?"

弘。

这个好久没听到的名字还是让美嘉的心忍不住动摇了。

"不,不是。别再提弘了! 我现在没打算跟任何人交往。"

"我知道了。那你可以当我的好朋友吧?"

"废话!"

这么一来,一根缠在美嘉心头的烦恼丝终于解开了。

望,对不起喔。不过美嘉觉得,望并不是因为喜欢美嘉,
而是觉得是他害美嘉跟弘分手了吧。

其中应该包含了赎罪,或者说是同情的感情吧?

因为啊,美嘉是知道的喔。

望的眼睛总是追着亚矢跑……美嘉都知道。

虽然不晓得真相是否真是如此,不过美嘉还是很高兴。

望,谢谢你。


——毕业旅行当天。

天气晴朗得令人惊讶。

美嘉简直就像是要参加远足的孩子,内心充满了期待。

"唔哇,好困喔,小泉救我……"

"你该不会没睡觉吧?!"

"因为太兴奋了,所以没怎么睡啊……"

美嘉在巴士里张大嘴巴,打了一个大大的呵欠。

"怎么可以不好好睡觉呢!会把身体搞坏的!真是的!"

"美嘉,我带了晕车药,你先吃吧。"

看着担心过了头的小泉和信太郎,大和露出一副受不了的表情:

"我怎么觉得你们两个跟美嘉的爸妈一样啊!"

"哈哈!这样小泉跟信太郎不就是夫妇了嘛?"

对于美嘉这句不经意的话,小泉连忙强烈地否认:

"说什么呀!笨蛋!"

不过美嘉并没有错过小泉在一瞬间显露出来的转变。

是的,小泉的脸上出现了些许红晕……

"信、太、郎。"

美嘉装出一副若无其事的样子移动到小泉身边,然后用旁人听不到的声音在她耳边低声说道。

"什么?!"

小泉的脸迅速地变红了。

就在这一瞬间,美嘉确定了自己的猜测。

"小泉 LOVE 信太郎呀! 不告白吗?"

面对美嘉唐突又直接的问题,小泉的脸上露出了疑惑。

"因为我没有自信啊……"

"那就拿出自信来呀! 毕业旅行是好机会喔!"

美嘉倒是充满了莫名其妙的自信。

因为啊,信太郎对小泉的态度也不太一样。

美嘉这么觉得。

"嗯,那我就努力看看吧。美嘉,你要帮我喔!"

小泉下定决心跟信太郎告白。

美嘉也决定,要撮合小泉跟信太郎。


到达东京之后,开始自由行动的四个人前往迪斯尼乐园。

在选择景点的时候,美嘉故意拉着大和的手钻进人群中,
然后发了短信给小泉。

【现在就是机会啦! 拿出自信来,加油! (>_<)】

接着,美嘉把详细情形告诉什么都不知道的大和。

"你说小泉喜欢信太郎? 所以你是为了让她告白才特地
把我拉走的啊?"

听完美嘉的话之后,大和张大了嘴巴,惊讶不已。

嘻嘻……大和是因为知道小泉的想法才那么惊讶的吧。

然而,让大和吃惊的,是另外一件事情。

"信太郎也说要在毕业旅行的时候跟小泉告白耶!"

"两情相悦?!"

两个人的声音重叠在一起了。

过了一会儿,出现在约定地点的小泉和信太郎手牵着手。

"哟呵!信太郎,你也挺有两把刷子的嘛?"

"吵死了,要你管。"

"小泉,恭喜哟!"

"美嘉,谢谢你的帮忙!"

总是大咧咧的小泉,现在却像个热恋中的少女。

谈恋爱真好。

美嘉跟弘交往的时候,是不是也曾经露出这么幸福的表情呢?

最要好的朋友幸福地笑着时,明明是这么令人开心的事情啊,为什么美嘉那个时候却无法祝福小雅跟弘呢?

因为美嘉无法原谅小雅背着自己跟弘交往?

不是,不是这样。

是因为美嘉内心的某个部分,仍然无法忘记那个人吧。

小心收藏的心情不断地浮现。

快乐的时光总是在转眼间就过去了,四个人回到了饭店。


房间是按组别分的。也就是说,美嘉跟那两个人同房。

美嘉刻意用力地打开门,发出很大的声音。两个人原本开开心心的笑声,也在瞬间冻结了。

美嘉迅速地脱掉制服,换上睡衣钻进棉被里。

"美嘉。"

亚矢隔着棉被叫美嘉的名字。

"你拒绝望的告白了是吗?"

美嘉什么也没回答,不耐烦地翻身。

"望跟美嘉告白的时候,我不小心听到了。因为我还喜欢着望,所以非常嫉妒美嘉。对不起,一直无视你的存在。"

"美嘉,对不起喔。"

接在亚矢后面道歉的人是……小雅。

现在道歉已经太迟了喔。

亚矢之前不是完全不听美嘉说话吗?

小雅也是,除了道歉之外,你还有更应该说的话吧?

"明天大阪的自由活动时间,小雅要跟她男朋友一起走,所以我就变成一个人了。美嘉,你能不能陪我呢?"

小雅的男朋友……就是弘。

美嘉的胸口突然揪成一团,让她痛苦得不得了。

我好羡慕小雅。我好想变成小雅。

我好想再次回到当初,享受被弘疼爱的感觉。

很逊、很没用的心声,却是我最渴求的真实愿望。

"我明天已经跟小泉、大和还有信太郎他们约好一起去环球影城了,所以没办法喔。"

亚矢没有再多说什么。

毕业旅行的第一个晚上,就这么过去了。


——毕业旅行第二天。

今天是在大阪自由活动,美嘉一行人来到了环球影城。

第一次来到这里的美嘉雀跃不已,甚至忘记了所有的烦恼。

不过她还是有一点——只有一点点喔——担心亚矢。

亚矢能够一个人行动吗？

不过那已经跟美嘉没关系了。美嘉希望自己能够什么都不想，开心地度过今天。

"啊，相亲相爱的，羡慕死人了！"

看着手牵着手的小泉和信太郎，美嘉露出一副很羡慕的样子，扭着手指头。

"哦，不然跟我牵手好了？我的手很空喔！"

"耶！大和最好了！"

美嘉握住了大和伸出的手。

"欸欸欸，我们四个人一起牵手啦。"

在小泉提议之后，四个人手牵手走成一排。

朋友真好。

有这三个人在，美嘉的心情轻松好多喔。

大概是因为冬天快要来临的关系，太阳很早就下山了，天色已然暗了下来。

"因为圣诞节快要到了，所以这边好像已经点上圣诞树灯了喔！我们去看吧？"

外表看起来像个大人，其实内心跟小孩子一样对什么东西都充满了期待的小泉，拖着大家朝圣诞树的方向前进。

就在快要看到的时候……信太郎停下脚步。

"啊，我们待会儿再去看圣诞树吧。先去另外一个地方。"

"为什么？走啦！我现在就想看！"

小泉的双脚在地上砰砰砰地踏着。

"对啊！去啦，机会难得耶！"

美嘉也接在小泉的话后面附和着。

信太郎在小泉耳边说了一些话,然后用手指指着远方。小泉拉长身子看了那个方向之后点了点头。

"其实,我也没那么想看圣诞树啦!"

小泉的样子很奇怪。

美嘉为了看信太郎手指的方向而拉长了背脊,不过因为小泉跟信太郎似乎刻意挡在她面前,所以美嘉什么也没看到。

美嘉做出尢力的抵抗——在原地跳了几下,大和用手从美嘉身后遮住了她的眼睛。

"什么?! 为什么不让我看啦?"

美嘉硬是扳开了大和的手指,然后从小泉跟信太郎中间的隙缝看了出去。

眼前出现的,是牵手笑着的弘跟小雅。

这是美嘉第一次看到他们两个人同时出现。

说两个人在交往,应该只是空穴来风吧……

美嘉总是这么想,替自己找了逃避的路。可是现在眼前闪过的景象,彻底地毁坏了美嘉铺设的这条逃避之路。

"走吧!"

小泉拉着美嘉的手。

可是美嘉却全身僵硬,动也动不了。

非得把这种痛苦……以及两个人手牵着手恩爱地看着圣诞树的光景,牢牢地烙印在心底才行。

这么做的话,美嘉才有可能忘记弘。

这个时候,大和把美嘉抱起来,搬到一个看不到弘他们的地方。

"美嘉,你还好吧?"

在干巴巴的沉默中,小泉率先开口说话。

如果说自己看到那两个人的身影后,完全没受到打击的话,那根本就是弥天大谎。

可是……可是现在美嘉有更在意的事情。

"喂,你们都已经知道弘跟小雅在一起了吗?"

小泉跟信太郎对看了彼此一眼,然后有点尴尬地回答:

"看到过他们两个人走在一起的样子,就大概知道了。"

美嘉迅速地反问:

"你们知道美嘉还很喜欢弘吗?"

"是大和告诉我之后,我才知道的……"

"对不起喔,擅自说出去。"

大和一脸抱歉地低声说完,便把手放在美嘉头上。

"你们是在什么都知道的情况下,才打算跟美嘉做朋友的吗?"

小泉和信太郎的视线不约而同地看着地面。

"我们三个人觉得,要是美嘉能打起精神来的话,大家都会很高兴的。"

信太郎这句没什么用的话,却让所有的事实都明朗了。

大家全都知道弘和小雅的事。

然而为了不想触及美嘉的伤口而什么都没问,直接找落单的美嘉聊天,重新给予她很多很多的活力。

刚才没跟弘和小雅撞个正着,一定也是大家刻意安排的。

美嘉……在美嘉看不到的地方,大家合力守护了她。

三个人的贴心和温柔深深感动了美嘉,美嘉真的打从心底感谢他们。

如果美嘉是在单独一人的情况下看到弘跟小雅,她的心情一定会大受打击,无法平复。

但是现在,美嘉的身边有好朋友守护着她,让她能够勇敢坚强地重新站起来。

拜三个人之赐,美嘉才能得救吧。

到目前为止,美嘉看过好几个因为爱情而改变的人。

弘的前女友、亚矢……全都是这样。

美嘉曾经觉得朋友……同伴就像是玻璃般脆弱,只要轻轻一碰,就会破碎得体无完肤。

可是,现在她相信自己和这三个人之间的友谊,绝对不会毁坏。

因为他们是永远不会改变的真正"同伴"嘛。

"谢谢你们……"

美嘉抱住小泉,开始嘤嘤啜泣。

"好啦好啦,我买爆米花给你吃,你别哭了好不好!"

"大和大爷我就买果汁给你吧?"

"那我就买……我想不到了啦!"

……大家对美嘉的态度怎么都跟对小孩子一样呢。

真的,谢谢你们。

止住眼泪开始往前走之后,美嘉看到亚矢跟一个别班的女生情绪高昂地向她跑过来。

看到亚矢没有落单,插在美嘉心头的刺也瞬间消失了。

"美嘉,糟糕了糟糕了糟糕了!"

"怎么了?"

美嘉已经猜到亚矢接下来要说什么了。

"小雅跟弘在交往欸！"

果然跟美嘉预料的一样。

"我知道喔……"

她现在不想听到这件事情。

她不想在难得的毕业旅行烦恼一些不必要的事。

"咦！你什么时候知道的?!"

跟亚矢高八度的声音恰恰相反,美嘉用低沉平板的语调回答:

"被你们装作没看到之前就知道了。"

"你不觉得太夸张了吗? 小雅不是一直说自己没有男朋友吗? 我听她说到男朋友还是昨天的事呢。而且,她明明知道美嘉还喜欢弘不是吗? 这个背叛者!"

讨厌的影像在美嘉脑海中重新上演了。

那就是弘和小雅手牵着手,很开心似的走在路上的画面。

"小雅不是什么背叛者啦。是弘自己选择了小雅的……美嘉对弘来说,已经不是女朋友了。如果弘觉得幸福的话,那就好了……"

涌上来的情绪让美嘉的眼泪又盈满眼眶,不过,她为了不让眼泪流下来,抬眼看着上方,撑着不眨眼睛。

跟弘分手之后,自己就变成了爱哭鬼。

不停地回想那些幸福的日子,梦想总有一天,一切都能回到从前。

说自己只是想想而已……那是骗人的。

其实她真的很希望弘能再爱自己一次。

无法实现的愿望……在这个世界上只有一个。

放开牵着的手很容易,可是要再次牵起那只手,确实非常困难,美嘉没有勇气那么做。

没有什么值得追求的东西,美嘉也就什么都不怕了。

美嘉会加油的喔。就算只有一个人……也会加油的。

不知道是不是注意到美嘉的决心,小泉轻轻地摸了美嘉的头。

那天晚上,饭店房间里的气氛差到极点,亚矢、小雅跟美嘉三个人谁都没说话。

只有电视的声音,称职地扮演了排解沉默的角色。


从第二天开始,美嘉的精神就好得不得了。无论是毕业旅行的第三天还是最后一天,美嘉都开心地度过了。

她在回程的飞机上累得呼呼大睡,等到醒来的时候,飞机已经平安抵达机场了。

托小泉、大和跟信太郎的福,这趟毕业旅行真的让美嘉玩得很尽兴。

她也觉得,这趟毕业旅行,使自己有了某种改变。

小泉跟信太郎的恋情也圆满成功,真是令人高兴呢。

唯一一件让美嘉觉得遗憾的事,就是没能亲自从小雅口中听到她跟弘在交往。

我一直在等你主动告诉我喔。

不过不管现在说什么,应该都会把场面搞得很难看吧。

就这样,美嘉人生中第一次,也是最后一次的毕业旅行结束了。

是不是从毕业旅行之后就放开了呢……

弘跟小雅交往的事情似乎公开了。

由于小雅跟美嘉住在同一个学区,所以会一起搭公车。

当然,这个时候弘也陪在她身边。

因此,美嘉便刻意搭乘晚一班的公车。

弘有时候也会到教室来接小雅。

美嘉在这种时候,都会看向窗外,故意不去在意他们。

我现在还是喜欢弘喔。

但是我已经不会想要回到从前了。

因为我知道根本回不去了啊。

有时候,我还是会觉得很心痛。

不过总有一天,我应该可以忘记你吧。

自己最爱的人现在过得幸福,那就足够了。


——十二月。

雪花纷飞的季节,四个人兴奋地聊着圣诞节的事。

"马上就是圣诞节了耶。"

小泉一边把手肘撑在桌上,一边对信太郎露出了甜甜的微笑。

"你们两个要去过相亲相爱的圣诞节吗?"

"哇,好羡慕喔!"

单身的美嘉和大和用嫉妒的目光看着他们两个人。

"大家一起开个圣诞派对吧?疯狂吵闹才好玩嘛,我会把一起打工的学长们请来的。"

"超级赞成!"

对于信太郎超棒的提案，三个人异口同声地欢呼。

当然，美嘉现在还不知道，她的第二段人生即将在今年的圣诞节揭开序幕……


在开心的事情来临之前，一定会发生讨厌的事情。

那就是圣诞节前夕的期末考。

美嘉的奋斗全都化为乌有，最后还是沦落到必须参加补习。

明明再过不久就是圣诞节……就是寒假了啊。

放学后，美嘉前往补习的教室。

因为她想要尽量坐在后面的位子，所以便直接拉开了教室的后门。

嘎啦啦啦。

真是杀风景的教室。

坐在靠窗中间位子上的人，有着一头刺眼的金发。

那个背影是……弘。

一年级的时候他们也一起参加过补习，所以美嘉是绝对不会搞错的。

没想到弘也要参加补习。

为了不让弘看到自己，美嘉在靠走廊这一边后面的位子坐下。

上课时间到了之后，老师走进教室。

"开始补习啰！一、二、三、四、五……咦，少一个人欸。高田亚矢。高田请假吗?"

亚矢……

原来亚矢也要补习啊。今天是跷课才没来的吧。

"高田亚矢今天请假吗？她来上学了吗？"

由于老师看着美嘉询问，所以全班同学的目光也都集中在美嘉身上。

老师这个白痴！我可是为了不让弘注意到才特地躲在这里不说话的耶。

"她来上学了，不过我不清楚！老师，补习课程要上到什么时候啊？"

反正已经被发现了……所以美嘉便直接开口问道。

"上到寒假之前，所以是到二十四日那天！"

"啊，要上那么久喔?! 真是讨厌死了。"

"加油！如果你们努力的话，我就早点放你们走！"

就在美嘉开始补习的时候……

砰！

某个东西飞过来打到了美嘉的头，然后滚落地面。

飞过来的东西白白圆圆的……是纸。

美嘉抬起头看纸团飞过来的方向，弘正看着她，做了个手势。

那个手势的意思大概是"把那张纸捡起来"……

美嘉捡起纸团，慢慢地打开，只见上面写了一行歪七扭八的小字。

【美嘉，你好像变了耶！】

变了？哪有？

美嘉不知道这句话是称赞还是轻视。

但这是分手之后，弘第一次给美嘉的信息。

虽然可能没什么特别的意思,但是弘在白纸上叫自己"美嘉",真的让她很高兴。

美嘉对弘做了一个鬼脸,弘露出了那个一贯的天真笑容。

补习结束之后,美嘉回教室去拿自己忘了带走的东西,然后朝着穿堂走去,准备回家。这个时候……她发现弘跟小雅在穿堂前面说话。

美嘉一看到两个人,便反射性地躲到鞋柜后面。

我为什么要躲起来啊。

美嘉的身体无法动弹,两个人之间的对话也就这么直接地传进美嘉耳里。

"弘树,补习辛苦了!"

那是小雅从来没让美嘉听过的甜蜜声音。

"嗯,等很久了吧? 冷不冷啊?"

"冷死我了! 呵呵,骗你的啦!"

"骗我啊,那我就只好这么对付你啰!"

"讨厌,不要啦! 啊哈哈哈哈!"

虽然看不到他们的动作,美嘉的脑海中却浮现了画面。

美嘉呆在现场。

为什么……会在这种时候……

跟弘相遇,被人强暴,

被弘的前女友骚扰,在医院割腕,

怀孕,流产之后相拥而泣,去河堤。

最后一次约会,分手的话,离开的背影。

弘喊着自己的声音,弘大大的手,

弘柔软的头发,弘温暖的嘴唇。

238

快乐的事情,悲伤的事情,

痛苦的事情,幸福的事情。

全部……全部都出现在美嘉的脑海中。

之后,美嘉也不会恨弘。

我现在还是很喜欢你喔。

最喜欢你了。

但是弘的眼睛里,已经没有美嘉了。

我流了那么多的眼泪,应该不会完全没有用吧?

弘用美嘉追不上的速度不断前进,美嘉却一直在原地踏步。

"分手"是宣告两个人之间的感情画上句点的悲伤字眼。

但是,这个字同时代表了新的开始。

就像弘的姐姐说的一样,如果命中注定我们两个会在一起,在将来的某一天,我们一定还会相遇的。

美嘉希望自己最喜欢的人能够幸福。

美嘉咬紧嘴唇,做了另外一个决定。

她慢慢地走近弘跟小雅,脸上堆满了笑对他们说道:

"弘、小雅……要幸福喔!"

这句话是真心的吗? 美嘉不知道。


美嘉没等他们回话,就看着前方迈开步伐。

她绝对不会再回头了。

不驻足不前,不迷惘,不做梦。

我刚才的笑容还可以吧? 我的声音应该没有颤抖吧?

美嘉应该很努力了吧?

手里握着被汗水濡湿的纸条……

那是弘给她的信息……

美嘉坚强地将它扔入雪中。

"差不多该谈个恋爱了吧。"

美嘉的心中充满了各种情绪,她抬头看着天空。

云朵在飘动……

跟弘分手的那天,云是不是也是这么飘着呢?

但是我不再是那个时候的我了。我确实在向前走了。

这片天空,现在还是跟弘联结在一起……

不过美嘉总有一天,会替那天没有去追那个渐渐远去背影的自己,以及能够笑着祝她最喜欢的人幸福的自己感到骄傲的。

希望最喜欢的人能够幸福。

谢谢你带给我的所有日子。

美嘉决定把今天当作所有风雨的结尾,投身寻找新的恋情。

# 小手套

后来,美嘉在没有跟亚矢和弘说任何一句话的情况下,上完了补习课程。

——十二月二十四日。

"那今天的圣诞派对就在大和家办,六点开始。OK吗?"

今天是圣诞夜……小泉兴奋地探出了身子。

"嗯,就在我家集合吧!"

"耶咿,好期待喔!"

"不过在那之前,美嘉要好好把最后一堂补习上完喔。"

对于完全忘了还得上补习课程的美嘉来说,信太郎这番打气的话,让她的心情变得有点沉重。

讨厌的补习终于迎向最后一天了。

"补习就在今天全部结束了。大家辛苦了。祝你们有一个快乐的寒假!"

打算先回家做派对准备的美嘉,脚步轻快地走出教室。就在这个时候……

"美嘉!"

尖锐的声音从很远的地方传进美嘉耳里,美嘉看见亚矢朝着自己跑过来。

"美嘉,你有时间吗?"

美嘉上一次跟亚矢说话,是在毕业旅行的时候。

"……如果只有一下下的话。"

"我不知道小雅跟弘交往的事情,真的对不起喔。希望我们可以回到从前……"

看着深深低下头的亚矢,美嘉回想起至今发生过的种种事情。

当亚矢开始无视于美嘉存在的时候,美嘉深深地觉得友情这种东西虚幻得令人心寒。

但是啊,看见自己喜欢的人跟别的女生告白,会生气也是正常的,一定会很恨对方的吧。

而且,没有马上回答望的美嘉自己也有错。

两个人都有错喔,那这样就算扯平了吧?

但是被亚矢当作隐形人的那段时间,美嘉真的很难受,所以美嘉也要小小报复亚矢一下啰。

望的眼睛直到现在,都还是追着亚矢跑。

这件事情,我就暂时不告诉你啰!

"嗯……不要道歉了啦!美嘉才应该跟你说对不起呢!"

在漫长的沉默之后,美嘉的话让亚矢脸上的表情豁然开朗。

"真的对不起喔。美嘉今天打算要去哪里吗?要不要一起去玩啊?"

"对不起!我今天要跟小泉他们还有信太郎打工地方的

学长，一起开派对……"

两个人之间才刚缩短的距离，再次拉开了。

"我可不可以参加那个派对呢？"

对于亚矢出乎意料的要求，美嘉藏不住自己的迷惑。

"嗯，我问小泉看看！"

虽然亚矢曾经做出一大堆让美嘉生气的事，但是不管怎么说，亚矢也帮过美嘉不少忙，说不定可以通过这次的派对，弥补两人之间些微的裂痕。

接下来就要看小泉怎么回复了。

美嘉在距离亚矢有段距离的地方打电话给小泉，告诉她所有的事情，然后小泉说："如果美嘉觉得好的话，我就没问题！我想大和跟信太郎一定也会这么说！"

挂上电话，美嘉一边因为小泉的这番话感到窝心，一边回到亚矢身边。

"她说可以！我们一起去吧！"

亚矢脸上的表情瞬间从不安转变成泪眼汪汪。

"谢谢。能跟美嘉和好真是太棒了……"

"不要哭了啦，笨蛋！派对六点就开始了，赶快回家准备一下吧！"

走出校门的时候，美嘉看到弘和小雅手牵着手走在她们前方。

面对亚矢的一脸担心，美嘉则是直愣愣地盯着那两个人这么回答：

"美嘉是不会介意的喔，因为美嘉已经决定谈一场全新的恋爱了！"

美嘉脸上毫无犹豫的表情，她说的这些话都是真的。

"是吗！美嘉，那我们就朝着崭新的恋情出发吧？"

两个人刻意用弘和小雅听得见的大音量叫道，然后相视大笑。

"绝对要让他们后悔甩掉我们！"

这是坚固而无法动摇的……决心。

距离派对开始的时间还有两个小时。

美嘉到了亚矢的家后换掉制服，穿上自己带来的黑色洋装。

"这件洋装超可爱的！那我也来打扮得时尚一点好了。"

"好好好！！"

虽然看到了弘跟小雅恩爱的身影，不过美嘉已经不再像之前那么痛苦了。

说自己完全不在意是假的，可是她觉得现在这样就好了……她真的这么觉得。

就在两个人一头热地准备着派对装扮时，美嘉突然想到了小泉。

平常小泉穿便服的时候，永远都是 T 恤配牛仔裤。

所以美嘉一直觉得就算是参加圣诞派对，小泉一定也会穿得跟平常一样。要是好好打扮，一定会超级可爱的。

这个时候，美嘉的脑海中突然浮出一个点子。

为了实行这个点子，美嘉跟亚矢讨论了很久，结论出来了之后，美嘉就马上发短信给小泉。

【现在马上到学校附近的弹球房门口！】

美嘉没等小泉回信息，就直接冲向弹球房。

"怎么了?!"

美嘉只等了一会儿,就看到小泉跑了过来。果然,她的大衣底下还是穿着 T 恤跟牛仔裤。

美嘉露出一个灿烂的笑容,接着不由分说地把小泉带到亚矢家去。

"亚矢,小泉来了喔! 作战开始!"

"收到!"

亚矢站起来对美嘉行举手礼,然后脱下小泉身上的衣服,替她换上她们决定好的装扮,接着开始帮她化妆。

在一旁的美嘉则利用定型液和发蜡帮小泉的短发做造型。

没错,美嘉的点子就是"小泉变身大作战"。

小泉也一样是女孩子呀,她一定也想要变得更可爱吧。

小泉端正的五官异常适合成熟的妆容,细长的腿也和黑色的长裙非常搭配。

"小泉变好多喔!"

"小泉超可爱的喔! 信太郎一定会很高兴的!"

小泉完全忽视在一旁兴奋地赞美她的美嘉和亚矢,反而露出了忧心忡忡的表情。

"我又化妆又穿裙子的,不会很怪吗?"

"说什么呀! 小泉这么可爱耶,拿出自信来!"

听完美嘉的话之后,小泉的眼眶泛着泪光,有点不好意思地笑了。

"第一次有人这么称赞我喔,谢谢。真的谢谢你们!"

由于她们全都专注在替小泉打扮,所以等注意到时间的时候，离集合只有三十分钟……五点半了。

三个人急急忙忙地朝着大和家前进。

叮咚！

玄关的门缓缓打开。

"哇，你们打扮得真时髦！我的房间在二楼的最里面，你们先进去吧……"

看到亚矢的瞬间，大和有点愣住了。

他大概不知道亚矢也会来吧。

"我待会儿再告诉你详情！"

美嘉在大和耳边低声说完，便像是逃跑一样跑上楼梯。

大和的房间里只有床跟电视，空旷得寂寞。

三个人带着兴奋又紧张的表情坐了下来。

等待的人总是没办法冷静下来的。

"原来信太郎还没来呀……"

小泉咬着下嘴唇。

她一定是想要快点让信太郎看见自己变身之后的模样吧。

这个时候，大门打开的声音从玄关传了过来，爬上楼梯的脚步声也越来越近。

亚矢从包包里拿出镜子整理头发。

美嘉和小泉也一起照着镜子。

"久等了。"

房间门打开的同时，信太郎率先走了进来。

看到变身后的小泉，信太郎手上的东西全都掉到地板上了。

"……小泉?"

"她们帮我化了一点妆! 真的很奇怪吗?"

信太郎飞奔到不安的小泉身边。

"超级可爱的! 可爱可爱!"

总是酷酷的信太郎,居然做出了她们意想不到的反应。

"小泉变身大作战"成功!

"信太郎,别把我们买来的蛋糕弄掉了喔。"

一边笑着一边走进房间里的人,是个很像大哥哥的健。

他把发型弄得好像刚从床上起来的样子,穿着破破烂烂的牛仔裤,咖啡色的夹克领子立起,围着白色的围巾。

跟在健后面,一边轻轻地点头示意,一边走进房间里来的,是看起来很像牛郎的优。

他的身高起码有一米八,发型是挑染的鬈发。

身穿黑色西装,手指不停地把玩着汽车钥匙的他,存在感非常强烈。

"喂,最后进来的那个高个子,感觉不错耶!"

亚矢偷偷在美嘉耳边说道。

美嘉一直盯着最后走进房间里的那个很像牛郎的优看。

确实很帅。

不过为什么呢,美嘉的胸口开始抽痛。

大和把大量的罐装酒发给每一个人,美嘉、小泉、亚矢、大和、信太郎、健、优,七个人到齐,圣诞派对开始了。

"那大家就先来自我介绍吧?"

拜大和多事的提议所赐,每个人开始轮流自我介绍。

首先站起来的，是干劲十足的亚矢。

"我是亚矢，现在是不上不下的十七岁！希望能够跟大家做好朋友喔！顺便说一下，我现在在征男友喔！"

明明还没喝醉，亚矢的兴致却高昂得不得了。

"那下一个就由我来好了。"

接着站起来的是信太郎。

"呃，我叫信太郎。诚如各位所知，小泉是我的女朋友，所以请不要动她的歪脑筋！"

"可恶！不要在那边炫耀！"

"骄傲什么？这个混蛋！"

嫉妒的呼喊声此起彼落。

接下来，坐在信太郎旁边的小泉站了起来。

"啊，我是小泉，是信太郎的女朋友。大家今天要玩得开心一点喔！"

真的是非常小泉式的自我介绍。

接着，才刚点燃香烟的大哥哥健把香烟放在烟灰缸上，站了起来。

"我是健。年纪比各位大了两岁，现在是大学生，请多指教。"

大两岁呀。怪不得看起来那么成熟。

在健坐下之后，看起来很像牛郎的优马上撑着地板站起身。

最爱帅哥的亚矢，眼睛发出了更多的光芒。

"我的名字是优，十九岁！虽然现在穿着西装，不过这是因为今天大学有课，非穿不可！别把我想成牛郎喔！"

这是美嘉第一次听到关西腔,不知道为什么,她无法将目光移开。

"接下来换美嘉了喔?"

就在美嘉抬头看着个子很高的优时,亚矢出声催促。一向不擅长自我介绍的美嘉只好心不甘情不愿地站起来。

"我是美嘉,请多指教……"

过度紧张让美嘉的舌头打结,聚集在自己身上的视线也让她脸红心跳。

最后,大和元气十足地站了起来。

"我想每个女生应该都认识我,我是大和! 那么,大家就开始喝酒吧!"

干完杯,喝了一口罐装酒之后,大家就开始吵闹起来了。

"优啊,是关西人吗?"

不知道是不是有点醉了,亚矢的脸颊上染上了粉红色的红晕。她靠在优的肩膀上。

"我是关西人呀。在家里惹人嫌,所以就被赶出来了!"

美嘉靠在墙壁上,听着两个人开心地聊着天。

啊,头好痛……我的酒量真差呀。

"你还好吗?!"

从美嘉后面传来的声音,是醉得满脸通红的大和。

"嗯? 没事没事。不过大和你也醉得太夸张了吧!"

"我才没醉咧……听到没……我没醉……"

"我也要加……入……"

从旁打岔的,是一样醉得乱七八糟的健,完全不输给大和。

"健,你还好吧?!你跟信太郎是打工的同事吗?"

大和口齿不清地跟健聊了起来。

"嗯,是打工同事呀,欸,你们两个是男女朋友吗?"

"什么,你说美嘉跟大和吗?怎么可能,不是不是!"

"我们是超级好朋友对吧,美嘉!"

美嘉跟大和同时强力否认。

受不了那两个东倒西歪的人身上的酒味,美嘉只好暂时先离开房间。

等到酒稍微醒了一点之后,美嘉才又回到房间。不过这个时候,大家都已经"阵亡"了。

小泉跟信太郎手牵着手靠着墙睡觉,大和跟健倒在地板上。

亚矢依旧在对优进行问题攻击。

桌上堆满了数不尽的空酒罐。

喝这么多当然会"阵亡"啦。

美嘉靠在房间门上,压着隐隐作痛的头。

"美嘉,借过一下。"

就在亚矢离开房间去厕所的时候……

"哈啰!"

有个人跑来跟美嘉说话……是优。

"嗨!"

美嘉毫不犹豫地回了话。

"美嘉是属于比较文静的类型吗?"

"应该不是吧。"

"是喔。因为你没怎么说话啊,我还以为你很文静呢!你不要因为我年纪比较大就不好意思跟我聊天啦,放轻松一点嘛!"

优露出了像小孩似的笑脸……美嘉的心又痛了。

亚矢回到房间之后,又继续开始她的问题攻势。美嘉则抱着头睡觉。

不太舒服地醒过来之后,美嘉看到另外六个人全都睡着了。

她把手机从包包里拿出来看时间,现在已经是晚上十一点半了。

该走了。

美嘉轻手轻脚站起身,免得吵醒其他人,然后披上大衣。

"咦……你要回去啦?"

被吵醒的优睡眼惺忪地问道。

"我还有事,先走了!"

"这么晚,女孩子一个人走在外面很危险。要不要我开车送你?"

"谢谢,不过没关系! 我先走了!"

美嘉刻意回绝了已经把车钥匙从口袋拿出来的优的这份好心,逃也似的冲出大和家,然后朝着学校的方向走去。

在半路上,美嘉走进便利商店,买了一小束花和巧克力。

十二月二十五日,圣诞节。

去年的这个时候,因为美嘉流产的缘故,一条非常非常重要的生命消失了。

一年前,美嘉还跟弘在一起的时候。

"每年圣诞节都要来这里扫墓喔!"

两个人在学校附近的某个公园花圃前合掌相约。

弘一定早就忘记这个约定了吧。

不,就算他记得,今天也不可能会来公园。

"美嘉,我们明年再来吧。"

"明年?是每年啦!明年、后年永远永远,我们都要一起来!"

两个人一年前的对话,跟着雪一起融化掉了。

美嘉抓紧了手上的花束和巧克力,朝着睽违一年的约定公园前进。


深夜十二点半。

到了公园,美嘉正准备将手上的花束和巧克力放在花圃里时,花束和巧克力却瞬间全都掉到雪地上了。

因为,花圃里已经放着像雪一样洁白的花束,以及塞在红色靴子里的糖果。

还有……一双粉红色的小手套。

弘来了。

他没有忘记我们的约定。他记得我们的约定。

在去年圣诞节,弘把戒指和黄色手套一起给了美嘉吧。

弘说,希望宝宝出生的时候,能够戴上这双手套。

但是因为不知道宝宝是男生还是女生,所以弘就挑了黄色。

在知道是女宝宝之后,弘今年就送了粉红色的手套吗?

为什么，为什么……？

我不懂，我不懂弘在想什么啦。

弘究竟是抱着什么样的心情来这里的呢？

美嘉紧紧地握住摆在雪中花圈上的粉红色小手套，然后将自己的花束和巧克力放在花圈上，双手合十。

宝宝，真的很对不起喔，妈妈没能把你生下来。

你到天国了吗？

就算分手了，弘还是没有忘记宝宝。

这真的让我感到非常欣慰。

在美嘉说完想对宝宝说的话之后，她站了起来，大片的雪花在这个时候飘了下来，美嘉抬头看着天空。

"谢谢你来看我，我已经到天国了喔。"

小宝宝这么告诉我。

我觉得一定是这样。

冰冷的脸颊，温暖的泪珠滑落。


叭叭——

就在美嘉离开公园、走在马路上的时候，身后传来了喇叭声。

一辆白色的车子停在美嘉身旁，黑黑的车窗玻璃慢慢地降了下来。

"终于找到你了！"

出现在车窗里的脸孔是……优。

"你怎么会在这里？！"

"因为我很担心你一个女孩子在外面呀。"

"你一直在找我啊?"

"嗯,我送你回家,上车吧?"

不可以轻易相信男人。

"我不能上车。"

美嘉鼓起勇气低着头拒绝。

黑色的车窗玻璃关上了。

他生气了吧。

优没理会美嘉的忐忑,反而直接熄火,拔掉钥匙下了车,开始和美嘉一起步行。

"那我也走路好了! 这样你就不会拒绝了吧?"

这是美嘉预料之外的行动,预料之外的事态发展。

"咦……可是美嘉家很远喔。"

"没关系啦。反正我最近正好缺乏运动。"

明明今天才第一次见面,为什么优会对美嘉这么体贴呢?

"谢谢! 优……是牛郎吗?"

为了不让两个人陷入沉默,美嘉只好丢了一个问题给优,制造话题。

"看起来像吗? 我穿西装是为了大学里的课啦! 美嘉跟信太郎同校吗?"

优盯着美嘉的脸看。

因为美嘉刚才哭过,所以为了不让优看到她红肿的双眼,美嘉刻意别开视线。

"你刚才哭了吗?"

还是被发现了。

但是美嘉不想让别人知道自己哭过。

"没有啦。"

优什么都没说,只是从口袋里拿出手帕,然后把雪包在手帕里,敷在美嘉浮肿的眼睛上。

"是我太多事了吗……很烦吧?"

"不会啦……我很开心!"

被优的笑容感染,美嘉也跟着笑了。

优看了美嘉微笑之后,高举双手。

"啊,终于笑了呢。太好了太好了,美嘉跟我的妹妹好像喔!"

"妹妹?你妹妹几岁呀?"

"五岁!"

"五岁也未免太年轻了吧!"

"我的爸妈在我十二岁的时候就离婚了,所以我只知道妹妹五岁之前的样子啊!"

"是喔……"

和优聊天的时候,美嘉并不会觉很陌生。感觉好像很早以前,他们两个人就已经认识了似的。

美嘉有种怀念的感觉。

就这么随意地聊着,美嘉到家了。

"呃,谢谢!那么……"

"等一下!能告诉我你的联络方式吗?"

手握在玄关门把上的美嘉因为优的问话回过头来。

"可以呀!"

美嘉拿出手机,跟优交换了彼此的联络方式。

"有空再一起出来吧!"

轻轻地拍了美嘉的头一下之后,优露出了小孩般的笑容。这个时候,美嘉注意到一件事情。

优……跟弘感觉有点像。

无论是整体的感觉,还是说话的方式,美嘉总觉得有时候会在他身上看到弘的影子。

铃铃铃——

就在美嘉和优分开,将冷冰冰的身体裹进棉被里取暖的时候,一条短信传来了。

发信人是刚刚才跟美嘉交换联络方式的优。

【是我优,知道吗?】

美嘉用冻僵的手指迟缓地回信。

【知道。今天真是谢谢你了!】

铃铃铃——

美嘉才刚发完短信,优马上就打电话来了。

"喂。"

"不好意思喔,一下子短信一下子电话的。"

不知道优是不是在开车,美嘉听到手机另一头传来了音乐声。

"没关系啦!"

"那我就安心了。最近我们再找一天一起出来玩吧! 等我有空的时候再打电话给你,拜拜!"

优先挂上了电话。

美嘉的手机还放在耳朵旁边,就直接喃喃说道:

"怪人!"

不可以马上相信男人,这是美嘉的原则。

应该是呀。

如果一个人度过圣诞节的话,美嘉可能会一直想着弘,然后哭着过完这天吧。

美嘉一定会回想起去年圣诞节发生的事情的。

但是因为大家邀请美嘉去参加圣诞派对的缘故,因为优在美嘉扫墓完之后陪她走回家的缘故,美嘉才能什么都不想地过完这一天。

谢谢大家,也谢谢优。


——元旦。

【今天下午三点在车站前面的神社集合。不准迟到!】

拜大和发来的这条短信所赐,美嘉在新年的这一天,从一大早就开始忙碌了起来。

美嘉到神社的时候,有点迟到了,她看到参加圣诞派对的成员全都到齐了。

"我迟到了! 对不起……"

"女生要准备的东西比较多嘛,所以迟到也没办法啰! 妹妹。"

亚矢马上对优口中吐出的"妹妹"这个字眼发出反应。

"咦? 妹妹是什么? 喂?"

"美嘉是我的妹妹喔。对吧?"

"嗯!"

美嘉模仿着优,点点头。

这对亚矢来说,或许有点残忍吧。

在人潮当中排队等待,轮到自己的时候就在香油钱箱里丢进一些铜板,摇摇大铃铛,然后双手合十。

嗯,嗯,希望大家都能幸福!

"那我们就先走了!"

"大家拜拜!"

信太郎和小泉手牵着手,不知道消失到什么地方去了。

"我就借一下优啰?"

亚矢积极地强行拉走自己喜欢的优。

剩下来的人是美嘉、大和、健三个人。

"我还有事,先回去了! 拜拜!"

也不晓得大和是真有事还是假有事,他很快就回去了。

"那我们就去抽个签吧?"

"好啊!"

在抽签的地方,亚矢和优的身影已经先出现了。他们好像很开心地笑着。

"咦,中吉啊。真是令人失望!"

"我是大吉欸!"

健和美嘉也投了一百圆硬币,抽了签。

希望今年一年都有好事发生……

希望是大吉。

结果……是凶。

看到美嘉陷入低潮的优,突然用双手遮住了美嘉的眼睛。

"美嘉,如果闭上眼睛的话,说不定就会有好事发生喔!"

美嘉不知道这番话的意思,不过还是照着优说的话,闭上了眼睛。

"可以张开了喔!"

缓缓睁开眼睛,确认周围的情况之后,美嘉发现自己手上的凶签已经变成大吉了。

"大吉欸。美嘉今年一定会遇到好事的!"

优在美嘉闭上眼睛的时候,把自己抽到的大吉签跟美嘉的凶签交换了。

"我可以收下优的大吉签吗?!"

优笑着说了好几次"那就是美嘉的大吉签呀"。

"把那个签给我!"

在美嘉把签纸绑在木头上的时候,亚矢在她耳边这么说道。

亚矢一定已经开始爱上优了。

因为亚矢只要一谈起恋爱,就会变得很古怪……

希望什么事情都不要发生。

美嘉的心底萌出了不安的芽。

"啊,我的身体好像有点不太舒服,差不多该回去了……不好意思喔。"

美嘉为了躲开是非故意撒了谎,然后朝着家走去。

就在她到家门口的时候……

铃铃铃——

来电:优

"哈啰!"

"不好意思喔,打电话给你。你的身体还好吗?"

"我没事啦!"

反正本来说什么身体不舒服就是骗人的。

"那就好! 你现在在哪里呀?"

"刚好在家门口!"

"身体没事就好,我现在方便跟你见个面吗?"

"哦。"

"那十分钟之后我就会到你那里,等我一下喔!"

他跟亚矢怎么样了呢?已经分开了吗?

疑惑和不安渐渐浮上美嘉的心头。

十分钟之后,白色汽车在美嘉家门口停了下来,一脸慌张的优下了车,跑到美嘉身边。

"你一直在外面等啊?不好意欻,让你等我。啊,鼻子好红喔,快点上车暖暖身子吧。啊,你现在还是不想坐车吗?"

优连珠炮似的说了一大串话,同时用手指抓着美嘉的鼻尖。

美嘉的脑海中闪过一大堆复杂的思绪,以及迷惑的心情。

不过,令人意外的是,她很快就下了决心。

这个人……美嘉可以信任他。

"我坐!"

优打开副驾驶座的车门,确认美嘉坐好了之后,就关上车门。

这种平凡的贴心,再次让美嘉觉得优果然是年纪比较大的人。

一阵很响的引擎声,汽车启动了,美嘉丢了一个问题给优:

"亚矢怎么了呢?"

"我把亚矢交给健了,那两个人好像互有好感的样子,正好!"

优不知道是不是真的了解亚矢的想法。

真的没问题吗？亚矢应该不会生气吧？

"你有没有什么想去的地方呀？公主！"

优开朗的声音稍微减轻了美嘉心头的不安。

亚矢也还没明说自己是不是真的喜欢优……

应该没关系吧。

美嘉擅自下了结论，好平复自己的罪恶感。

"那……我想去可以看夜景的地方！夜景！"

"好！那我们就去看夜景吧。我可以带你去一个最棒的秘密景点喔。"

车子开上山路，外面已经完全暗下来了。

虽然车子里面没有开收音机，可是两个人的对话却没有停下来过。

车子抵达目的地，两个人在刺骨的寒风中下了车。

"哇啊——！"

眼前的景色美得无法言喻。

红色、白色、黄色和紫色的灯光一闪一闪的。

明明是晚上，这些光芒却亮得刺眼。美嘉连连眨眼。

"很棒吧？"

"超漂亮！好棒喔！"

在可以观赏夜景的地方刚好有一张长椅，两个人便在长椅上坐了下来。

"白色的光是钻石，红色的光是红宝石……"

美嘉像个小孩子一样胡乱地说着。

优静静地摸了摸美嘉的头。

"你真的跟个小孩子一样呢！"

优一定是把美嘉跟他自幼分离的妹妹重叠在一起了吧。

现在优的笑容，以及抚摸美嘉头的时机……

跟弘相似到让美嘉难过。

美嘉的脸庞渐渐地蒙上了一层乌云。

接着，优看着前方说道：

"从这个地方看下去，世界真的很大耶。这些亮光当中，有许多人在生活着。你不觉得很不可思议吗？"

优诚实的眼睛里映照出夜景，闪闪发光。

那双率真的眼眸，让美嘉看得出了神。

"每个人应该都有自己的难处吧。在这里说的话，是不会有人听到的喔。你会不会想跟我说说你的烦恼呢？"

优知道美嘉在圣诞节那天哭了，所以一直在担心美嘉吧？

所以今天也把美嘉约了出来吧？

如果真的是这样的话……美嘉很高兴喔。

不过，有可能只是美嘉自己误会了。

"我没有什么烦恼喔，放心！"

明明就烦恼一箩筐！逞强的美嘉无法诚实面对自己。

"没烦恼就不会哭了喔。说出来不是会好过一点吗？哎呀，我这个人就是爱管闲事嘛！"

看见美嘉沉默地低着头之后，优继续说道：

"美嘉就跟我的妹妹一样，我没办法坐视不管。"

优的温柔一点一点地引出美嘉脆弱的那一面了。

"我好像……还是忘不了前男友。"

一直隐藏在美嘉心底的话，就这么自然而然地迸出来了。

"好像？所以你自己也不知道啰？"

"我是一直叫自己忘了他啦。不过好像还是办不到。"

"一直在告诉自己'忘记他忘记他'的时候，其实跟一直在想着那个人是一样的意思喔！"

优说得没错。

让自己"非忘记不可"的时候，其实就是在想着对方的时候。

"我没有想要跟他复合，因为就算复合了，我觉得一定也没办法像以前那么快乐。"

优马上站了起来，然后用力地吸了一口气。

"可是，我觉得也不用勉强自己忘记。因为啊，就是曾经跟那个人相遇，才会有现在的自己，不是吗？如果没有遇到那个人，说不定美嘉就不会认识现在的好朋友了喔。"

遇见弘，让美嘉懂得了别离的痛苦，生命的重要性，还有幸福的日子……美嘉学会了好多东西。

要是没有认识弘的话，说不定美嘉根本不会和小泉、大和还有信太郎结为好朋友。

因为遇见了弘，才会有现在的美嘉。

"要是没有跟那个人相遇的话，我也不会认识优你们吧？"

"对呀！就像美嘉有忘不掉的人一样，一定也有人忘不掉美嘉的。越想忘记，是不是就越不想跟那个人分离呢？只要谢谢对方造就了现在的自己就好了！……啊，我是不是有点啰唆啊？"

优难为情地回过头。

美嘉笑着摇摇头。

美嘉在这里看到的亮光之中,有好多人在生活着,而且各自有各自的烦恼。

有跟喜欢的人分手的人,

无法传达思念的人,

不知道自己该怎么做而痛苦的人,

努力想要重新站起来的人,

已经站起来向前走的人。

大家都抱着不一样的心情,度过不一样的每一天,遇到朋友,渡过难关⋯⋯

"我的精神好多了喔,谢谢你!"

站起来面对着一片夜景的美嘉,脸上充满了笑意与期待。

"有很多烦恼也是好事喔,但可别烦恼过了头!"

看着夜景,听着优的话,美嘉觉得自己心里的缺口好像被填上了一点点。


车子到家之后,优按了两次喇叭,一边从车窗中伸出手来挥动,一边驶上归途。

铃铃铃——

美嘉在开着暖气的房间里看着电视,亚矢打电话来了。

美嘉有种不好的预感,瞬间犹豫,要不要接她的电话,不过最后美嘉还是无可奈何地接起。

"喂。"

"美嘉,现在方便说话吗?!"

美嘉不好的预感失灵了,亚矢精神饱满的声音听起来没有夹杂任何怒气。

"方便啊！怎么了？"

"其实我啊，本来的目标是优！不过现在我已经转移到健身上了喔！优好像很喜欢美嘉，而且今天我跟健两个人一起去玩的时候，觉得我们两个人很合！"

虽然美嘉还是对亚矢换目标的速度之快感到惊讶，不过亚矢果然长大了。

如果是之前的亚矢，绝对会大声抱怨什么"抢了别人的男人"之类的话。

即使只有短短的一年，人还是会成长，变得更成熟吧。

但是让人成长的……搞不好是恋爱呢。

人越难过，成长得越快。

"美嘉？你在听吗？喂？"

"……啊，对不起。我知道了啦！"

挂上电话，发了一条道谢的短信给优之后，美嘉就入睡了。

好久没有像这样带着暖暖的心情入睡了呢……


——第三学期。

雪融化了之后，地上就开始结冰，滑溜溜的。

漫长的寒假结束，学期也开始了。

教室里，小泉、亚矢、信太郎和大和全都聚集在一张桌子旁。

美嘉偷看一下他们在做什么。她看到桌上散乱地放着很多照片。

"圣诞节的照片昨天洗出来了喔！"

美嘉看着骄傲的大和一一展示着照片。

"果然是等级不同的大帅哥!"

亚矢指着照片里面的优说道。

"优很受欢迎喔。不管是在打工的地方还是大学里,他的人气好像都很旺呢。"

信太郎这么说完之后,又肯定地点点头。

原来优很受欢迎呀……那关我什么事。

看完所有的照片之后,美嘉只注意到一件事情。

那就是照片中的美嘉……全都带着悲伤的表情。

她还以为自己玩得很开心、笑得很大声呢。

虽然心里觉得好像没事,但是表情却泄了密。

"美嘉跟优单独出游了吧! 进展呢?"

亚矢唐突的问题,让小泉、大和、信太郎三个人全都探出身子,期待着美嘉接下来要说的话。

"……我们只是普通朋友啦!"

普通朋友……应该是这样吧。

没错,在那个时候的确是如此。

第三章　恋迷

# 眼泪的新味道

很快的,高二也结束了。

期末考勉强合格,美嘉也逃过了补习,平安无事地过完第三学期。

"明天开始就是春假了,不过可别偷懒,要好好念书。"

老师说完这番话之后,全班同学欢呼一声,一起离开了教室。

美嘉和朋友道别过,就兴奋地换上鞋子跑出学校。

高中生活只剩下一年了。

"天气真好啊!啦啦啦……"

在这种心情好的时候,美嘉就会自然而然地哼起歌来。

到公车站的时候,她为了确认时间而把手伸进口袋拿手机,但是,没有。

啊!放在抽屉里了。

美嘉掉头准备往学校的方向跑回去,看到前方有对甜蜜蜜的情侣走了过来。

美嘉和那对情侣错身而过的那一刹那……

"你是美嘉吧?"

听到情侣档中的女方这么说,美嘉便回过头去。

……那张脸,美嘉记得一清二楚。

早纪。弘的前女友早纪。

在美嘉跟弘交往的时候,早纪还很喜欢弘。她骚扰了美嘉好多次。

在早纪的指使下,美嘉被人强暴;还因为被早纪推了一把而……流产了。

"我一直很想跟你聊聊呢。"

"我跟你没什么好说的。"

就在美嘉冷冷地丢出这句话,准备掉头走人的时候,早纪突然深深地低下头。

"求求你,有件事我非跟你说不可。"

早纪过分拼命的态度,让美嘉只能无可奈何地点头。

跟同行的男伴分手之后,早纪和美嘉两个人一起走进年轻人聚集的咖啡厅。

一看到早纪的脸,过去那些恐惧和愤怒全都鲜明地浮现在美嘉眼前,美嘉把双手放在桌子下面,不住地颤抖。

"那个时候,真是不好意思,真的。我一定出了什么问题。我一直很想跟你道歉。"

早纪低着头道歉。

美嘉无法不看着这样的早纪。

就算道歉,手腕上的伤痕也不会消失。

就算道歉,宝宝也不会回来。

就算道歉,美嘉也不可能原谅你。

无法原谅,我一生都不会原谅你的,绝对不会。

可是……看到不停道歉的早纪，美嘉突然觉得一直藏在内心深处的小石头，被人拿走了一块。

"你别在意了好不好？都已经是过去的事情了。"

就算美嘉现在继续恨着早纪，失去的东西也不会重新回到她的身边，忘掉才是最幸福的方法。

比起重新审视这些过错，美嘉现在更想做的是什么都不管。

"对不起，我的心里一直留着疙瘩。那个时候的我，真是蠢毙了……"

人是会随着时光流逝而改变的生物。

"不说这些了。刚才跟你走在一起的人是男朋友吗？看起来很温柔呢！"

为了打破沉重的气氛，美嘉拼命地转换话题。

"嗯，男朋友！"

"你们看起来很幸福喔，真是让人羡慕呀！哈哈哈。"

"……你跟弘进展得顺利吗？"

弘……好久没听到这个令人又爱又怀念的名字了。

但是美嘉并没有动摇。

"我们分手了！"

"是吗。"

不知道是不是错觉的关系，美嘉觉得早纪的肚子好像有点大。

"咦？你的肚子……"

早纪爱怜地轻轻指着自己的肚子。

"我跟男朋友的宝宝在肚子里面喔！"

早纪的肚子里面有小宝宝。

这个事实震撼了美嘉。

"是喔,要生出一个健康的宝宝喔。"

"真的对不起。"

"没关系啦。"

美嘉对一直道歉的早纪摆出一副若无其事的态度,然后逃出了咖啡厅,飞也似的跑向学校。

再听早纪说下去的话,美嘉可能会控制不了自己。

当美嘉知道早纪怀孕了之后,她只觉得……上天太不公平了。

早纪不知道美嘉怀孕,也不知道美嘉流产。所以,美嘉好羡慕一脸幸福地说着宝宝经的早纪……她没办法去恨她。

不久之后,早纪就要生出跟她最喜欢的人的宝宝,然后跟最喜欢的人共组温馨的家庭,幸福地过日子了。

而美嘉不仅失去了小宝宝、被医生宣告自己可能永远无法怀孕,还失去了最喜欢的人。

美嘉知道再怎么比较都没有用,但她的心却几乎要被丑陋的嫉妒和憎恨撕成碎片了。

自己好像成了一个极度空虚的人……

美嘉无法摆脱这个念头。


到了空无一人的教室之后,美嘉从抽屉里拿出自己忘了带的手机。

然后她走进安静的图书室,在椅子上坐了下来。

等到她回过神来的时候,才发现自己身在图书室。

由于明天就开始放春假了,附近连参加社团活动的学生的嘈杂声都没有。

美嘉失神地打开手机,按下弘的 PHS 号码。

虽然没有输入在电话簿里面,但是美嘉的手指却记得这个号码。

她知道自己这样很低级……

弘已经爱着另外一个人了。

可是啊,美嘉的手指却不听使唤。

救救我——

她的手指似乎这么说着。

美嘉真的很讨厌任性、软弱又无法忘记弘的自己。

"您拨的电话已停机。"

平淡的语音从手机传了出来。

如果接通的话,弘会怎么做呢?

美嘉把手机扔在地上,趴到桌子上。

我也知道不可能接通啊。

明明已经希望弘能够幸福了……为什么我的脑子里却充满了破坏弘的幸福、希望他重新回到自己身边这种低级的想法呢?

美嘉总有一天也会得到幸福的吧?

抱着各式各样的思绪,美嘉离开了静谧的学校。

今天,她重新认识了自己黑暗的灵魂。


风慢慢变得暖和,融雪之后,野草也探出头来。

樱花纷飞的升级季节……春天。

春假在转眼间结束,美嘉变成了高三学生。

到了三年级之后,学校所有的活动都变成了"最后"的活动。

由于三年级不用再分班,所以对于自己还可以跟最要好的同伴共度一年,美嘉高兴得不得了。


——高三第一学期。

"要调查志愿了喔。"

级任老师一边发着志愿调查单,一边这么说道。

一想到明年的这个时候,自己就已经高中毕业,不在这里了,美嘉总觉得有点不可思议。

在一年级做志愿调查时,美嘉填的是 B 音乐专门学校。

因为她跟弘约好了。

两人都喜欢音乐,所以就一起去 B 音乐专门学校吧。

其实美嘉并不是想跟弘上同一所学校喔。

只是自己想去而已⋯⋯

她拼命地替自己找理由。

【B 音乐专门学校。】

美嘉在单子上这么填了之后,就交上去了。

"美嘉的志愿填得怎么样了呢?"

坐在前面的大和突然回头问美嘉。

"预定计划是专门学校喔! 大和呢?"

"我还在想啊,不过我打算就业。"

大和竟然想要就业,真是了不起。

就在美嘉一个人自顾自地佩服他的时候,大和继续说道:

"对了,再过不久不就是黄金周了吗？我跟信太郎在说,要不要大家一起去什么游乐园玩。你觉得呢?"

"游乐园?!"

美嘉激动起来。

"嗯,就是参加圣诞派对的成员一起去。然后回来的时候,再到附近的温泉旅馆去住一个晚上。"

"我要去我要去我要去我要去!!"

"好,那我就来安排行程了,好好期待吧?"

游乐园跟温泉啊……

想到这样子的旅行,再讨厌的考试美嘉也熬得过去。

在行前计划慢慢地进行的同时,黄金周也来临了。


旅行当天。

"我出门啰!"

因为夏天还没完全来临,所以凉爽的风还是会让人觉得有点凉。

不过,刺眼的太阳也似乎宣示着夏天即将到来。

美嘉的家门口停了两辆车,一辆白色,一辆银色。

美嘉坐上了健驾驶的银色汽车。

经过漫长的车程之后,一行人来到了游乐园。

美嘉下了车后,从另一辆车上下来的优用力地摸着美嘉的头。

"哦,美嘉,早啊!"

"优早!"

在一旁看着这两个人打招呼的小泉、大和和信太郎,全都露出了贼贼的笑容。

因为时值黄金周，所以游乐园里面只有人！人！全都是人！！

"我想要坐那个！"

小泉手指向的，是整个游乐园里面最恐怖的云霄飞车。

"我比较不擅长那种惊声尖叫型的游戏！"

大和的脸色瞬间变得惨白。

"美嘉也是……"

"放心啦！没那么恐怖的！"

什么放心啦没那么恐怖。

相信小泉的话真是个天大的错误。

嘎哒嘎哒嘎哒嘎哒……

龟速爬升所产生的巨响，更是让人感到害怕。

有惧高症的美嘉为了逃避这个现实状况，只能用力地闭上眼睛。

到达顶点的时候，车体静止了一瞬间，然后，就在身体稍微浮起来时，云霄飞车全速向下俯冲。

"好爽！""耶咿！""好好玩喔！"

美嘉听见了优和信太郎、小泉高兴的欢呼声。

"呀啊——！""哇啊——！"

她也听到亚矢和健激烈的尖叫声。

过度恐惧的美嘉，甚至连呼吸都得拼上小命。

没有听到大和的声音，大概是因为大和也处于和美嘉相同的状态吧。

玩完云霄飞车之后，他们接着进入了鬼屋。

小泉跟信太郎、大和三个人先进去，下一组则是轮到美嘉、亚矢、优、健他们四个人。

里面漆黑一片，远处有点点朦胧灯光，室内还放着令人毛骨悚然的配乐。

美嘉听到小泉他们的尖叫声从遥远的地方传了过来。

走在黑暗中的时候，一个很像骨头的东西突然从天花板掉了下来，滚到地上。

"呀啊啊啊好恐怖！"

亚矢一边发出高八度的尖叫，一边紧紧抱住旁边的健。

除了云霄飞车之外，最让美嘉苦恼的就是鬼屋了。她连像亚矢那样发出女孩子专属的尖叫声都没办法，颤抖的双脚让她连动也动不了。

"你还好吗？"

美嘉因为一一跑出来的恐怖机关而吓得花容失色，优则用温柔的声音在一旁关心着她。

不知道是不是因为他们走很慢的关系，亚矢跟健好像已经先走了。

"完全没问题……"

为了不让优担心，美嘉装出一副若无其事的样子，不过颤抖的身体证明她说谎了。

"你可以抓着我的衬衫，没关系！"

这种时候不会硬要抓住美嘉的手，是优的优点。

因为是朋友。优很清楚两个人之间的关系。

如果优握住美嘉的手，美嘉觉得自己一定会抗拒，而且还会变得无法再相信优了。

美嘉紧紧地抓住优的衬衫下摆。

不知道优是不是也注意到美嘉的心情，他一言不发地继续往前走。

看到终点的亮光之后，美嘉才放开优的衣服。

被美嘉抓过而有点变形的衬衫……就是优体贴的证明。

"优，谢谢！"

"没什么，别放在心上啦！"

接二连三的可怕过程，让美嘉觉得有点不太舒服。

可是她什么都没说，还是装作精神很好的样子跟着大家走。

这个时候……

"美嘉先借我一下喔！"

优拉着美嘉的手，把她从人群中带开。

优让美嘉坐在附近的长椅上之后，就不知道跑到什么地方去了。

"久等了！"

优拿了一罐冰果汁，碰了坐在长椅上的美嘉的额头一下。

美嘉接过果汁之后，优也在美嘉身边坐了下来，然后伸手摸摸她的额头。

刚才一直拿着果汁的优，手心也冰冰凉凉的，让美嘉觉得很舒服。

"不要勉强自己喔，你不太舒服吧。"

大家都没注意到，只有优一个人发现了。

喝了一口果汁之后，美嘉觉得自己不舒服的感觉稍微舒缓了。

"坐在长椅上很不舒服吧？你可以躺在我的膝盖上，没关系！"

优的体贴很直接，完全没有私心。

美嘉为了报答优的温柔，便躺在优的膝盖上。

四周传来了家庭、小孩子和情侣开心的笑声。

在这些人当中，躺在优膝盖上的美嘉……感觉好像有点怪。

"美嘉的眼睛是咖啡色的，好漂亮喔！"

优认真地盯着美嘉的眼睛看。

不习惯被人称赞的美嘉连忙说回去：

"优的眼睛也是咖啡色的，也很漂亮喔！"

"接得真好！美嘉的眼睛，有时候看起来很悲伤。好像一直看着远方……虽然只有一瞬间，不过真的有吧？"

面对似乎看透了一切的优，美嘉别开了视线。

优说的每一句话都好深奥。

到目前为止，他到底经历过什么样的恋爱呢……

美嘉有点在意。


等身体好了一点之后，他们便跟其他人会合，一直开心地玩到日落时分，然后才拖着疲累的身子前往温泉旅馆。

房间的分法，当然是美嘉、小泉、亚矢三个女生一间。

把行李放到房间里，换上浴衣之后，亚矢因为某些事情必须留在房间里面，美嘉和小泉只好丢下她，跑去温泉。

"露天温泉包场！"

两个人像小孩子一样，疯疯癫癫地跑到外面去。

运气很好的是,温泉里只有美嘉和小泉两个人,所以她们就直接跳进温泉里,溅起了激烈的水花。

　　"温泉果然还是露天的好呀!"

　　美嘉一面用脚啪哒啪哒地踢着水,一边大声说道。

　　"喂喂,隔壁是不是就是男生的露天温泉呀? 你有没有听到信太郎他们的声音?"

　　小泉一说完,美嘉便停止了动作。

　　"大和,不要遮了。"

　　传进她们耳朵里的正是信太郎的声音。

　　美嘉和小泉相视而笑,继续静悄悄地窃听。

　　"喂……不要把我的毛巾拿走啦! 啊,不要连优都这样啦!"

　　这的确是大和的声音。

　　"没有人会看啦! 大家都是男生啊!"

　　这应该就是说关西腔的优吧。

　　然后在一旁大笑的人,一定是健。

　　"他们真是幼稚欸! 但是好好玩喔。优跟健都不会倚老卖老,很好相处。啊,能这样出来玩真好!"

　　美嘉用力地点头。

　　小泉把折得小小的毛巾放在头上,然后开始小声说道:

　　"美嘉,你跟优怎么样了?"

　　小泉一脸认真。

　　她到底在期待美嘉回答什么啊……

　　"什……什么怎么样,我们之间没怎么样啦!"

　　小泉唐突的问题让美嘉不由得提高了音量。

小泉鬼鬼祟祟地环顾周围，确认没人在之后，又开始继续说道：

"今天我在车上问优觉得美嘉怎么样的时候，优说美嘉很可爱、让人没办法丢着不管喔！"

美嘉的心动摇了一下……不过，她马上就恢复镇定。

"因为他觉得美嘉跟他五岁的妹妹很像，所以才会那么说啦！"

"可是可是，你考虑看看嘛？之后再多跟他出去玩几次。如果是优的话，我也可以放心。我想，他一定可以让美嘉幸福的喔！好不好？"

"……我知道了！"

优之所以会对美嘉那么温柔体贴，是因为美嘉跟他的妹妹很像的关系。

美嘉确实想谈恋爱……但是，她已经受够痛苦的恋情了。

优跟弘像得不得了。

个子高、声音低沉、摸美嘉头的时机，以及像小孩子一样天真无邪的笑容。

所以有时候，美嘉会把优跟弘重叠在一起。

不过，那应该不算是恋爱。

弘是弘，优是优。

虽然很像，不过是两个不同的人。

或许是因为两个人太像了，所以美嘉才害怕更进一步的发展也说不定。

接下来，还是把"优"当作一个独立的个体来看好了。

两个人聊了很久,美嘉的情绪变得有点兴奋。

离开温泉,换上浴衣走到外面去的时候,美嘉刚好碰见了大和他们。

和优四目相接时,美嘉突然想起了小泉刚才在露天温泉对自己说的话。不知怎么的,她觉得有点不好意思,便别开视线,看着地上。

人家明明没有跟我告白呀,我害羞什么……真奇怪。

"哦,浴衣造型还真性感呢!"

美嘉用力地踩了一下用讨厌的眼神盯着两个人看的大和的脚。

"大和,这可是性骚扰喔!"

"刚才在露天温泉的时候,我们不小心听到你们的声音啰!"

小泉开心地说完之后,信太郎也笑着说道:

"对对对,大和的那个……"

大和连忙用双手捂住了信太郎正要爆什么秘密的嘴巴。

"这些人真是幼稚呢!啊,我也是耶!"

优一边笑着,一边寻求美嘉的认同。

"对……对呀!"

美嘉尽量什么都不想,故作镇定地回答。

站在旁边的小泉戳戳美嘉的腰,露出贼贼的笑容。

美嘉轻轻地抓住了她的手,小泉则露出一副痛苦的表情。

大概两个人都玩累了吧,一回到房间躺上床之后,两个人便进入了梦乡。

美嘉做了一个梦。

有一个人朝坐在黑暗中的美嘉伸出一只大手。

美嘉抓住那只手站了起来,然后开始慢慢地走。

随着美嘉的移动,周围黑暗的世界一点一点亮起来……

虽然看不见前方,但美嘉确实是朝着某个方向在前进。

拉着美嘉前进的那只大手,究竟是谁呢……


"美嘉,起床啰!"

被亚矢拉起来的美嘉,朝着吃早餐的餐厅走去。

"早……不对,应该说是'晚'了。"

在大家这种"小泉式"的问候下,这顿早餐让美嘉几乎要胃痛了。

回到房间里整理好行李之后,美嘉带着快乐的心情离开旅馆。白色和银色的两辆车已经在旅馆门口等待大家了。

"美嘉就坐这辆吧。"

小泉半强迫地把美嘉拉到优驾驶的白色汽车旁,然后把她推上副驾驶座。

不用这么体贴吧。

"优喜欢什么类型的女生呀?!"

在回程的车上,小泉探出身子问优。

怕被开玩笑的美嘉赶紧看着窗外的景色,装作没听到。

"我没什么特别喜欢的类型啦。喜欢的人就是我喜欢的类型啰。"

专心开车的优笑着回答。

喜欢的人就是我喜欢的类型,真是暧昧的答案。

"比如说像喜欢年纪比自己大的还是年纪比自己小的啊！优没有特别喜欢某种类型的女生吗?!"

为了得到情报的小泉拼命地反问。

她大概是为了撮合美嘉跟优才问的吧。

"我喜欢年纪比我小的吧。不过,上一任女朋友的年纪比我大呢!"

美嘉透过后视镜,看到优的脸上瞬间闪过一丝忧郁。

就是那种……悲伤又后悔的表情。

可是这副表情很快就消失了,优又变回平常的优。


开了两个小时之后,优一一抵达每个人的家门口,大家也循序下车。

美嘉住得最远,到最后车上就只剩下他们两个人。

"我可以叫你小美嘉吗?"

优以不输给汽车音响的音量大声说道,然后一边注意着前面的车子,一边把音量调小。

"可以呀!"

车子在红灯前停了下来,优看着美嘉微笑。

"美嘉也可以不用敬语。"

虽然美嘉很想询问优他之前谈过的恋爱,不过最后还是没问。车子到美嘉家门口了。

美嘉回想起刚才优脸上闪过的表情……

她突然觉得,自己不应该探询优过去的恋爱。


开心的黄金周结束,又要开始上学了。

升上三年级之后，毕业就近在眼前了。只要一有时间，老师就会猛说着未来志愿的事。

【B 音乐专门学校。】

美嘉今天还是在单子上填了这所学校，交给老师。她现在已经不打算去其他的学校了。


某一天，级任老师把美嘉叫到教职员办公室去。

美嘉很讨厌教职员办公室。因为烟味和咖啡味混在一起的特殊味道，总是让她感到焦虑。

"不好意思呀！突然把你叫过来。"

级任老师缓缓地从口中吐出香烟的白烟。

"咳、咳……有什么事吗？"

美嘉一边对烟味产生反应，一边想要赶快知道老师把她叫出来的原因。

老师把香烟捻熄在烟灰缸里，然后一边看着志愿调查单，一边说道：

"美嘉想念专门学校吗？"

"……嗯。"

"你不想念大学吗？"

"不想！"

"老师是觉得你应该去念大学。美嘉的英文不错不是吗？毕业之后如果在英文上下工夫，对未来会很有帮助的！"

乍听之下，好像会觉得老师是因为担心美嘉的未来，才推荐美嘉念大学的。可是实际上，老师只是希望自己的班上多出几个大学生而已。

虽然美嘉很喜欢英文,也不是那么不想念大学。

这种微妙的心情,大人是不会懂的。

"这是我跟喜欢的人之前约定好的。"

就算这么说,大人也只会嗤之以鼻吧。

"现在我只考虑 B 音乐专门学校!"

美嘉不服输地顶回老师的说服,然后丢下一脸可惜的老师,走出教职员办公室。

最近,美嘉总是在确认弘和小雅牵着手回家之后,才离开学校。

如果美嘉在两个人面前出现的话,一定会让他们不好受的。

美嘉不希望这成为他们分手的原因。

她不希望因为自己,害弘伤心。

所以美嘉总是在窗口目送两个人离开学校。

这已经变成她每天的例行公事了。

真是伪善啊,明明只是因为碰见他们两个人,会让自己痛苦而已啊。

美嘉最近已经不太常流泪了。

因为她发现就算哭哭啼啼,也解决不了任何事情。

虽然大哭一场的确会让心情轻松一点,不过那并不是向前进。

所以美嘉决定,不要再让眼泪白流了。

虽然嘴上说得这么成熟,不过美嘉还是在志愿调查单上填了以前跟弘约好的学校。

即便知道两个人不可能再交往了。

自己还是希望能和弘有所交集。

真是充满矛盾的恋爱。


很快的,高中生涯的最后一个暑假来临了。

高挂的艳阳、炙热的沙滩、浪涛声。

开始放暑假之后,美嘉和老班底一起来到她最喜欢的海边。

自从圣诞派对以后,他们每个礼拜都会聚集在一起。

在沙滩上铺上大大的塑胶垫子之后,美嘉脱掉细肩带上衣,露出穿在里面的泳衣,然后直接朝着大海奔去。

在闷热的空气中,将全身浸泡在沁凉的海水里,真是让人心情大好。

海里有很多金发黑皮肤的高个子。

可美嘉还是每看到一个就仔细盯着对方看。

明明知道那个人不可能会出现……真傻。

美嘉很喜欢在海边看夕阳下沉的那一瞬间。

人潮减少,夕阳在安静的浪涛声中缓缓西沉。

今天又过完快乐的一天了!

她总是会有这种充实的感觉。

整个暑假期间,美嘉几乎每天都往海边跑,所以她的皮肤晒黑了,身上也留下了泳衣的晒痕。

皮肤的刺痛还没完全复原,暑假就结束了。


——高三第二学期。

九月后半。刚好是夏天和秋天的中间。

风变得有点冷,晒黑的肌肤也渐渐恢复成原本的颜色。

放学之后,美嘉和亚矢一起走向穿堂……

"那辆白色的车子,不是优的车吗?"

亚矢慢慢地指着停在校门口的那辆白色汽车。

那辆黑玻璃、车身很低、引擎轰鸣的车子。

大概……不,绝对是优的车。

那辆车对两个人按了两次喇叭,两个人心中的疑问便消除了。她们朝着车子走去。

"哈啰!两位小姐,一起去玩吧!"

坐在副驾驶座上的是健。内侧的驾驶座上坐着优。

"我还是第一次看到你穿制服呢。害哥哥有点想做坏事啰!"

两个人坐上车子之后,车子便开动了。

"我们突然跑来有没有吓到你们呀?"

优问完之后,美嘉兴奋地探出身子回答:

"超惊讶的!"

"因为我就是想吓吓人嘛!那我们去哪里呢?"

健一边这么说,一边将 CD 放进汽车音响里,按下播放键。

"我想要去健或是优家!"

亚矢用双手摇着副驾驶座。

"不过我跟爸爸妈妈一起住喔,优呢?"

"我一个人住,欢迎大家来!"

意见一致之后,车子便朝着优家的方向前进。

停车的地方,是一栋九层楼高的咖啡色大厦。

原本美嘉听到大学生独居时,还以为会是那种会有虫子跑出来的木造旧公寓呢。真让她大感意外。

他们搭乘电梯抵达的是七楼的一个房间。

"你们先进去吧。我去买些饮料!"

优丢下这句话之后,就走出套房。

房间很宽敞,从七楼看出去的景观也很棒。

大大低低的床、电视、MD 音响组合。水泥墙壁上靠着一把吉他,还贴着西洋音乐的乐谱,地上全是衣服。

不仅时髦,更有一种"成年男子的房间"的感觉。

"喂,喂,趁优不在的时候,我们来找那个好不好? 那个!"

美嘉马上就知道亚矢在说什么了。

亚矢说的那个就是……

"色情书刊、影碟"。

去大和家的时候,美嘉也跟亚矢一起找过。

那个时候,她们在床底下找出了一大堆。

不过,这次她们翻遍了床底下跟书架,却毫无所获。

原本以为健全的男性房间里一定会有这种东西的两个人大失所望,就在这个时候,玄关的门打开了,两个人赶紧乖乖坐好。

"干吗坐得那么端正啊? 该不会是在说我的坏话吧?"

双手提着袋子的优斜斜地瞄了美嘉和亚矢的脸,微微笑道。

"怎么可能! 我们正好在称赞优呢,对不对呀,美嘉!"

"对啊对啊,我们正好在说优是个好男人呢! 哈哈哈。"

知道两个人刚才那番举动的健在一旁忍着笑。

优递给每个人一罐啤酒,大家干杯之后就开始喝了。

亚矢和优不停地喝着。

健本来就不胜酒力,所以才刚开始喝,他的脸就红了;当然美嘉也是一小口一小口地喝。

"大家都未成年怎么可以喝酒呢?"

不一会儿,美嘉就喝高了:

"没关系,我已经二十岁了喔!"

健好像也醉翻了,讲话口齿不清:

"我也是……还是……未成年!"

酒量很好的亚矢喝了六罐啤酒,看来好像也醉了:

"我也二十岁了啊!"

优看起来还游刃有余。

"对了,别人在什么样的情况下跟你们告白,你们觉得比较好啊?!"

亚矢靠着健的肩膀问道。

"我的话,要是被对方叫出去可能就会很高兴了吧,优呢?"

"我?我还是比较喜欢直接一点吧!"

"那,美嘉比较喜欢什么情况呢?!"

亚矢突然把话锋转到美嘉头上。不知道自己也会被问到的美嘉,只好说了当场临时想到的状况。

现在想想,还真是随便呢。

"嗯,先送我一大束满天星,然后大声地向我告白!"

虽然满天星是美嘉最喜欢的花没错,可是大声的告白……这真的有点刻意。

话说完之后，美嘉马上就后悔了，不过也于事无补。

"为什么要满天星呢?!"

健问完之后，美嘉站了起来，夸张地用双手做出一个圆形。

"因为满天星又小又白的，很可爱呀! 我希望那个人能送我这——么多!"

"会这样告白的人绝对是自恋狂喔! 我才不要呢!"

亚矢用双手做出了一个 X 的手势，极力否定。

"男人到花店买花其实很丢脸耶!"

美嘉随便的回答引起了轩然大波。

不过没关系啦，反正只是随便说说的。

又喝了一会儿，美嘉干掉最后一口鸡尾酒，醉倒了。


"嗯……"

醒来的时候，外面已经全都暗下来了。

搞不清楚状况的美嘉，伸手拿出了书包里的手机看时间。现在已经是晚上十一点了。

掀开盖在身上的棉被，起身之后，美嘉才发现自己不是待在熟悉的房间里。

啊……对了，他们四个人到优的房间里喝酒，然后自己就失去意识了。

好不容易搞清楚状况，却发现房间里空无一人。

"亚矢? 优? 健?"

没有人回答。

这时，静悄悄的房间里突然响起了玄关打开的声音。

"你终于醒来了呀?"

回来的人是优……而且,只有他一个人。

"咦。亚矢跟健呢?!"

"啊,亚矢好像身体不太舒服,所以健先送她回去了!"

换句话说,就是两个人独处?

不过我们两个人是朋友,应该不用那么在意吧。

美嘉一个人胡乱解释一通后,又钻进了棉被。

"我买布丁回来了,你要吃吗? 美嘉好像很喜欢吃布丁嘛!"

"我要吃! 我最喜欢吃布丁了!"

从棉被中跳出,美嘉接过优手中的布丁,忘情地吃了起来。

美嘉又看看手机,有点在意时间。优好像也有点在意。

"会不会太晚了? 要不要我打电话给美嘉的家长说一声呀?"

"没关系,应该不会怎么样的!"

"如果你要住在我家也没关系喔!"

优无心的一句话,却让美嘉的心跳加快。

如果在这种时间回家的话,百分之百会被骂的。

美嘉当然能理解爸妈担心女儿的心情,可是被骂的感觉的确也不太好。

美嘉为了不让优听到,便跑到玄关附近打电话回家。为了不让家人担心,她撒谎说自己今天晚上要住在一个女性朋友家。

"可以吗?"

等到美嘉挂上电话回到房间里之后,优探询似的盯着美嘉的脸看。

"嗯!我真的可以住下来吗?"

撒谎的事情还是别对优说好了。

"我是完全不介意啦!"

"谢谢!那就打扰啰!"

咦?等一下喔。亚矢该不会是刻意制造出美嘉和优独处的机会吧?

亚矢跟小泉跟大和跟信太郎……

都想要撮合美嘉跟优。

优真的很体贴,跟美嘉的个性也很合,像个成熟的大哥哥一样;优也把美嘉当作自己的妹妹一般疼爱。

所以,现在这样的相处模式让美嘉很愉快,也很满足。

可是,如果优知道了美嘉的过去,他会怎么想呢?

而且美嘉现在还是对弘……弘的一切……

"美嘉刚才睡得真是熟呢。"

优的声音唤回了心情纷乱的美嘉。

"……你该不会偷看了我的睡相吧?!"

"看得一清二楚喔,你还流了一大堆口水哩!"

"呀,你胡说什么?!低级!"

"好痛!假的啦,我开玩笑的!"

优跪起来,阻止美嘉拼命地敲着他的头的双手……这一瞬间,对望的两个人都静止不动了。

在和刚才截然不同的气氛下,美嘉只听到时钟指针的跳动声。

心跳的声音大到美嘉几乎要听到了,而且还让美嘉的身体微微颤抖。

就在美嘉别开视线那一瞬间,优也放开了美嘉的手,然后轻轻地摸摸她的头。

"放心,我什么都不会做的。"

优打开电视,划破沉默。

全身无力的美嘉当场坐了下来。

碰到优的手,让美嘉的心脏扑通扑通地跳。

可是……

美嘉却因为觉得弘离自己更远了,而感到恐惧。

她对几乎要忘却弘体温的自己……感到恐惧。

就在美嘉抱着膝盖、坐着打瞌睡的时候,优把美嘉抱到床上。

"啊……不好意思喔。"

"你累了吧? 好好睡觉吧!"

在美嘉盖好棉被之后,优也在床旁边的地上躺了下来。

"美嘉睡下面好了!"

她对着优的背影喊道,优只把头转过来。

"你说什么呀,怎么可以让女孩子着凉呢。"

"那……那优也过来睡这边嘛。"

怎么这么大胆……

美嘉被自己说的话吓了一跳。

孤男寡女躺在同一张床上,怎么可能不发生事情呢。

而且,女方主动开口的话,甚至还会被人觉得是某种诱惑的行为。

然而,美嘉根本没想那么多。

她跟优认识快要十个月了,她知道这个男人没问题……可以相信他。

此时两人之间的羁绊,深到让美嘉萌生这种想法。

"我睡地上真的没关系啦!"

"不行啦,会感冒喔!"

美嘉拉着优的衬衫,不过优还是不肯放弃抵抗。

……这样的话,就只能使出最后手段了。

"如果优睡地上的话,美嘉就也跟着睡地上!"

听到气鼓鼓的美嘉这么说之后,优只好带着困惑的表情坐起来。

"真是的,你这么说我就没辙了!"

优躺在美嘉身边,美嘉则是面向墙壁。

虽然两个人的身体是分开的,不过美嘉还是感受得到优的体温。从棉被传过来的温度,真的让美嘉觉得很温暖。

"美嘉,你还醒着吗?"

才刚踏进梦中世界的美嘉,因为优的问题而回到现实了。

"嗯?"

虽然美嘉看不见,不过优应该也是背对着美嘉……所以美嘉直接看着墙壁回答。

"如果你不想说也没关系啦……美嘉之前的男朋友,都是怎么样的人呢?"

她交过几个男朋友。

不过,当美嘉听到"之前的男朋友"时,脑海中浮现的人……只有弘。

"是个爱吃醋又够没耐心的人喔……"

这不是美嘉的真心话。

可是,她不愿回想起弘的优点。

因为她不愿意承认自己到现在还喜欢着他。

"是喔。不过美嘉现在的口气,好像是在说'他的这些缺点我也一样喜欢'吧?"

美嘉语塞了——因为优说得没错。

美嘉什么都没回答,默默地低下头。优继续说道:

"你对我的第一印象是什么呀?"

突然改变的话题让刚从睡梦中醒来的美嘉一时无法反应。

"咦……呃……一开始觉得优超像牛郎的,感觉好像很随便! 优呢?"

第一次看到优的时候,美嘉的心在痛。

正是因为优的某些地方和弘很像。

但还是不要这么说比较好喔。

"什么叫做随便的牛郎呀! 我可是很老实的。我看到美嘉的时候啊,觉得'这个女生好瘦小喔',而且好像背负着什么东西似的。"

"为什么你会这么觉得呢?"

"我之前也说过吧,美嘉有时候会悲伤地看着远方。不过我想美嘉自己应该还没注意到吧。"

悲伤地看着远方?

原来优眼里的美嘉是这副模样啊。

"是喔……"

"能不能告诉我美嘉难过的原因呢?"

优温柔的询问,让美嘉逞强的心情几乎要失守了。

可是……美嘉觉得如果说了过去的事情,两个人就没办法像现在这样开心地玩乐了。

因为美嘉背负的东西,绝对超乎优的想像。

"不要知道比较好喔,你会不想跟我混在一起的喔!"

"不会啦,没问题的,你不用担心。"

优低沉稳重的声音在静谧的房间里回响。

美嘉握紧汗湿的手掌,慢慢地开始说了。

心里的伤痕……强暴,过去……自杀未遂,希望……怀孕,错误……流产。

优沉默地听美嘉说到最后。

"你……不想跟我在一起了吧?"

在美嘉说完全部的事情之后,这么问道。

优没有回答。

由于优背对着美嘉,所以美嘉甚至连优的表情都看不到。

一定是这样的吧。

强暴、怀孕、流产,突然听到这种事情,任谁也不可能会相信吧。

优是不是觉得很沉重,或是觉得我很脏呢?

我跟优之间,就这么画下句点了吗?

美嘉有点后悔自己说出一切了。

"你一直是一个人面对这些烦恼吗?"

后悔的情绪马上就因为优这句话而动摇了。

"什么?"

"你一直都是一个人面对这些烦恼的吗?"

该怎么……该怎么回答才好呢。

千言万语全部挤在喉头,反而让美嘉说不出话来。

"笨蛋! 那么瘦小的身体怎么承受得了这些事情呢? 你一定很痛苦吧……对不起,我都没有注意到。"

优听起来好像在生气……不过语气却又相当温柔。

优的话浇灌了美嘉干枯的内心。

积压已久的情绪全都爆发出来,美嘉用颤抖的声音开始说道:

"不管是强暴还是流产,痛苦的都是女生,所以我一直觉得上天好不公平。可是我想,男生应该也会很难过吧。"

"对呀。我不知道该怎么说,也没经历过这种事情。不过,这应该是变成大人之前的考验吧?"

"变成大人之前的考验?"

"对呀。这是不是上天在考验着美嘉呢? 为了让美嘉能克服这一切难关。上天不会设下无意义的考验。我想总有一天,这些事情都会跟对美嘉来说别具意义的事情连接在一起的吧?"

果然,优的话总是很深奥,而且总能触碰到美嘉的心。

"……是吗? 会连接在一起吗?"

"上天也没那么坏心眼啦! 人生的一半是幸福,一半是痛苦嘛。看来美嘉接下来会很幸福喔。"

刚才美嘉还有点后悔把事情全都告诉优的。可是她现在深深地觉得……说出来真好。

美嘉把身体从墙壁转到优,发现优并没有背对着她。

优一直面对着美嘉的背影,听美嘉说话。

面对面的两个人有点不好意思地别开目光。

优强而有力的话语让美嘉热泪盈眶。

但是,她已经决定不再哭泣了。

得赶快脱离爱哭鬼阵营才行。

"干吗忍耐啊？在我面前不用逞强。"

优注意到美嘉湿润的眼眶了。

"我没有忍耐啊。美嘉可是很坚强的!"

连这种时候都还要逞强,真是不可爱的女生。其实明明就想哭得要命⋯⋯

"不用骗人了啦。美嘉是个比别人多受了很多伤害的软弱女生喔,我知道的! 不用忍耐,没关系的。"

这句话,让美嘉忍了好久的眼泪夺眶而出,美嘉无声地啜泣着。

优笑着用手指抹去美嘉的眼泪。

"真是个爱逞强的孩子呢。"

看来,美嘉还暂时没办法脱离爱哭鬼阵营的样子。

优离开了床铺,抽了两张面纸过来,放在美嘉的鼻子上。

"好了,快擤一下!"

"啊,哼——哼——"

接着,优又把用过的面纸揉成一团,丢进垃圾桶里。

回到床上之后,优把自己的右手伸到美嘉的头附近。

"很冷吧。可以睡在我的手臂上喔!"

"咦⋯⋯可以吗?"

美嘉躺着移动了身体,把头枕在优的手臂上。

好久没碰到的他人的肌肤，真的好温暖。

有着肌肉的强壮手臂……男人的手臂。

"优一定是因为这么温柔优质，所以名字才叫优的吧。"

一瞬间，优突然用手臂紧紧地抱住美嘉的身体。

力气很大……很热情，很痛苦。

为什么呢？明明被紧紧地抱住，美嘉却没有不舒服的感觉。

优的胸膛太温暖了……

他一定是想告诉美嘉某些道理吧。

虽然美嘉不知道那是什么，但是她仍然这么觉得。

弘的温度……弘的体温……渐渐远去了。

优放松了抱着美嘉的力气，慢慢地把脸移近美嘉。美嘉静静地闭上了眼睛。

两个人呼吸的频率重叠在一起，美嘉的身体发出微微地颤抖。

不抵抗是因为想要忘记弘。

不过，可不是只要能忘记，谁来都好喔。

因为对方是优……如果不是优的话，美嘉一定会拒绝的。

一直以来，美嘉都觉得和别的男生牵手、接吻，是对弘的背叛。

但是弘有女朋友了。

会这么想的，一直只有美嘉一个人而已。

为了不可能回来的弘而守身如玉的自己、一直忘不了弘的自己，美嘉真的讨厌透了。

如果说，自己完全没有把优当作弘来看，那大概是骗人的。可是这十个月以来,美嘉的确在和优出游的时候,有些被他吸引了。

优褐色的柔软头发碰到了美嘉的脸颊。

然后,优的嘴唇印上了美嘉的额头。

被亲的是额头而不是嘴唇,稍微让美嘉安心了。

优的嘴唇从额头移到脸颊……柔软而温暖的嘴唇不断地亲着美嘉的肌肤。

优一个接着一个的吻,一点一点治愈了美嘉心中的伤口。

就在两个人的双唇快要碰在一起时……

优用双手把美嘉抱近自己。

"对不起喔,这么突然。可是我忍耐不住了……真的,对不起喔。"

优在美嘉耳畔的喃喃细语传到美嘉全身上下,更让她的体温上升了。

不要道歉啦。

一直没有亲吻美嘉的嘴唇,一定有优自己的理由吧。

美嘉还有好多事情想问优。

可是优强力的拥抱,让美嘉说不出话来。

相拥的身躯分享着彼此的鼓动。

从优的身体传来的鼓动非常大……

美嘉听着这个鼓动,在优的怀里进入了梦乡。


铃铃铃——

放在枕头下的手机传出的来电铃声把美嘉吵醒了。

她睡眼惺忪地伸手拿起电话,没看对方是谁就接起来了。

"唔喂……"

"啊,喂? 你还在睡觉吗?!"

这个兴奋的声音是……

"亚矢?"

"没错? 猜对了!"

"……嗯,现在几点?"

"下午三点啊! 不过今天放假,不用去学校啦! 你现在在哪里?! 我有话要告诉你,你能不能出来啊?"

现在……在优家。

美嘉终于注意到房间的景色和平常不太一样,也回想起昨天发生的事情了。她觉得有点难为情。

"我现在在优家!"

美嘉用手盖着话筒,小声地回答。

"真的假的?! 你住下来了啊? 快点告诉我发生什么事情! 我也有话要跟你说。我们晚上可以见面聊聊吧?!"

"嗯,那晚上我再打给你!"

挂上电话之后,美嘉感觉到旁边有人看着她,于是转过头去。原本以为还在睡觉的优正看着自己。

"电话太大声了吗? 不好意思!"

在美嘉合起双手道歉之后,优开朗地笑了。

"我起来看美嘉可爱的睡相啊。你还打鼾呢!"

美嘉在一瞬间看着那副笑脸出了神,不过,她马上就像昨天一样鼓着腮帮子敲着优的头。

对优来说,美嘉就像妹妹一样吧。

所以美嘉是不会抱任何期待的。

优不是那种男生。昨天一定是他一时意乱情迷吧。

以后，优只要能像现在一样，当我的朋友就够了。

"啊，我还不想回家啊！"

在优冲澡的时候，美嘉把手肘撑在桌子上，看着电视深深地叹了一口气。

优冲完澡之后，一边擦着头发，一边从专心看着新闻的美嘉身后探出头来。

"美嘉，你今天还有时间吗？"

"嗯，时间多得是！"

还不想回家的美嘉，等这句话等好久了。

从优湿答答的头发上滴下来的水珠冰冰凉凉的。

"那我们就找个地方去吧！"

美嘉接在优之后冲澡，然后顶着湿湿的头发换上制服。

"你的头发还湿湿的耶，我帮你弄干！"

优走到浴室拿了吹风机帮美嘉吹干头发。

美嘉其实非常喜欢优这种大哥哥般自然的体贴。

"打扰了。"


离开房间去取车。优用手指转着车钥匙。

"优啊，偶尔会用手指转着车钥匙喔！"

"我好像在紧张的时候常常这样吧。坏习惯！"

"咦，那圣诞派对的时候你很紧张啰?!"

"真的吗？我那个时候转钥匙啦?"

优停住手上转钥匙的动作，露出不好意思的表情。

"转了呀。原来你很紧张喔！"

"我可是自称害羞男孩呢。不过,我真的受不了制服诱惑呢,哥哥真坏呀!"

"呀——! 变态佬!"

原来在紧张的时候转车钥匙是优的习惯。

那为什么他刚才要转车钥匙呢?

有什么好紧张的?

美嘉抱着这个小小的疑问坐进车子里。

"那么公主殿下,你想去哪里呀?"

"海边! 我要去海边!"

"干吗要现在这种时候去海边呀! 算了,今天就听从公主殿下的任性吧。反正美嘉喜欢在海边看日落嘛!"

在前往海边的途中,优说要买香烟,半路停车跑去便利商店,美嘉则在车子里等优回来。


车子抵达海边了。

果然,到了这个季节,海边根本没人。

"哇——,包场了!"

美嘉脱下鞋子和泡泡袜扔在一旁,直接往海里冲去。

"哇哈哈,海水好冰喔!"

优也跟着脱掉鞋子,卷起裤子走进海里。

"还真是冰咧,不过好舒服喔!"

美嘉把海水泼向一脸苦样的优,优也不甘示弱地泼了回去。

"哇……好冰! 跑到嘴巴里面了啦,好咸喔!"

"是美嘉先动手的喔,给我等着!"

制服上沾了一些海水干掉时留下的白色盐巴。

等美嘉注意到的时候,炫目的夕阳照在两人身上。

他们在沙滩上坐了下来,优点燃香烟,呼的一声,缓缓吐出烟雾。

"妹妹……吗?"

"嗯? 优啊,是美嘉的哥哥喔!"

优直视前方,眯上眼睛,接着又抽了一口烟。

在夕阳的照射下,优的侧面美到让人不得不移开目光。

"一开始的时候,我也觉得是妹妹啊。"

美嘉无法理解优这句话的意思。她只感觉到气氛好像跟平常有点不一样。

她的心跳开始加速了。

"……你怎么啦?"

优在携带式烟灰缸上捻熄香烟,然后站了起来。

"等我一下喔。"

他揉乱了美嘉的头发,朝着车子的方向走去。美嘉疑惑地看着和平常不太一样的优的背影。

太阳快要西沉了……脚步声从后方靠近。

优在美嘉的正后方停下脚步,然后蹲了下来。

"礼物!"

优递出来的,是多到无法用双手抱住的满天星。

他又站了起来,然后对着远方大喊:

"我,喜欢美嘉!"

这个时候,美嘉马上想到,昨天喝醉时所说的话。

"如果有人跟我告白的话,我希望他先送我一大堆满天星,然后大声地向我告白!"

那是美嘉当时胡诌的话耶!

优不是也说男生到花店买花很丢脸吗?

美嘉完全想不到优竟然真的这么做了。

"就是这种感觉吧?"

优拼命地隐藏自己的羞赧。

美嘉低下头,忍住快要夺眶而出的泪水,笑了。

"笨蛋,那是开玩笑的啦……"

优抱着头当场跌坐在地上。

"真的吗?好糗喔。"

美嘉抬起头看着优。他的脸上确实浮现了微微的红晕。

是因为被夕阳照着的关系吗?不过,一定不只是那样吧。

"但是我很高兴喔。"

美嘉用非常小的音量喃喃自语。她不知道优听不听得到。

送我一大束满天星,然后大声的告白……

我真的很高兴喔。

昨天随口说的话竟然实现了。

"我是认真的。"

优坐到美嘉面前,温柔地摸着她的头发。

但是这个时候,美嘉心里出现的,还是那个人的……弘的脸。

"但是美嘉啊,还没有忘记前男友……"

"那也没关系,我会让你忘记的。"

优没等美嘉说完,就紧接着说。

"优听了美嘉那么多过去的经历,难道不会讨厌美嘉吗?美嘉的身体已经脏掉了喔……!"

"美嘉才不脏。我有自信,一定可以全部接受! 我希望能让美嘉幸福。"

"我可能会一直拿优跟前男友做比较喔? 优应该很不喜欢人家这样吧?"

优惆怅地笑了笑,然后好像做了什么决定似的回答道:

"这种事情我当然知道。如果美嘉把我当成前男友的替代品,我也无所谓喔。但是总有一天会改变的。如果美嘉一直忘不了前男友的话,我可能就会把美嘉甩掉喔。"

真的可以这样吗,优? 你不会觉很痛苦吗?

优把沉默无语的美嘉抱进自己的怀里。

"我真的喜欢你。我一定会给你幸福的,希望你能跟我交往。"

就算和优之间一直保持原来的关系,美嘉也毫无怨言。说实话,美嘉也没有忘掉弘的自信。

但是优说这样也没关系。

他说他喜欢美嘉,说绝对会让美嘉幸福。

美嘉现在,想要相信优的这些话。

动摇的心情坚定了。

美嘉在优的怀里慢慢地点头。

优突然站起来,赤着脚冲进海里。美嘉也追在优的身后奔跑着。

"我,绝对不会输给美嘉以前的男朋友——!"

"欸……你在说什么呀!"

"喂,美嘉也来喊喊看嘛! 心情会很好喔!"

"那……美嘉会相信优——的——话——!"

两个人对着夕阳大叫,然后红着脸相视而笑。

回到沙滩上,再次坐下来的时候,太阳正好完全西沉了。

优绕到美嘉身后,用手臂圈住她小小的身体。

美嘉用双手举起了刚收到的满天星。

"满天星超可爱的!"

"美嘉为什么会喜欢满天星呢?"

"满天星是配角吧? 为了衬托其他的花,满天星可是立了大功喔。所以如果有了满天星的话,花就会变得更显眼了!你不觉得这很棒吗!"

优听完美嘉骄傲地说完之后,开口说道:

"满天星又白又小,感觉好像美嘉喔。虽然很小,却还是很努力地活着。"

"谢谢! 那个啊……告白的时候,优是不是觉得很不好意思啊?"

优捏了美嘉的脸颊一下。

"当然啦。早知道是开玩笑的,我就不干了!"

"痛痛痛痛。对不起啦……可是如果美嘉没有说要来海边的话,优会怎么样呢?"

"如果你说要去看电影的话,我就真的头痛了呢……说不定会在电影院里面大叫喔!"

"优可能真的会这么做吧! 但是好狡猾喔,特地选在落日的海边……坏死了!"

回想起刚才的感动,明明不难过的美嘉却流下眼泪来。

是高兴的泪水? 感动的泪水? 安心的泪水?

还是决心忘记弘的泪水?

"我还以为你是个爱逞强的人,现在怎么变成爱哭鬼了?"

优一边用手指抹去美嘉的泪水,一边笑着。

他不是弘。

觉得两人很相似的想法就像是泡影一样,现在的美嘉一点也感受不到两个人神似的地方……美嘉用双手包住优冰冷的手指。

"暖和吧?"

"暖和。这就是幸福吧?"

优把手掌贴在美嘉的左脸颊,从后侧亲吻了美嘉的右脸。

"昨天对不起喔。明明还没跟你交往,还做出那种事情。"

"……我不要你道歉喔。"

优又亲了美嘉的脸颊好几次,被优的嘴唇碰到的地方,感受到些微的温暖。

夜晚的海边比黄昏的时候冷多了。

优把自己的大衣披在美嘉的身上,从后方紧紧地抱住她。

美嘉的心跳比昨天更快了。

优也……优的心情也一样吗?

在优的嘴唇碰到美嘉的眼睛旁边和脖子的时候,美嘉的身体变得好烫,甚至忘记了寒冷。

"美嘉,星星很漂亮喔。你看!"

听完优在耳边这么说之后,美嘉抬起头。

就在美嘉看着星光闪烁的夜空的瞬间,优的头发像昨天一样覆上美嘉的脸颊……同时，两个人的嘴唇也重叠在一起了。

只是轻轻碰着而已的温柔一吻。

颤抖的两个人静静地抓住对方的手。耳边只有浪涛的声音。

各式各样的思绪和心情交织着……

泪水再次从美嘉的眼中流了出来。

我应该可以忘记弘吧？

美嘉接下来会相信优，跟着优走。

两个人的嘴唇慢慢分离。

"这是你今天第几次哭啊？真的是个爱哭鬼耶！"

"你以为是谁害我变成爱哭鬼的？"

就在美嘉站起来的时候，有个东西从美嘉的制服口袋掉了出来。

是弘给她的戒指。

分手之后，戒指一直躺在制服口袋里。

优捡起掉在地上的戒指，静静地放在手心。

"这是你跟前男友的戒指吗？"

"嗯……"

为什么弘的戒指偏偏要在这个时候掉出来呢？

美嘉觉得掉出来的戒指似乎想要告诉美嘉些什么。

但究竟是什么……美嘉现在并不知道。

"这是很重要的东西吧？收好。"

优将捡起来的戒指放回美嘉的制服口袋。

"优……对不起喔。"

"美嘉干吗要道歉呀？我刚才不是说没关系了嘛！美嘉也喜欢我吗？"

一开始是觉得优和弘感觉很像……

所以美嘉渐渐开始注意优。

接着，优变得像美嘉的哥哥一样，美嘉什么事情都可以跟优商量，只要跟优在一起，美嘉就觉得很安稳。

可是，说不定美嘉只是用"哥哥"这个字，来逃避这种恋爱的感觉。

说不定在不知不觉间，美嘉已经把优当作一个独立的个体来看了。

"……嗯。"

优用手臂从后方圈住了美嘉的头，拉近自己的胸膛。

"但，我是第二名吧？"

美嘉很想对他说"你才是第一名喔"。

可是……优，对不起。

"总有一天，我会让自己变成美嘉生命中第一名的男人的。"

优没等美嘉回话，就再一次紧紧地抱住她。

"谢谢……"

"欸，我们差不多该回去了吧？要是感冒就麻烦了，而且美嘉的爸妈一定也很担心呢。"

放开美嘉之后，两个人手牵着手走回停车的地方。

优打开副驾驶座的车门，确认美嘉坐好了之后，才关上车门。

以后，这些事情，也会变成理所当然的事情吗？

对优来说,美嘉已经从"妹妹"变成"女朋友"了。

而对美嘉来说,优也从"哥哥"变成"男朋友"了喔。


从海边到家里的路程,感觉比平常要来得长。

这段时间内,两个人完全没有交谈。

"优,谢谢,拜拜!"

车子刚开动,马上又停了下来,驾驶座的窗户同时也跟着慢慢地摇下。

"从今天开始,美嘉就是我的女人了喔?"

"咦?呃……嗯!"

"那以后如果你再叫我优的话,我就要惩罚你啰!"

优这么说完之后,便鸣了两声喇叭,离开了。


回到家里,美嘉抱着优送给她的满天星花束,回想着昨天和今天发生的事情。

买了这么一大束满天星,一定很丢脸吧。

今天优在转车钥匙的时候,就是因为准备要告白而紧张吗?

美嘉越想越开心,一个人钻进棉被里面窃笑。

"啊……忘记要打电话给亚矢了!"

从书包里拿出手机,插上充电器之后,美嘉拨电话给亚矢。

铃铃铃——

"喂!太晚了吧?"

亚矢好像等美嘉的电话等很久了。

"对不起。我现在才刚到家!"

"然后呢,你跟优怎么样了?!"

问得太好了。其实美嘉现在想说得要命呢。

"我们交往了!"

"真的假的?! 太棒了,恭喜你喔! 不过我也跟健告白了喔!"

"咦! 结果呢结果呢?!"

"他也 OK 啦!"

想到在同一天,不同的地方都出现了新的幸福,美嘉就觉得很高兴。

"那我也要恭喜亚矢!"

"嗯,谢谢! 我们两个好像常常在同一天交到男朋友耶! 之前我跟望告白的时候,美嘉也刚好跟弘交往了嘛!"

美嘉现在有点不想听到弘的名字。

"啊,对不起。"

亚矢注意到之后,略带歉意地小声道歉。

"没关系啦! 明天我们到学校慢慢聊吧!"

亚矢开始前进了。

而美嘉,也是确实地在向前走。

挂上电话之后,美嘉去洗个牛奶泡泡浴,温暖有点冻僵的身体。

优的手好大喔。优的嘴唇……好温暖喔。

美嘉用手指摸了一下自己的嘴唇,然后马上回过神来,把整张脸浸泡在浴池里,接着抬起脸,大大地吐了一口气。

以前一个人独处的时候,美嘉想起的,总是弘的温度。

可是现在她想到的……

想到的温度和名字却是……

人真是不可思议啊。

谈了一场无法忘怀的恋爱,觉得自己可能一辈子都振作不起来的时候……

再怎么痛苦、再怎么难过都无法忘记的那个人,却被流逝的时间和新的邂逅消除得一干二净。

美嘉回想起之前的梦境。

把美嘉扶起来,牵着美嘉的手,引领美嘉从黑暗走到光明的那只大手。

那只手不是弘……而是优吗?

美嘉在前进喔。

虽然会迟一些,虽然会花一点时间……

但是美嘉会试着去相信的。

试着去相信……

弘之外的人。

# 两条路

"大家早!"

"美嘉,我等很久了喔!"

"你真的跟优在一起了?!"

"快点告诉我们详情。快点,现在马上。"

一踏进教室,小泉、大和、信太郎便带着期待的表情,围到美嘉身边逼问她。

亚矢则在后方合起双手,频频点头。

亚矢这家伙……马上就跟大家通风报信了啊。

"嗯……嗯啊!"

虽然美嘉迟早会告诉他们自己跟优开始交往的事,不过她没想到事情这么快就曝光了。

"太好了,美嘉恭喜你!"

"优可是很受欢迎的喔。亚矢跟美嘉都交到男朋友了呢。"

小泉和信太郎诚心地祝福美嘉。

"她昨天还住在优家呢。"

亚矢放出的冷箭让爱神大和马上就有了反应。

"真的假的?! 那该不会已经那个了吧?! 做了吗?!"

"我赌没做,一千圆。"

"我也赌没做!"

小泉也跟在信太郎后面开始下注了。

"我赌半途停手,一罐果汁!"

"我赌希望没做五百圆!"

大和跟亚矢也学着他们两个下注。

真是,这些家伙到底在想什么啊……

"所以,答案呢?!"

四个人有志一同,异口同声地问道。

"秘——密!"

美嘉留下这句意味深长的话,就回到座位上了。


昨天在家门口分别之后,优就没再打电话来。

要是平常,在一起出游之后,优一定会发【到家了吗?】【有空再一起出来喔。】之类的短信。

是不是发生什么事了呢? 真让人担心。

小泉他们还在热烈地讨论着美嘉跟优的事。

噗——噗——噗——

课堂中,口袋里的手机震动了起来,美嘉趁着老师不注意的时候,偷偷打开手机。

来电:优

优打电话来了。

"老师,我去一下厕所!"

美嘉大声喊道,然后离开位子跑出教室。

电话已经停了,所以美嘉在走廊上回拨。

铃铃铃——

"美嘉,早啊!"

"我刚才在上课!"

"对不起喔。我们昨天分开之后,健打电话来找我喝酒,所以我们就跟社团的人一起去喝了,没办法打电话给你!"

不知道是不是酒还没醒的关系,优讲话的速度很快。

"社团是优大学的社团吗?"

"如果你一直叫我优的话,我就不告诉你。"

"是……优大学的社团吗?"

第一次直接叫优的名字,让美嘉的脸热了起来。

"对啊,大学的社团! 你要来吗?"

不知道美嘉心情的优仍然平稳地说道。

"咦,我可以去吗?!"

"可以啊! 那今天放学之后我去接你。健跟我同个社团,所以如果你要把亚矢带来也可以喔。"

挂上电话回到教室,美嘉撕下笔记本的一角传纸条给亚矢。

【给亚矢:优刚才打电话给我,问我放学后要不要去他大学的社团。你要不要跟我一起去? 健好像也会在喔! 请马上回复! 美嘉】

亚矢笑眯眯地看完纸条之后,马上就把回信丢给美嘉了。

【给美嘉:真的吗?! 我当然要去啰!】


下课时间,美嘉和亚矢讨论着放学后的事情时,突然感觉到某种异样的眼光。美嘉回头一看，发现在那里偷听的人是……

"你们今天要去优的大学吗？我也要去！我一定要去！"

……是大和。看来他好像完全听到美嘉跟亚矢的对话内容了。

被大和听到就表示……

"我也想去！"

"我当然也会去啦。"

果然小泉和信太郎也都听到了。

"那就大家一起去吧！"

美嘉有点酸酸地说道。


放学后。

"那辆白色车子是优的吧？"

信太郎在校门口大喊，大家一起朝着车子跑去。

优下了车，看着大家微笑。

"为什么大家都来了呀？"

"我们也想去大学，所以请带我们去！而且我们也想仔细听听美嘉跟优的故事！"

面对小泉刻意的说法，优则把手放在美嘉的头上回答道：

"真是没办法，那就全把你们带去吧！大家上车！当然，副驾驶座是美嘉的座位喔！"

就在美嘉骄傲地看着优时，她在视线前方看到了……

在优高大的身体那边，有个影子一直盯着这里看。

那是……美嘉怀念的弘。

弘看着这里的目光并没有移开,于是两个人的视线便对上了。

旁边的亚矢好像也注意到弘的存在了。

"哎呀,美嘉跟优真是够相亲相爱的呢!"

亚矢故意大声说道。

她一定是故意说给弘听的吧。

美嘉不知道弘有没有听到这句话,不过他露出了一个有点寂寞的笑容。美嘉立刻别开目光。

小雅从穿堂出来跑到弘的旁边,两个人手牵着手走掉了。

美嘉知道亚矢刚刚的行动,是出于担心美嘉的缘故。可是……在亚矢大叫的瞬间,美嘉却在心里暗自祈祷,希望弘不要听到。

她不希望弘知道自己交了男朋友。

这种不上不下的狡猾心态,到现在还留在美嘉的心里。

美嘉的心情好沉重,充满了对优的罪恶感。

"美嘉,你怎么了?"

"啊……我发呆了嘛!"

优的话唤回了美嘉的意识。

现在的美嘉,只能在心里道歉。

……对不起。

我不会再去聆听那个不会回头的脚步声的。


车子朝着大学开去。大家在车内热烈地聊着社团的话题。

"优参加什么社团啊?"

信太郎脸上那副黑框眼镜后面的眼睛，发出了兴致勃勃的光芒。

"旅行社团！"

他们从没听过的旅行社团，就是在夏天露营，冬天滑雪，平常就喝喝酒，跑遍各式各样的地方。

高中当然是不能喝酒啦，说到社团活动，大概就是足球、棒球、管乐队……这类老掉牙的社团。

听了优的话，就好像认识了一个全新的世界一样，让美嘉心跳加速。

在宽阔的停车场停好车，下车走上一条笔直的路，一会儿之后，大学就出现了。

又宽敞又大又漂亮的校舍。一大堆人开心笑着的声音。

一个和高中完全不同的世界。

明明年纪没有差很多，可是走在路上的人感觉都好成熟，穿着制服的自己就像小孩子一样，真是让人觉得害臊。

"那我们就赶快去社团办公室吧！"

大家一边环视着陌生的校舍，一边跟在优的后面走。

进入大学校舍前面一栋老旧的建筑物之后，优在其中的一扇门前面停下脚步。

他慢慢伸手拉开了上面贴着"旅行社团"纸张的门。

门的另一头传来了很多人说话的声音。

"我想跟大家介绍一下我的朋友，所以今天就把他们给带来了！"

优说完后便对他们招招手。

大家互相推让着进入社团办公室的顺序。

"那我就先进去啦!"

率先走进去的人是大和。

美嘉这个时候才知道原来他的个性这么积极。

大家跟在大和后面,鱼贯走进社团办公室。

"这个女生是健的女朋友!"

优把手放在亚矢的肩膀上,亚矢有点不好意思地露出苦笑。

然后这次,优把手放在美嘉的肩膀上了。

"然后这个小不点是我的女朋友!"

优向大家介绍美嘉是自己的女朋友时,真的让美嘉觉得很开心。

就在大家一边欢迎他们,一边把旅行时的照片拿出来给他们看的时候……

"你就是美嘉吗?"

身后的声音让美嘉回头。

出现在她面前的,是一个留着黑色直长发的稳重女生。

"是。"

美嘉警戒地回答道。结果,这个女生好像突然松了一口气似地笑了出来。

"我是小绿。二十岁,所以应该大美嘉两岁吧? 我常听优说起美嘉的事喔。你跟我想像中一样呢!"

"嗯。"

虽然美嘉不太清楚眼前的状况,不过她还是先回答了。

"昨天我也跟优他们一起去喝酒了喔!"

这句话触动了美嘉身为女性的直觉。

这个女生,喜欢优。

虽然没有证据,不过美嘉就是这么觉得。

"是吗。"

醋意让美嘉的回答非常冷淡。

"我们交个朋友吧? 交换一下联络方式吧!"

因为对方是优的朋友,所以美嘉也没理由拒绝。

她心不甘情不愿地拿出手机,跟对方交换了联络方式。

美嘉在很久以后,才知道小绿喜欢的人其实不是优。

而这件事情后来引发的轩然大波,现在还没人知道。


天色暗了下来,所以优就送大家回去了。

家住最远的美嘉还是最后一个。因为这样,今天就可以跟优相处久一点了,因此美嘉很高兴。

"怎么样? 他们人都很好吧!"

优抓着方向盘问美嘉。

"嗯,大家人都很好! 念大学感觉好有趣喔!"

美嘉一边回想着今天发生的事情,一边用脚跟着车内的音乐打拍子。

"那你来念大学不就好了!"

"……咦?!"

"你来考我们学校就好啦。这样我们就可以每天待在一起了。"

但是,美嘉一直想去 B 音乐专门学校……

这份心意应该是不会改变的……

美嘉什么都没回答,车子也开到她家门口了。

"那就再见啰!"

就在美嘉打算伸手开门的时候,优抓住了美嘉的手,拉到自己身边……然后一边摸着她的脸颊,一边亲了她的嘴唇一下,接着圈住美嘉的肩膀抱紧她。

"优……不舒服啦,你怎么了?"

在沉闷的气氛下,优抱着美嘉的力道越来越大。

"怎么了?美嘉一直心不在焉的,我没办法安心。"

心不在焉……美嘉一直心不在焉的吗?

可是美嘉从来没有打算要这样啊。

理由只有一个,因为被弘看到了。

美嘉不上不下的心情和行动,造成了优的不安。

优悲伤微弱的心跳在美嘉的耳边响起,而且速度在变快。那简直就像是在催促美嘉回答似的。

"我不是故意的,优,对不起……"

优手臂的力量渐渐减弱,然后放开了美嘉。

"我也是,对不起喔。真是不成熟呀我。"

优眯着眼睛微笑。

在一瞬间,美嘉觉得这个笑容是优演出来的。

心跳的速度渐渐慢了下来。

等到美嘉下车之后,优跟往常一样,按了两下喇叭才离开。美嘉则是一直挥着手,直到车子消失在尽头。

这可能是消除心中对优小小罪恶感的唯一方法吧……


回到家之后,美嘉把书包里面那张志愿调查单拿出来。

【B音乐专门学校。】

她从来没有想过要去别的学校。

但是今天到大学去，让美嘉看到了全新的世界。

我想跟优在同一所大学学我最喜欢的英文。

她也这么想过。

明明之前一直想要学音乐的啊，梦想是这么容易改变的东西吗？

我真的是因为想学音乐，才选择专门学校的吗？

是因为跟弘约好了……

所以想要遵守约定吧？

然后期待着某一天我们能偶然相遇，不是吗？

我不想承认。

可是说什么想学音乐，只不过是借口而已。

决定志愿是攸关未来的大事。

美嘉想跟最重要的人在同一所学校，学自己真正想学的东西。

【B音乐专门学校。】

写在志愿调查单上的小小文字。

美嘉用橡皮擦擦掉了和弘的约定。

然后大大方方地写上几个大字。

【K大学。】

优的学校。有美嘉想学的科目的学校。

丢掉过去，我要跟优一起走上全新的道路。

我绝对不会后悔的。

美嘉撕掉了当初和弘一起搜集的学校简介，扔进垃圾桶里。

隔天,美嘉把重新写过的志愿调查单交给级任老师。

"你终于决定要念大学了吗? 要加油喔。"

听说优念的那所学校程度相当高。想要专攻英文的美嘉,报考的是"K大学外文系"。

虽然跟优不同系……不过也没办法啰。

"这所大学发生了什么事吗? 怎么亚矢、小泉、大和跟信太郎今天也全都在志愿调查单上填了这所大学呀?"

老师的这番话让美嘉惊讶万分。

没想到大家全都因为昨天的大学半日游把志愿改成了K大学。

如果大家都考上的话,就算高中毕业,大家也可以混在一起了。光是想到这点,美嘉的脸上就自然而然地露出笑容。


"美嘉,你一个人在笑什么啊?!"

美嘉在教室里笑出来之后,坐在前面的大和一脸担心地望着她。

"没有,没事没事! 哈哈哈哈。"

"搞什么啊,怪人! 你是不是吃了什么怪东西啊?"

"吵死了,要你管!"

亚矢、小泉、大和和信太郎都是美嘉最棒的朋友哟。

当大和说自己毕业之后就要就业的时候,美嘉在感到钦佩的同时,其实觉得很寂寞。

但是一想到大家还有可能考上同一所大学,美嘉就开心得不得了。

嗯,不过因为太丢脸了,美嘉说不出口啦。

要是优没有带大家去大学的话,大家说不定就会朝着各自的方向前进,高中一毕业就会各奔东西了。

认识了优之后,所有的事情都开始朝着好的方面发展了。

现在的美嘉,真的觉得自己能和优相识是天大的福分。

事情发生了大的转变,大家全都要参加高考了。

成绩总是在班上前十名的小泉和信太郎游刃有余;但成绩大约和班平均一样的亚矢,以及落后班平均很多的美嘉和大和,则非得努力念书不可。

距离一月份的考试还有三个月。

美嘉在优的斯巴达式教育下,拼命地做最后冲刺。

这段时期,应该是美嘉的人生当中最认真念书的时候吧。

雪花开始纷纷落下了。连围围巾都觉得寒冷的季节来临。

这个令人悲伤的季节,今年还是降临了。

而且,还是高中生涯中最后的……


——十二月二十四日。

今天是结业式,同时也是圣诞夜。

一年前的今天,美嘉认识了优。

两年前的今天……美嘉决定不要去回想。

大街上的情侣们,应该在圣诞歌曲和缤纷闪亮的装饰灯下,恩爱地漫步着吧。

因为今天是特别的日子,所以美嘉决定放自己一天假不念书,留宿优家。

当然,家里人以为美嘉是要去女性朋友家过夜!

结业式结束,美嘉在等优的时间和大家在教室里聊天。

"距离上次的圣诞派对已经一年了耶。"

"一年过得真快!"

小泉和信太郎望着窗外,略显惆怅地喃喃细语。

"欸,我现在才注意到,只有我一个人还单身耶!"

大和皱着眉头啧了一声。

"美嘉,你买了礼物送优吗?"

"没买,他说他希望圣诞礼物是我亲手做菜给他吃!"

美嘉炫耀似的回答亚矢的问题。

"我很不擅长玩什么交换礼物的游戏,那你就做个什么好吃的东西给我吃,当作圣诞礼物吧!"

这是几天前优对美嘉说的话。

可能是因为美嘉的年纪比较小,优才有所顾虑吧。不过美嘉还是决定乖乖接受优的体贴。

美嘉看着窗外,寻找优的车子,刚好看到垂头丧气地走出穿堂的小雅。

圣诞夜弘没约她去哪里玩吗?

还是,他们已经约好在什么地方碰面了呢?

美嘉沉浸在无谓的担心和妄想中……

"……嘉?美嘉?"

小泉从远处传来的声音把美嘉唤回现实。

"啊,对不起!什么事?"

"那不是优的车子吗?"

美嘉沿着小泉手指的方向看过去,果然看到优的车子停在校门口。刚才明明还没看到的呀。

看来美嘉一直陷在自己的世界之中，连优的车子来了都没注意到。

"圣诞快乐喔！拜拜！"

道别完后，美嘉三步并作两步地跑下楼梯。

跑出穿堂之后，美嘉全速朝着优的车子跑过去。

优发现美嘉之后，马上下了车，张开双臂。

"优！"

美嘉飞扑到优身上，优则抱着美嘉在雪地上转了起来，然后在放下美嘉的同时，亲吻了她。

"啊，好难过……怎么有大人的味道！"

"因为我刚才一直在抽烟啊！"

美嘉听到耳熟的吵闹声从校舍那边传来。

"呀，好恩爱喔！真是速配呢！"

"不要在学校里面卿卿我我。"

小泉和信太郎微笑地闹着美嘉。

"分一点幸福给我吧！混账！"

大和兴奋得像要从窗户上掉下来似的。

"那对白痴情侣，祝你们幸福喔！"

亚矢用高八度的声音开心地吼着。

美嘉和优手牵着手，然后像是故意要让教室内的大家看到似的，高高地举起手来。

"好了吧，要收观赏费喔！"

"啊，幸福幸福幸福幸福！"

两个人炫耀的行为让教室里发出了尖叫吵闹的声音。

他们无视于那些声音，挥着手上了车。

在途中的超级市场买了今天要用的料理材料后,车子便朝着优家的方向驶去。

下了车,两个人准备把刚才在超级市场买的食材从后车厢里拿出来。

就在美嘉想伸手拿袋子的时候,优却抢先一步。

"不可以让女孩子拿东西。拿东西是男生的工作喔!"

不着痕迹的温柔……自然而然的温柔总是让美嘉感动不已。

进了房间,虽然距离晚餐时间还很早,但是很可能会花上不少时间,于是美嘉穿上围裙,开始动手做菜。

做菜是美嘉的拿手活,不过因为没有为自己喜欢的人做过菜,所以其实她相当紧张不安。

"好痛……"

在用刀子削马铃薯皮的时候,美嘉不小心划破了手指,鲜血从指间流了下来。

觉得被优知道自己割到手指会很丢脸的美嘉,在确认优没听到自己的声音之后,悄悄地用水冲掉手上的血,继续削皮。

美嘉练习了好几次的料理终于完美地成功了!

接下来就只剩下重点料理了。

依照食谱上写的顺序,把面糊放进烤箱里。打好鲜奶油,等面糊烤好了以后,就把奶油涂上去。

再放上鲜红的草莓……圣诞蛋糕完成了。

外表看起来很完美。

可是,就在美嘉舔了一下多出来的鲜奶油时,她发现了一个重大的失误。

原本应该甜甜的鲜奶油，竟然是咸的！

看来美嘉把糖跟盐给搞错了。

因为没有多余的材料，也没有时间了，所以美嘉只好把放在盘子上的圣诞蛋糕拿到桌上去。

可是，优竟然不在客厅里。

咦？他去哪里了呢？

等到美嘉把所有的菜都摆上桌子之后，优才从外面回来。

"完工了吗？喔，看起来很好吃耶！好想赶快开动喔！"

在料理完成的时候，果然，已经超过晚餐时间了。

在优称赞每一道料理都很好吃之后，晚餐就结束了，优的脸上露出了满足的表情。

"真的好好吃喔。美嘉一定是个好太太！我吃饱了，谢谢招待！"

看到优这么高兴，美嘉真的很庆幸自己为他做了菜。

吃饱之后，两个人聊到了去年的圣诞派对、去游乐园、优告白……各式各样的事情，也互相倾诉彼此的心情。

现在回想起来，美嘉发现，自从认识优以来，自己经常开怀大笑。

对于仍对前男友还有所依恋的美嘉，优不曾说过任何一句怨言，反而一直支持着美嘉。

明明自己应该也有很多难处，可是，他却一直用笑脸支持着美嘉。

美嘉真的非常感谢优。

"差不多应该来吃蛋糕了吧？"

"蛋……蛋糕还不行!"

美嘉阻止了正准备伸手拿圣诞蛋糕的优。

"为什么!看起来这么好吃耶。"

因为美嘉把鲜奶油里面的糖弄成盐了啊。

如果被优知道的话,优一定会觉得我很不会做菜的。

美嘉用手指沾了蛋糕上的鲜奶油,然后胆战心惊地舔了一口。

……果然是咸的。

优也想学美嘉,沾蛋糕上的鲜奶油来吃。

焦急的美嘉连忙将优沾了鲜奶油的手指放进自己的口中,优看着美嘉的脸微笑。

"喂,你笑什么啊?!"

"美嘉真像个小孩子啊,鲜奶油都沾到嘴唇旁边了。"

优说完之后,便用舌头舔掉了美嘉唇边的奶油。

这突然的动作让美嘉的脸红得发烫。

美嘉赶紧把又红又烫的脸埋进一旁的抱枕里。

抱枕里有一点点优的味道。

每个人都有他们各自的味道。比方说:泡澡剂的味道、洗发精的味道、香烟的味道、家里的味道。

美嘉的身体在不知不觉之间,记住了优的味道。

沉醉在那一丁点儿优的味道里,美嘉的心跳更快了。

明明优就在身边……光是闻他的味道,竟然就能让我的情绪这么激动。

这种心情,感觉还真像初恋的少女呢。

优要抢走美嘉手上的抱枕,美嘉则死命地抵抗。

要是让优看见我现在的表情就糟糕了。

因为我现在脸上的表情，一定像个热恋中的处女。

但优还是不肯死心，一直打算抢走美嘉手上的抱枕，美嘉只好拼命地踢脚抵抗。

"你再不赶快让我看你的脸，我就要吃蛋糕了喔？"

真是史上最难的选择题啊。

要让优看到自己通红的脸？还是让优吃到失败的蛋糕？

美嘉的动作停止了，她无奈地放开抱枕。

比起吃蛋糕，美嘉宁愿露出自己的脸。

美嘉抬起脸，发现优笑得非常温柔。

什么嘛。

原来露出"热恋中的处女"的表情的不只美嘉一个人。

优也是啊，一脸"热恋中的男人"般的表情。

优别开目光，认真地看着美嘉的左手。

优一定是在看美嘉刚才被菜刀割伤的手指吧。

美嘉试图若无其事地把左手藏起来，不过，优却硬是抓起她的左手，拉到自己的脸前面。

"这个是……刚才不小心被门夹到的……嗯。"

虽然知道这种粗滥的谎言骗不过优，但美嘉还是说了。

优什么都没说，还是沉默地看着美嘉的手指。

就在瞬间，被菜刀割伤的手指突然碰到了非常温暖的什么。

是优的嘴唇。优亲吻了伤口。

就像是照料着他最宝贝的东西，照料着被毁坏的东西一样，静静地、温柔地亲吻着。

碰在美嘉指尖的柔软嘴唇,让美嘉的心跳响彻了全身上下,不时让美嘉颤动。

美嘉看着优的身影,突然涌起了扑进优怀中的欲望。

但是,她没有勇气。

虽然依照本能行动并不是什么坏事,但是她担心这么做说不定会被优讨厌。而且,要是现在抱住了优,身为男人的优说不定会做出男人正常的行为。

如果对象是优的话,美嘉其实无所谓……不过,搞不好事情发生的时候,美嘉的心意就会开始犹疑不定了。

优大大的手掌慢慢地靠近美嘉的脸。当温暖的大手碰到美嘉的脸颊时,美嘉的心跳更加激烈了。

明明闭着眼睛……美嘉还是知道优靠近自己的脸了。

优右手中指上的戒指碰到美嘉的脸庞,传来了些许冰凉的感觉。

就在两人的嘴唇只差一公分就要碰在一起的时候,优慢慢地移开了脸。

为什么?为什么不亲美嘉呢?

原本一心以为会被亲吻的,可是优却没有这么做,反而让美嘉更渴慕优的吻了……这是本能吧。

美嘉一脸不安地抬头看着优。

"这是挑衅作战。每次都是我主动,这次我也要等美嘉主动!"

优像是个恶作剧的孩子般吐着舌头笑着。

"哼——坏心眼!那一辈子都不接吻也没关系嘛!"

美嘉鼓起了腮帮子假装生气。

如果有主动亲吻的勇气的话……早就亲了啦。

美嘉装模作样地看着旁边，却发现身后一点声音也没有。她一回头，发现优不见了。

该不会生气了吧？

优明明不会为这种小事生气的啊。

美嘉仗着这种没有根据的自信，环顾室内寻找着优。

"我在这里啦，吓一跳吧？"

躲在洗脸台暗处的优笑着走近美嘉。

"早就知道了。我才没有被吓到呢！"

美嘉还是像刚才一样鼓起腮帮子假装生气，不料，优却伸手把美嘉脸颊里的空气挤了出来。

"美嘉真的好可爱喔，对不起喔，闹着你玩。"

优说完之后，轻轻地拍了美嘉的头。

不管再怎么生气、再怎么被捉弄，只要这只手拍拍美嘉的头，美嘉所有的怒气都会烟消云散。

美嘉用双手抓住了优的手，挡住了房间里的电灯。

"优的手是有魔力的手喔！能够让生气的美嘉平静下来，还能擦干美嘉的眼泪！"

优用手在美嘉的头上弹了一下，然后马上从口袋中拿出一个盒子，放在美嘉头上。

"这不是什么贵重的东西啦，当作礼物送给你啰。"

"咦……可是优不是说什么自己不擅长玩交换礼物的游戏吗？美嘉没有买礼物耶！"

就在瞬间，绑着粉红色可爱缎带的白色小盒子掉了下来。

"美嘉已经做了很好吃的料理了啊。那对我来说，是最棒的礼物喔!"

出乎意料的情况让美嘉一边发呆,一边拿起绑着粉红色缎带的小盒子。

打开之后,美嘉看到小盒子的正中央放着一条银色的心形项链,爱心旁边还镶了一颗小小的钻石。

"哇,爱心耶! 超可爱的!"

"要戴吗?"

优用旁边的橡皮筋把美嘉的头发绑起来,然后从小盒子里拿出项链,替美嘉戴上。

美嘉从包包里拿出镜子照着自己,脖子上闪着光芒的钻石真的很可爱。

"优,我好高兴喔! 谢谢你哟!"

美嘉诚心诚意地道谢,优却什么也没说。

"咦,优,谢谢你哟!"

还是没有回答。

美嘉用手上的镜子照着身后的优,发现他好像很不好意思似的低着头。

美嘉猛然回头,开始报复刚才欺负自己的优。

"你该不会是在害羞吧?!"

"我实在不太习惯人家跟我道谢!"

"那我就要多说一点了,谢谢你谢谢你谢谢你!"

这时,优突然从后方圈住了美嘉的头,拉进自己怀里。

优脸上的表情好像有几分寂寞……他用低沉宁静的声音开口说道:

"我还没有买戒指给美嘉的资格,不过,我会一直等到美嘉放掉前男友的戒指那天的。"

就算知道优的痛苦,美嘉还是无法当场丢掉戒指。她觉得这样的自己好没用。美嘉只能靠在优的怀里点头。


当温暖的体温包覆着美嘉时,时间也一分一秒地流逝。

"已经超过十一点了,时间过得真快呀。"

不知道是不是想要把气氛拉回来,优突然用开朗的声音喊道。

美嘉打开手机,时间是十一点二十分。

再过不久,日期就会变换成二十五日圣诞节了。

我没有忘记。

美嘉有个非去不可的地方。

"优,美嘉要先去一个地方。我马上就回来,可以先出去一下吗?"

"在这个时间啊? 你要去哪里?"

"对不起,我不方便说。"

优似乎也没打算继续问下去了。

"我开车送你去!"

"我一个人去就可以了喔!"

"听话! 我会在附近停车,不会跟你到那个地方的。"

说不过优的美嘉,只好点点头。


外面的雪刚停,地上积满了雪。

走在没有足迹的雪地上,不知道为什么总让美嘉觉得很开心。

空气澄净，景色就像是明信片般鲜明。

外头静得出奇，连车子的声音都没有，每吐一口气，从口中呼出的白色气息都在诉说着天气的寒冷。

因为今天不是雪花纷飞的白色平安夜，路上很多情侣应该会觉得有点可惜吧。

但是没有下雪的天空很干净，也能看见星星在眼前闪耀着，仿佛伸手可及。

气温很低，美嘉一面把手放在优的口袋里，一面坐进车里。引擎声在安静的住宅区里响起。

"要开到哪里呢？"

"嗯……高中前面！还有，我要先去一趟便利商店！"

车子前往学校的途中，先在便利商店前面停了一下。美嘉买好花跟点心，又回到车子里。

扫墓的事情……是不是还是告诉优比较好呢。

可是，那是美嘉跟弘的孩子，优大概还是会不太高兴吧。

将来，如果优问我，或是优觉得不安的时候，我会好好告诉的。

车子开到了学校的停车场。

"有什么事的话就打电话给我喔。我会在这里等你！"

"嗯……谢谢。我去去就回来！"

美嘉看看时间，十一点五十分。刚好是在圣诞节之前。

美嘉赶着比去年早到，是有原因的。

去年圣诞节来的时候，花圃上已经放了花束和手套了。换言之，就是弘比较早来扫墓。

今年美嘉想要比弘早到。

美嘉不知道弘今年去了没,说不定他不会再去了。

可是,如果弘还愿意去的话,说不定弘就会注意到美嘉已经先放好花束跟点心了。

【虽然我跟弘分手了,但是并没有忘记宝宝的事情喔。】

还有这样子的信息……

踏着积雪,美嘉走向公园。

原本离学校很近的公园,却因为积雪而多花了美嘉一点时间。

朝着花圃的方向走去。拨去雪,放上刚买的花束跟点心。

花圃上什么都没有,表示弘还没来。

反正我没有特别期待什么……

美嘉对着花圃双手合十。

【两年了呢。你现在幸福吗?】

这是美嘉给天国的宝宝的信息。以及给弘的信息。


扫墓结束,美嘉迈开步伐离开公园,朝优等着她的学校停车场走去。这个时候……

一个戴着帽子的人朝着这个方向走了过来。

为什么我会知道呢?

那是弘。

原本美嘉为了避开他,想要过马路走到对面去,不过车子却一辆接一辆地在马路上穿梭。

美嘉做好心理准备之后,继续向前走。

弘的帽子戴得很低,所以一定不会注意到美嘉的啦。

就在美嘉低着头和他错身而过时……

"……美嘉……?"

就在他们擦身而过的瞬间,弘用力地抓住了美嘉的手腕,她忐忑不安地抬起头。

果然是弘。

为什么弘要拦住美嘉呢?

喂,为什么!

意想不到的状况让美嘉的头脑乱成一团。

"……好久不见了呢。"

弘令人怀念的声音。

被抓住的手腕好热。

"美嘉?"

弘叫着美嘉的名字。

原以为远在天边的东西,现在居然离美嘉这么近?!

弘……就在我身边。

雪又开始下了。冷冰冰的雪花落在项链上,把美嘉唤回现实。

优送我的项链……把我唤回现实。

"……弘,好久不见! 你瘦了耶!"

因为紧张的关系,美嘉说话的音量莫名其妙地变大。

弘的脸上挂着和那个时候相同的笑颜,静静地微笑着。

"应该是因为我戴着帽子,你才会这么觉得吧?"

没办法直视弘的美嘉,只好看着他的肩膀。

她觉得,只要一低头,泪水就会夺眶而出。

"我第一次看到弘戴帽子欸!"

"因为我现在觉得戴帽子很流行呀！"

美嘉一直以为，他们再也无法像这样笑着聊天了。她一直以为，如果在未来的某一天，两个人又在某个地方相遇了，一定也会说一些揶揄的话……

真是不可思议，见面了之后的心情竟然这么稀松平常。

"你要去哪里？"

"到附近的便利商店买东西。"

弘这个大骗子！

美嘉已经看到你口袋里的东西了喔。

去年放在花圈上的小白花……露出来了喔。

"你跟美嘉分手的真正理由是……"

美嘉把这句就要脱口而出的话，跟着其他涌上来的情感一起咽下去了。

再在这里待下去的话，美嘉心里的思念会全被勾出来的。

为什么到了现在，我的心还是这么痛呢？

好不容易才开始向前走的，果然……

上天是坏心的。

"那就再见……"

美嘉再也忍受不住，开始向前走了。

"喂……"

弘欲言又止。

"什么？"

为了保护自己，美嘉现在只能表现出冷淡的态度了。

弘，对不起喔。

"算了，再见啦。"

弘的手在瞬间伸了出来,好像要摸美嘉的头,不过马上又垂了下去。

两个人背对背,走上完全不同的道路。

弘的脚步声越来越远,最后终于消失了。

美嘉停下脚步,回头。弘已经不见了。

他去了公园,还是去了便利商店呢……

虽然美嘉不能确定真相。

但是啊,我大概知道吧。

弘的足迹在半路朝着这里前进。

弘……美嘉还会像这样回头喔,你是否也同样回头看了美嘉呢?

其实美嘉注意到了。

注意到了,只是假装不知道而已。

两个人擦身而过的时候,弘身上散发着美嘉送的圣诞礼物——香水“冰雕”的味道……

那一天,在分手的那一天,美嘉真的有点后悔自己没有追上弘离去的背影。

那个时候,如果美嘉像个小孩子般嚎啕大哭。

如果美嘉说着不想分手而追上弘,情况会变得不一样吗?

若是就这么继续向前走,前方有优在等着我。

但是回头的话,也可以追上弘。


两条路……不管选了哪一条,总有一天还是会后悔的吧。

再受一次伤?寻求安心?

美嘉该朝着哪里走才对呢?

这个时候,美嘉的脑海中响起了一个温柔地叫着自己名字的声音。

于是她跑了起来。

**图书在版编目(CIP)数据**

恋空. 上／(日)美嘉著；YOH译. —上海：上海译文
出版社，2008.6

ISBN 978 - 7 - 5327 - 4546 - 3

Ⅰ.恋… Ⅱ.①美…②Y… Ⅲ.长篇小说-日本-现代
Ⅳ.I313.45

中国版本图书馆 CIP 数据核字(2008)第 055156 号

KOIZORA~SETSUNAI KOIMONOGATARI~JO by Mika

Copyright © 2006 by Mika
Original Japanese edition published by Starts Publishing Corporation, Tokyo, Japan
Simplified Chinese translation rights arranged with Starts Publishing Corporation
through InterRights, Inc. and Tohan Corporation, Tokyo

图字：09 - 2008 - 353 号

| 恋空(上) | [日] 美 嘉 著 | 出版统筹 赵武平 |
|---|---|---|
| 恋空(上) | YOH 译 | 责任编辑 陈飞雪 |
| | | 装帧设计 李叶飞 |

上海世纪出版股份有限公司
译文出版社出版、发行
网址：www.yiwen.com.cn
200001 上海福建中路 193 号 www.ewen.cc
全国新华书店经销
浙江印刷集团有限公司印刷

开本 787 ×1092 1/32 印张 11 插页 2 字数 140,000
2008 年 6 月第 1 版 2008 年 6 月第 1 次印刷

ISBN 978 - 7 - 5327 - 4546 - 3/I · 2574
定价：24.00 元